I MORTI NON MENTONO

UN ROMANZO DI GIOCHI MENTALI
LIBRO 3

MEGHAN O'FLYNN

Copyright © 2019 Pygmalion Publishing

Questo è un lavoro di fiction. Nomi, personaggi, aziende, luoghi, eventi e incidenti sono prodotti dell'immaginazione dell'autore o sono utilizzati in modo fittizio. Ogni somiglianza con persone reali, vive o morte, o eventi reali è puramente casuale. Le opinioni espresse sono quelle dei personaggi e non riflettono necessariamente quelle dell'autore.

Nessuna parte di questo libro può essere riprodotta, archiviata in un sistema di recupero, scansionata, trasmessa o distribuita in alcuna forma o con alcun mezzo elettronico, meccanico, fotocopiato, registrato o altro senza il consenso scritto dell'autore. Tutti i diritti riservati.

Distribuito da Pygmalion Publishing, LLC

CAPITOLO 1

Un sole velato s'insinuava attraverso la nebbia mattutina, proiettando ombre cupe su entrambi i lati del sentiero. Ogni tonfo pulsante delle scarpe da ginnastica di Lindsay faceva crepitare le foglie secche, spezzare i ramoscelli come piccole ossa e bagnare le sue caviglie con la rugiada sull'erba rada. Era inquietante, decise, come camminare sulla propria tomba. Ma a Lindsay non dispiaceva. Lo stridio acuto del canto degli uccelli e la pelle che le si accapponava sulla schiena la spingevano solo a correre più veloce sul terreno accidentato.

Si asciugò il sudore dalla fronte già grondante. Tre settimane alla fine della scuola, tre settimane alla laurea e all'estate. A Fernborn, Indiana, la città a ovest, e nella vicina cittadina di Tysdale a est, ciò significava fiere statali e gite al lago. Storie spaventose intorno a un falò.

E Jeff. Possibilmente senza maglietta. Ma per ora... aveva questo.

Il bivio si avvicinava come un miraggio, prima tremolando pigramente, poi svanendo quando la sua attenzione vacillava. Dritto davanti, la luce del sole filtrata attraverso la volta arborea tagliava l'oscurità con un oro nebbioso. Era la strada che gli altri avrebbero preso - l'unico sentiero, per quanto ne sapessero i più. Ma lei non era "i più". Un pesante muschio ricopriva l'ingresso del secondo sentiero, i rami bassi così densi di kudzu selvatico che non riusciva a vedere alcun bagliore di luce del giorno al di sotto. Il contrasto era così netto che Lindsay esitò, i piedi ancora che battevano la terra, il respiro che le usciva ansimante dalle labbra. Poi si strinse la coda di cavallo e girò a destra, chinandosi sotto le liane scivolose e nel buio.

Il sentiero qui era soffocato da erbacce e baccelli spinosi di liquidambar - più crepitii secchi, più ossa che si spezzavano, l'odore umido del sottobosco in decomposizione nel naso. Lindsay strinse i denti. A meno che non volesse correre avanti e indietro sullo stesso percorso, non aveva altra scelta che prendere il sentiero che si snodava sulle colline più ripide vicino a Fernborn. Quest'ultimo incontro di corsa campestre doveva essere un osso duro, e corridori migliori di lei avevano finito per vomitare sul marciapiede. Se si fosse allenata abbastanza duramente attraverso questi rovi incolti, il percorso collinare ma privo di erbacce della gara vera e propria sarebbe stato una passeggiata.

La nebbia si condensava mentre procedeva, l'oscurità più insistente. Dita di freddo strisciavano lungo la schiena di Lindsay come unghie di streghe, ma ignorò i brividi e andò avanti. Non era un personaggio di un romanzo dell'orrore, una ragazza vulnerabile che sarebbe stata facile preda per un serial killer armato di machete. Era Lindsay "Dash" Harris, futura vincitrice della Gara di Corsa Campestre dell'Indiana - di nuovo - e kickboxer nei fine settimana. Inoltre, che tipo di serial killer si aggirerebbe nei boschi alle otto di un martedì mattina? Non è così che funzionano i killer. Un vicolo buio della città, un furgone su una strada lunga e solitaria, uno sconosciuto in un bar universitario, la Corte Suprema - queste erano le vere minacce. Ma qui fuori? Non c'erano abbastanza vittime di passaggio per chiunque avesse intenzioni malvagie. Questo era un posto per studenti delle superiori che saltavano la prima ora per non dover rinunciare al cinema con i loro fidanzati più tardi. A cosa le sarebbe servita la trigonometria, comunque?

Ma mentre il sentiero virava a sinistra, Lindsay strizzò gli occhi verso il percorso davanti, i piedi che pulsavano al ritmo del suo cuore, la schiena appiccicosa di sudore. Sbatté le palpebre per allontanare il sale, gli occhi che bruciavano. Che diavolo era quello?

Lindsay rallentò mentre finiva di girare la curva dolce, poi si ridusse a fare jogging sul posto. Non un killer, non un essere umano affatto, anche se non lo rendeva meno invadente - avrebbe potuto dare una ginocchiata nelle palle a un uomo strano e andarsene. Questo non era così semplice. Una parete di vegetazione si ergeva davanti a lei, il tronco massiccio più alto di lei e appena visibile attraverso il fitto fogliame. I rami ondeggiavano come gambe che scalciavano, ognuno con abbastanza fronde fogliose da bloccare il sole. Dal taglio nero lungo il tronco molto più in basso alla sua destra, l'enorme quercia era stata colpita da un fulmine ed era crollata. *Rinunciataria*.

Lindsay guardò indietro da dove era venuta, indecisa. Poteva tornare indietro e riprendere il sentiero principale, poi seguirlo fino alla sua auto. Ma non aveva vinto una libreria piena di trofei scegliendo la via più facile.

Presa la decisione, si avvicinò all'albero. Non poteva arrampicarsi attraverso - i rami erano così fitti, così disordinati e cattivi, che non sarebbe arrivata dall'altra parte senza ferirsi malamente. Alla sua destra, il tronco si estendeva chissà fin dove, le radici sicuramente un campo minato. E lei era già nei rami superiori. Sicuramente quelle ombre a sinistra portavano alla cima dell'albero, e la terra danneggiata dove la quercia era caduta aveva scavato un passaggio percorribile. Avrebbe girato intorno, ripreso il sentiero dall'altra parte e fatto il giro per tornare al bivio quando fosse stato il momento; sapeva dove tagliare. Inoltre, avrebbe avuto una storia da raccontare al suo allenatore, anche se avrebbe omesso la parte sul saltare la scuola.

Le cosce le bruciavano mentre correva sul terreno irregolare, saltando l'occasionale ramo extra lungo ed evitando rovi e cardi. Sopra di lei, la volta si apriva, lasciando filtrare l'alba - la quercia aveva portato con sé alcuni degli alberi più piccoli quando era crollata. L'odore di muschio e il calore umido della resistenza le riempivano il naso. Odorava di successo.

Lindsay sorrise. Continuò a correre, e correre, e correre, lasciando che il suo cuore si calmasse in un dolore costante, i polmoni che si adattavano allo sforzo, le gambe che diventavano insensibili. L'euforia raramente arrivava facilmente, ma una volta che quella sensazione di benessere del corridore si manifestava, era... beh, anche meglio che stare con Jeff, e questo era dire qualco-

La terra svanì, il suo corpo che precipitava nello spazio. Il suolo si schiantò contro lo stinco di Lindsay come un treno merci coperto di vetri rotti. Un forte schiocco echeggiò tra gli alberi - un altro ramo spezzato?

Per un momento, rimase distesa a terra, ansimando. Stordita. Era caduta, lo sapeva. Inciampata. L'ombra della quercia rese freddo il sudore sul suo viso, facendola rabbrividire fino alle ossa. Cercò di forzare le mani sotto di sé, cercò di spingersi su, ma tremava troppo. Crollò nel fango, la guancia contro il terreno, il terriccio che le si infilava nella narice sinistra.

Poi arrivò il dolore.

Le squarciò la coscienza, frantumando la sua sensazione di benessere, un'esplosione bianca e rovente di pura agonia. Lindsay urlò, improvvisamente molto consapevole della sua solitudine. Era a miglia da entrambe le città - avrebbe potuto gridare per giorni senza essere sentita. Forse si era sbagliata su quel serial killer in agguato nei boschi silenziosi. Forse qualche assassino aveva preparato una trappola e sarebbe tornato a prenderla al calare della notte. Il pensiero era delirante e irrazionale, ma vi si aggrappò con tutta l'anima, lasciando che la focalizzasse.

Col cavolo che tornerà a prendermi. Me ne vado di qui!

Lindsay strinse i denti abbastanza forte da far dolere le radici e si spinse in posizione seduta, gemendo, poi si spostò delicatamente sul sedere. La sua caviglia era piegata in una strana angolazione, l'osso non era a posto - decisamente non a posto. Le dita dei piedi erano calde, lo stinco un attizzatoio ardente che le trafiggeva il ginocchio.

Soffiò via il terriccio dalla narice, ebbe un conato, represse un singhiozzo e sbatté le palpebre verso il terreno - troppo buio. Lindsay si fermò. Fissò l'oscurità a bocca aperta. Il terreno... non c'era.

Le lacrime le sgorgavano dagli angoli degli occhi. Stava immaginando cose, impazzita dal dolore? No. Il terreno vicino all'albero era lì, ma diversi rami sporgevano nel nulla. Una capsula di liquidambar, in bilico sul bordo, scivolò nel baratro. E cadde.

E cadde.

E cadde.

Ascoltò, immobile, aspettando che la capsula toccasse il fondo...

Silenzio dal buco. Sopra, gli uccelli cinguettavano, prendendosi gioco di lei. Il sangue le pulsava freneticamente nelle orecchie, l'angoscia le stringeva il petto. Era seduta sopra il buco, protetta solo dal più esiguo intreccio di rampicanti secchi? Una mossa sbagliata, e sarebbe stata inghiottita, nascosta per sempre nelle viscere della terra.

Lindsay si allungò dietro di sé, afferrando i rami della quercia per fare leva - per sicurezza - e tirò, il viso madido di sudore e lacrime. Singhiozzò più forte mentre si allontanava dall'apertura, ritornando lentamente su un terreno stabile. Ma il buco. Era ancora *così vicina* al buco, il piede ferito che si protendeva sul vuoto come se implorasse qualche creatura degli inferi di allungare la mano e trascinarla, dibattendosi, nell'abisso. Grugnì e si mosse di nuovo, la coscia che sfregava contro il terreno - quello non era terra. Qualcosa di duro, gelido, un po' umido. Pietra?

Lindsay si spostò ancora indietro, urtando la gamba ferita, e gridò così forte che gli uccelli cinguettanti presero il volo con uno scoppio di striduli squittii. La caviglia le bruciava. Sibilò un altro respiro, ansimando per il dolore, lo sforzo e il terrore. Si sarebbe calmata, *si sarebbe calmata e basta*, e poi si sarebbe fabbricata un bastone. Sarebbe zoppicata fino alla sua auto. Non si sarebbe fatta battere da un maledetto buco - non si sarebbe fatta, letteralmente, battere dal nulla.

Con un ultimo sforzo gutturale, Lindsay si trascinò completamente nella ragnatela di rami spinosi, il terreno sotto di lei solido. Sbatté le palpebre guardando le rocce, cercando di riprendere fiato. La cavità nella terra fangosa era protetta da alcune assi marce, le cui schegge frastagliate si protendevano sul buco. Le pietre che bordavano l'apertura erano troppo uniformi per essere naturali. Erose, ma impilate ordinatamente ad angolo concavo. Un... pozzo?

Lo scatto di concentrazione poteva essere una distrazione, il suo cervello che cercava di ignorare la sua sofferenza, ma Lindsay rimase immobile, i rami che le pungevano la schiena, fissando. Sebbene la gamba le pulsasse, con fitte che le salivano dalle dita dei piedi alla coscia, e l'adrenalina le scorresse nelle vene a ondate irregolari, non poté fare a meno di guardare.

Lindsay si spostò lentamente sul fianco sano, le lacrime che le rigavano le guance, e si sporse, allungando il collo, aggrappandosi a un ramo per sostenersi. Strizzò gli occhi. All'inizio, il fogliame dell'albero caduto gettava ombre cupe nella cavità del pozzo. Ma mentre osservava, un raggio tremolante del mattino penetrò la penombra, lame di luce scintillante che tagliavano l'oscurità sul fondo.

Le immagini le arrivarono a sprazzi, pulsando al ritmo del dolore nella gamba. Il mondo smise di muoversi. E sebbene sapesse che nessuno poteva sentirla, Lindsay urlò di nuovo.

Questa volta, non riuscì a fermarsi.

CAPITOLO 2

«Andiamo, Maggie. Perché no?» Reid sbatté le palpebre, gli anelli intorno alle sue iridi ambrate luccicavano d'oro nel sole mattutino. Il suo fazzoletto rosso da taschino si abbinava quasi perfettamente ai pantaloni di velluto a coste rossi di lei, come se l'avessero pianificato. Un anno fa, non avrebbe mai immaginato che sarebbero finiti qui. Non perché lei collaborava con il dipartimento di polizia per catturare serial killer, ma perché lei e Reid non erano partiti come amici.

Maggie si tolse gli occhiali da lettura, montature scure a occhi di gatto. «Perché sei un tontolone, Reid, e non mi piaci». Solo una parte di questo era vero, ma lei tendeva a circondarsi di tontoloni, nerd e imbranati di proposito. Come direbbe la sua migliore amica Sammy, *ci vuole uno per riconoscerne un altro*. Persino i suoi occhiali urlavano "bibliotecaria con una passione per *D&D*", il che era piuttosto vicino alla realtà.

Reid alzò un sopracciglio, il minimo accenno di barba sulla mascella quadrata che luccicava. La luce rimbalzava sugli oggetti sotto la finestra dell'ufficio: il vecchio tavolino da salotto di suo padre, la palla da baseball di suo fratello ancora nel suo guanto di pelle. La foto di Aiden brillava accanto, la sua immagine invisibile dietro il riflesso.

«Davvero?» disse Reid. «E io che pensavo che il chai potesse ammorbidirti».

Un biglietto di compleanno avrebbe funzionato meglio. Il suo socio in affari aveva un incontro con il suo avvocato, ma Owen le aveva comunque lasciato un cupcake e una nuova penna a sfera elegante. Maggie si mise una lunga ciocca rossa dietro l'orecchio e diede un'occhiata al bicchiere di carta. Non aveva bisogno di un'altra celebrazione: aveva già mangiato toast al jalapeño e ciambelle con Sammy e Alex, i suoi più cari amici. Le avevano anche comprato una fontana per il cortile: personaggi di *Sesame Street* simili a cherubini che facevano pipì in un bagnetto per uccelli. Un vero rovinatore d'infanzia, ma era in una battaglia d'ingegno con gli scoiattoli da mesi, e vederli bere da un gabinetto dei muppet la faceva sorridere. Era stata una buona giornata finora. Fino ad ora.

Incontrò lo sguardo di Reid - così speranzoso - e represse un sospiro. «Ti sembro una che starebbe bene a un gala del dipartimento di polizia?» I grandi gruppi di poliziotti le facevano venire il prurito alla pelle, e non perché suo padre aveva preso un proiettile di un agente nelle costole mentre proteggeva il suo paziente suicida. E nemmeno perché sua madre era attualmente agli arresti domiciliari.

Ok, forse era un po' per queste cose. Maggie era l'unica in famiglia che non era ancora finita dalla parte sbagliata della legge. E Reid non sapeva che lavorava con un'organizzazione clandestina che aiutava le vittime di violenza domestica a sparire. Non illegale, ma stava spingendo quel limite piuttosto forte.

Reid incrociò la caviglia sopra il ginocchio opposto.

«Tutti vogliono conoscere la donna che sta aiutando Ezra - la psicologa che ha risolto diversi casi di alto profilo. Penso che sperano che lavorerai con altri nel dipartimento».

Preferirei ficcarmi un cactus nel naso. «I serial killer sono già abbastanza drammatici senza dover addestrare un nuovo partner».

Lui sorrise e si portò una mano al cuore. «Che adulatrice».

Lei alzò gli occhi al cielo, poi continuò: «E sto curando Ezra solo come favore a *te*. Non sto certamente cercando notorietà dalla polizia di Fernborn». Il ragazzo stava facendo progressi; era migliore nell'identificare le emozioni, migliore nel conformarsi ai comportamenti richiesti a scuola. Non avrebbe mai dimenticato che Ezra aveva ucciso la sua tarantola domestica, ma non aveva ucciso l'animale domestico di nessun altro; non aveva nemmeno ucciso nuovi umani. Buon per lui. E anche per Reid: il padre biologico di Ezra era sepolto nel cimitero di Fernborn, per cortesia di un serial killer che aveva arruolato l'aiuto di Ezra. Se solo il ragazzo non avesse preso il compito con tanto entusiasmo.

Reid fece cenno alla tazza sulla sua scrivania, ormai quasi fredda. «Sapevo che quel chai sarebbe servito a qualcosa». Aspetta, di cosa stavano parlando? Reid prese un sorso del suo caffè, poi si sporse per gettare il bicchiere vuoto nel cestino accanto alla sua scrivania. «Pensaci, ok? So che queste cose possono essere noiose, ma mi servirebbe un amico. Potrebbe persino essere divertente».

Giusto. Un amico, non un appuntamento. Essere colleghi rendeva le cose appiccicose nel senso meno divertente di quella frase. Maggie scosse la testa. «Chiedi a Tristan di venire con te. Anche lui è un consulente». Un consulente uomo d'affari tecnologico ricco che non aveva bisogno del lavoro, ma pur sempre un consulente.

Lo sguardo di Reid si oscurò. Invece di rispondere al suggerimento, unì le mani, i polsini della giacca che si toccavano. Supplicando, con tanto di occhi da cucciolo.

«Sembri Elon Musk che cerca di far sì che l'universo *lo ami un po' di più*». Anche se Reid era più carino nel suo modo alto e dalle spalle larghe. Non che cose del genere contassero per amici che lavorano insieme.

«Se l'universo non lo ama, è certamente stato più gentile con lui di quanto meriti». Reid lasciò cadere le mani in grembo. «Non sto chiedendo un favore senza compenso. Ti darò qualsiasi cosa tu voglia».

Qualsiasi cosa? *Interessante*. Appoggiò i palmi sulla scrivania. «D'accordo. Verrò a questa festa con te, se tu e Tristan farete un weekend tra ragazzi insieme. Niente elettronica, niente lavoro, solo voi due, da soli nella natura selvaggia».

I suoi occhi marroni si allargarono. Si appoggiò alla sedia al rallentatore. «Sei seria?» Aveva passato anni cercando di arrestare il suo fratellastro, finché Maggie non aveva aiutato a dimostrare l'innocenza dell'uomo. Tristan era stato suo paziente a quel tempo; era così che lei e Reid si erano conosciuti.

«Seria come un matematico sotto anfetamine».

Aprì la bocca come per rispondere, poi la richiuse. Aggrottò la fronte. «Un... cosa?»

«Uno scoiattolo durante la stagione delle noci?»

Lui corrugò la fronte. «Ma quando diavolo è la stagione delle noci?»

«Seria come te dopo tre muffin alla crusca, bloccato in un ascensore durante un blackout». Fece scivolare le mani dalla scrivania e intrecciò le dita nei suoi riccioli infuocati, mimando la frustrazione di strapparsi i capelli. «Non mi importa quale metafora usi. Anche se non fate barbecue fraterni, penso sia ora che voi due seppelliate l'ascia di guerra». *Speriamo non nelle teste l'uno dell'altro.*

«Questo è un trucco subdolo da strizzacervelli, usare la tua compagnia come merce di scambio».

Maggie si appoggiò allo schienale e alzò le spalle. Era un po' subdolo, certo, ma aveva le migliori intenzioni: non stava nemmeno traendo beneficio in questo scenario di baratto. Era praticamente una santa. «Devo avere a che fare con entrambi ogni volta che prendo un caso, e sarà più facile se andate d'accordo». Tristan faceva consulenze tanto spesso quanto lei, occupandosi del lato tecnico mentre lei lavorava su quello psicologico.

Gli occhi di Reid si incresparono agli angoli; sciolse le gambe. Aveva l'abitudine di incrociare una caviglia sopra il ginocchio opposto se era anche solo un po' ansioso, e come detective dell'omicidi, di solito era teso.

«D'accordo», disse lentamente. «Tu convinci Tristan che dovremmo andare a campeggiare insieme, e io prenderò le tende. Ma questa cosa finirà male». Con un ultimo sbuffo e un cenno del capo, Reid si alzò in piedi. «Nel frattempo, è meglio che vada al lavoro».

«Buona giornata. E se hai bisogno di una consulenza su qualcosa che non sia fare festa, sarò libera domattina presto». *Perché oggi è il mio compleanno, e mi prendo il pomeriggio libero.* Non prendeva mai giorni liberi. Avrebbe riconosciuto questa deviazione nel suo comportamento?

Reid sorrise e si diresse verso la porta. «Grazie, Maggie. Lo apprezzo».

Che detective sei. «Reid?»

Lui si voltò.

«Una tenda», disse lei. «Falla piccola».

CAPITOLO 3

Non dovrei essere qui.
Maggie fissava attraverso il parabrezza il centro commerciale. Due fast-food si ergevano davanti, nascondendo gli edifici sul retro del parcheggio. Un negozio di mobili - chiuso di questi tempi - si trovava alla sua sinistra. Dietro c'era un altro edificio che sembrava abbandonato, e quasi lo era. Quasi. L'insegna per le letture psichiche era sempre accesa, un vistoso neon rosa, ma non c'era nessun chiromante, e nessuna sfera di cristallo attendeva dietro il vetro oscurato. Il cartello sulla porta recitava sempre CHIUSO. Ma una singola scala sul lato dell'edificio conduceva al seminterrato, e oltre...

Sbatté le palpebre.

Niente diceva «buon compleanno» come qualche ora in un club del sesso sotterraneo. Era anonimo, e tutti dovevano sottoporsi a controlli medici di routine completi di test per le malattie sessualmente trasmissibili - più sicuro di un'avventura di una notte con qualcuno conosciuto in un bar. Inoltre, in quest'ultimo scenario, avrebbe dovuto andare in un bar e parlare con degli sconosciuti. *Che schifo.*

Le sue dita si strinsero, le nocche bianche attorno al volante. Allora perché non stava scendendo dalla macchina? Era troppo presto perché gli altri fossero arrivati, ma sapeva che ora fosse prima di guidare fino a qui. E aveva appositamente fatto piani con i suoi amici questa mattina per essere sola stasera.

Maggie sospirò. Non era che non volesse vedere i suoi amici. Non era nemmeno che non volesse festeggiare. Era...

Il suo petto si strinse. Era il suo secondo compleanno senza Kevin. Il primo era passato in una nebbia di dolore senza che si rendesse conto che fosse il suo compleanno, ma questo...

Sì, questo. Trentasette anni, ed era pienamente consapevole che Kevin non fosse con lei. Pienamente consapevole che nessuno le avesse preparato la colazione a letto o le avesse dato qualche regalo sciocco - una macchina radiocomandata, un aquilone, un assortimento di palline rimbalzanti - mentre era ancora in pigiama. Ad essere onesti, era difficile superare qualcuno che si era lanciato con la macchina da un ponte quando avevi rifiutato la sua proposta di matrimonio. Un incidente? La polizia l'aveva classificato come tale. Ma quando tutto era silenzioso, e il mondo era buio, Maggie non ne era sicura.

Sbatté le palpebre guardando l'insegna delle letture psichiche, il sentiero che portava alla scala. Nessuno in questo posto anonimo si sarebbe lanciato in un fiume a causa sua - nessuno qui la conosceva abbastanza bene. E immaginare il viso di Kevin su quelli degli uomini mascherati aveva alleviato il dolore... per un po'. Quando chiudeva gli occhi, avevano persino l'odore di Kevin.

Ma era pericoloso affezionarsi, come scegliere un animale domestico in un mattatoio di polli. E una volta che aveva iniziato a cercare lo stesso uomo, una volta che aveva iniziato a sovrapporre il viso di Tristan alla sua maschera di pelle, immaginando che l'uomo avesse l'odore di Tristan invece di Kevin...

Niente di tutto ciò era sano. L'aveva chiamato lutto quando era solo il viso di Kevin, ma era ossessivo fantasticare così su un ex paziente. E si sentiva più sana quando era lontana da Tristan e da questo club; probabilmente avrebbe dovuto andarsene prima di iniziare a ricadere.

La statuetta con la testa oscillante sul cruscotto la fissava: Beaker di *Muppet Show*, i suoi occhi di plastica la scrutavano - giudicandola. Aveva la statuetta di Bert nel suo cassetto al lavoro. La statuetta di Ernie aveva guardato Kevin guidare giù da quel ponte, l'aveva guardato morire, annuendo tutto il tempo.

Maggie allentò le dita e si asciugò i palmi sudati sui pantaloni. *Cosa stai facendo, Mags? Vai a casa. Chiama Sammy.* Ma non voleva combattere la stretta intorno al suo cuore, il malessere nello stomaco. Non voleva mangiare la torta e fingere di voler essere lì e non avvolta tra le braccia di Kevin. La dissonanza era estenuante.

Ecco perché sono qui. Non voglio fingere.

Fissò attraverso il parabrezza il neon rosa - LETTURE PSICHICHE - il cartello sottostante: CHIUSO. Poi mise in moto la sua Sebring decappottabile, desiderando di avere ancora la sua DeLorean. Un giorno, ne avrebbe presa una nuova. Sperabilmente, la prossima non sarebbe stata distrutta da un serial killer piromane. Non era sicura di quali fossero le probabilità, ma probabilmente migliori di quelle che Reid capisse il suo prossimo paragone assurdo. *Uno scoiattolo durante la stagione delle noci? Andiamo.*

I ristoranti sul fronte del parcheggio brillavano, arrabbiati con i loro rossi e gialli accesi, i colori accuratamente scelti per attirare clienti affamati attraverso le loro porte.

Ma l'autostrada oltre era silenziosa prima dell'ora di punta, una vasta distesa di asfalto baciata da un sole gialliccio.

Maggie premette il pedale fino in fondo.

Il tardo pomeriggio sfrecciava su entrambi i lati dell'auto, la velocità riduceva le linee tratteggiate dell'autostrada a una striscia luminosa, conducendola a casa. Schivò un camion che probabilmente stava andando dieci chilometri sopra il limite consentito, poi rallentò per un autovelox due chilometri prima della sua uscita.

Strizzò gli occhi verso l'agente, mezzo nascosto nella boscaglia sulla corsia d'emergenza. *Fregato*. Prese la rampa, controllò ancora una volta lo specchietto retrovisore mentre curvava sulla strada principale, e accelerò.

La casa di suo padre si trovava alla periferia della città - la casa dove sua madre e suo padre avevano vissuto e amato e infine divorziato. Ogni giorno, sembrava più probabile che sarebbe rimasta lì per sempre. La sua casa era bruciata, e suo padre non sarebbe tornato dal villaggio per pensionati con o senza il suo aiuto. Lui non *voleva* che lei fosse una badante a tempo pieno - l'aveva proibito quando era ancora abbastanza lucido da proibire qualsiasi cosa. Ma una vocina a volte sussurrava che avrebbe dovuto prendersi un anno sabbatico dal lavoro; che forse lui l'avrebbe riconosciuta di nuovo, anche se brevemente, se fosse stata con lui ventiquattr'ore su ventiquattro. Forse avrebbero avuto qualche giorno in cui lui non l'avrebbe scambiata per un'infermiera o un inserviente. Forse avrebbe ottenuto *un'altra ora soltanto* in cui avrebbe potuto raccontargli del suo mondo, e lui avrebbe potuto dire che era orgoglioso di lei. Avrebbe potuto aggrapparsi a quello per il resto della sua vita.

Maggie fece entrare l'auto nel vialetto e parcheggiò sul lato sinistro del pavimento, vicino ai gradini. Reid aveva cercato di convincerla a installare fari e telecamere, ma sembrava un sacrilegio cambiare le cose da come le aveva lasciate suo padre. Forse aveva un po' di spirito ribelle, va bene, ma più di questo, se avesse avuto una telecamera, era certa che Tristan l'avrebbe hackerata. Che l'avrebbe... guardata. Poteva sembrare ridicolo, il suo cervello iperattivo in stato di allerta. Ma non riusciva a scrollarsi di dosso quel pensiero. Una volta lui aveva messo un localizzatore sul suo telefono, quindi intrufolarsi in un feed video non era completamente fuori questione.

Forse hai solo paura che ti piacerebbe che ti guardasse, Maggie. Ci hai mai pensato?

Maggie spalancò la portiera dell'auto con un calcio: ovviamente ci aveva pensato. Il suo cervello era praticamente una spugna che schizzava fuori scoppi di pensieri frenetici. Se qualcuno avesse fatto un film d'azione su di lei, si sarebbe intitolato *La Pensatrice*, e il suo superpotere sarebbe stato sedersi in silenzio in una stanza mentre il suo cervello elaborava un milione di scenari che non si sarebbero mai realizzati.

Si diresse su per le scale, con il vento alle spalle che sussurrava contro la sua camicetta a righe, i suoi pantaloni di velluto a coste che frusciavano ad ogni passo, un rumore che ringhiava insieme al cinguettio degli uccelli. Avrebbe dovuto andare al villaggio per pensionati, ma non poteva sopportare che suo padre la dimenticasse oggi. E sua madre... che diavolo stava facendo? La mamma non era mai stata il tipo affettuoso, aveva lasciato quel compito al padre di Maggie, ma di solito Maggie riceveva una telefonata per il suo compleanno. Era chiedere troppo un messaggio con un'emoji di un palloncino?

Maggie infilò la chiave nella serratura e la girò, ma si fermò con la mano sulla maniglia. Una sedia di vimini e un piccolo tavolo di metallo erano sulla veranda, più per decorazione che per utilità. Ma nell'ombra della grondaia, posato sulla sedia di vimini, c'era... qualcosa. Qualcosa che non doveva essere lì.

Si avvicinò con cautela, strizzando gli occhi verso il cesto. Un bouquet di fiori selvatici - non era una fan delle rose - un piccolo biglietto giallo annidato tra le foglie. E al centro, una scatola di velluto rosso legata con un fiocco viola. Una scelta strana, i colori cozzavano, ma... Abbassò lo sguardo sui suoi pantaloni rossi, sulla sua camicetta a righe. Va bene, era in un certo senso perfetto.

Maggie raggiunse tra i petali e sfilò prima il biglietto dalla busta, lettere nere dattiloscritte: «Buon compleanno, Maggie». Niente di più. Ma sapeva già da chi proveniva; l'aveva capito nel momento in cui aveva visto il regalo in agguato nell'ombra.

Tristan. Non le piaceva che la sua attenzione la facesse sentire allo stesso tempo nauseata e calda, ma i fiori erano... carini. Non abbastanza carini da installare un campanello con telecamera facilmente hackerabile, ma carini comunque. E la scatola...

Allentò il nastro viola. Il respiro le si bloccò. *Wow*. Il braccialetto all'interno brillava alla luce del portico - diamanti. UN SACCO di diamanti. Le aveva fatto molti regali nell'ultimo anno e mezzo, dalle guardie armate al villaggio per pensionati di suo padre, alle consegne di panini al manzo in scatola, ai biglietti aerei per New Orleans con i pass per un concerto di Weird Al - il suo musicista preferito. Maggie non aveva mai riconosciuto i regali, non aveva mai detto niente di più di «Ehi, devi smetterla». Una relazione forgiata quando eri lo psichiatra di qualcuno non era una relazione in cui dovresti impegnarti, specialmente se avevi mai sovrapposto il suo viso a quello di un sottomesso mascherato in un sex club.

Maggie deglutì a fatica. I fiori erano una cosa - accettabili, ragionevoli come regalo di compleanno per una collega o tua nonna. I gioielli *sembravano* sbagliati. E a volte, devi seguire il tuo istinto, soprattutto quando il tuo cervello logico ti sta dicendo la stessa cosa.

Il suo cellulare vibrò. Rimise la scatola di velluto dentro il bouquet e recuperò il telefono dalla tasca. Messaggio di testo. Da... Tristan.

«BUON COMPLEANNO!»

Come fa? Anche senza il campanello con telecamera, sembrava sempre sapere dove si trovava e cosa stava facendo. Sì, improvvisamente sembrava molto meno carino e molto più inquietante. Le sue dita si fermarono sui tasti. *Grazie?* Era quello che voleva scrivere? *Smettila, stalker?* Quello si avvicinava di più. Sospirò. Avrebbe aspettato fino a domani, dandosi il tempo di riflettere su cosa dire, come ogni buon pensatore eccessivo dovrebbe fare. Per quanto apprezzasse i fiori, non poteva accettare nulla di tutto ciò. Non poteva accettare *lui* come nient'altro che un collega, e un collega ficcanaso e invadente per giunta. Oh aspetta...

«Chiama Reid. Ti sta portando nel bosco».

Colpito e affondato. Quello lo avrebbe fatto esitare dopo il suo inquietante messaggio "In qualche modo ti sto guardando mentre apri i miei regali". La risposta arrivò immediatamente: un singolo punto interrogativo. Ma non era dell'umore per elaborare. Doveva imparare a seguire le istruzioni... come un sottomesso in un sex club.

Il telefono vibrò di nuovo prima che potesse rimetterlo in tasca - questa volta la stava chiamando. Ma... no. Non Tristan. Un numero locale che non riconosceva. Maggie portò il cellulare all'orecchio.

«Magma Connolly?»

La sua schiena si irrigidì. *Magma* - i suoi genitori l'avevano odiata dal momento in cui era nata; oppure sua madre aveva voluto renderla più forte, un piano che aveva fallito spettacolarmente. «Sono Maggie».

«Buonasera, signora. Sono il detective Malone di Tysdale. Se non è troppo disturbo, può venire in centrale?»

Malone... il nome le era familiare, anche se non riusciva a collocarlo. *Sembra che la mia fama e fortuna siano esplose anche senza il gala del dipartimento di polizia.* Le piaceva anche il modo in cui parlava, una gentilezza genuina ma cauta - *se non è troppo disturbo?* Cos'era, canadese?

Con un ultimo sguardo al bouquet, disse: «I miei orari di ufficio sono dal lunedì al venerdì, dalle nove alle quattro. Può richiamare allora per un appuntamento, ma non sono sicura di avere spazio nella mia agenda per una consulenza su un caso». Forse poteva scaricare il lavoro su Owen. Owen odiava che lei lavorasse con la polizia, e Reid le dava già più di quanto potesse gestire.

Wow, questo suonava sporco.

«Signora?» Non sentì delusione nella sua voce - solo confusione. «Una consulenza?»

Non una consulenza. Allora perché i detective di Tysdale volevano vederla oggi...

Il mondo si fermò, gli uccelli cinguettanti improvvisamente silenziosi.

L'uomo si schiarì la gola. «Non so come dirglielo, e odio davvero essere portatore di cattive notizie, ma... sarebbe molto utile se potesse incontrarmi in centrale. Abbiamo bisogno che identifichi un corpo».

CAPITOLO 4

L'obitorio si trovava all'ospedale, collegato all'edificio principale tramite un lungo corridoio asciutto che inspiegabilmente odorava di senape. Sicuramente meglio dell'odore di cadaveri in decomposizione che altrimenti avrebbe potuto permeare l'aria, del puzzo di formaldeide o alcol denaturato o della carne bruciata di una vittima di incendio domestico. Niente finestre: apparentemente, era sempre mezzanotte nella zona dei cadaveri.

Maggie deglutì a fatica, respirando con la bocca. *Buon compleanno a me.* Forse il corpo che era lì per identificare avrebbe avuto un fiocco, attaccato alla sua fronte pallida come un terribilmente tremendo regalo sgradito.

Il detective Malone la incontrò a metà del corridoio, il suo volto largo e piatto contratto in una smorfia che aveva imparato a identificare come l'espressione da "bambino morto". Non le aveva detto chi pensava fosse il corpo, non esplicitamente, ma c'erano solo così tante persone che potevano essere. Alex non aveva altri parenti: era morta la sua migliore amica? La moglie di Sammy sarebbe stata qui se fosse successo qualcosa a lui. Se sua madre fosse morta, Maggie sarebbe stata probabilmente la prima ad essere chiamata, ma era agli arresti domiciliari; non sarebbe stata qui a Tysdale. E se fosse stato suo fratello dopo tutti questi anni...

Scacciò il pensiero. Se avessero pensato che il corpo appartenesse a suo fratello, avrebbero dovuto chiamare prima sua madre, e non c'erano altre voci mormoranti in questo corridoio abbandonato. La donna potrebbe aver dimenticato il suo compleanno, potrebbe non essere riuscita ad arrivare all'obitorio a causa del braccialetto elettronico, ma avrebbe certamente chiamato Maggie se avessero trovato il corpo di Aiden.

Gli occhi di Malone rimasero abbastanza amichevoli mentre si presentava. «Mi dispiace tanto per tutto questo...» - *soory* e *aboot*. Decisamente un canadese, e con il suo viso piatto e flaccido, la sua giacca di pelle scura e rugosa, assomigliava a un carlino canadese. Era anche così che suonava, i tacchi delle sue scarpe lucide che battevano come unghie di cane contro il linoleum.

Seguì Malone attraverso le porte a vento in fondo al corridoio e in un altro passaggio sterile. Tre porte strette su entrambi i lati, tutte del tipo a vento come l'ingresso, appena abbastanza larghe per una barella. Ma la guardia piazzata nel mezzo del corridoio lo rendeva abbastanza sicuro. Il furto chiaramente non era la preoccupazione principale in questa sezione dell'ospedale. Nascondere le prove potrebbe essere un problema, ma manomettere un cadavere sarebbe un'ammissione di colpevolezza. Quanto spesso poteva succedere una cosa del genere?

Smettila di pensare, Maggie. Ma non voleva davvero farlo. Pensieri banali sul corridoio che odorava di senape o sul detective dalla faccia da carlino o sulle manomissioni dei cadaveri la tenevano lontana dal considerare cosa stava facendo qui: identificare un corpo. Un corpo morto. Qualcuno che conosceva.

Malone usò due dita per salutare la guardia ancora seduta, un esemplare magro e nervoso con la faccia di un procione ma con cerchi più profondi sotto gli occhi. L'uomo li fece passare con a malapena uno sguardo. Si conoscevano, ovviamente. Tysdale era una piccola città, più piccola di Fernborn, e anche Fernborn non era piena di luci notturne e gente che faceva festa... anche se potrebbero avere meno canadesi.

Malone spinse la porta alla fine del corridoio. Si girò di lato per lasciarla passare, tenendo il piede sullo stipite.

Ma mentre si avvicinava alla soglia, le scarpe di Maggie divennero pesanti, radicate al pavimento come se avesse calpestato una pozzanghera di colla quasi asciutta, i suoi occhi bloccati sulla porta aperta, sullo spazio plumbeo oltre. Cosa l'aspettava là nella penombra di quella stanza? Avrebbe dovuto chiedere di vedere le credenziali del detective? Chiedere chi pensavano fosse il cadavere, così da non essere colta alla sprovvista?

Maggie inspirò: niente. Nessun odore di carne in decomposizione, nessun disinfettante o formaldeide. Solo il metallo. E la senape.

Malone la stava ancora guardando, aspettando, con il tallone contro l'angolo della porta.

Maggie deglutì a fatica e si costrinse ad andare avanti, superando Malone. *Ah* - era lui che puzzava di senape. La porta si chiuse con un sibilo dietro di loro.

Freddo dentro la piccola stanza, e più piccola di quanto avesse immaginato. Un bancone correva lungo tutta la parete posteriore: pulito ora, graffiato e ammaccato, ma senza un solo bisturi. Due persone stavano in piedi davanti al bancone, ma Maggie non riusciva a guardarle. I suoi occhi erano fissi sul tavolo d'argento al centro della stanza, la superficie coperta da una sottile pelle di coperta. I rigonfiamenti sotto il lenzuolo blu erano troppo piccoli.

Il suo stomaco si contrasse. Questo era il corpo? O era solo una parte di un corpo? Una gamba, forse, o solo un torso. O forse era qualcuno che conosceva intimamente: si poteva identificare un corpo solo da un pene? Nella sua esperienza, la maggior parte erano irrilevanti.

«Questo è il mio partner» disse Malone. «E la dottoressa Fran Getty.»

Maggie distolse lo sguardo dal tavolo per posarlo su quelli che stavano dietro. Ma nel momento in cui registrò gli altri volti nella stanza, si bloccò. I peli lungo la sua schiena si rizzarono.

Maggie non aveva mai incontrato il detective Malone, né conosceva il medico legale. Ma riconobbe l'altro uomo: il detective Nick Birman. Dell'età di suo padre, con rughe che correvano come affluenti attraverso la sua alta fronte. Aveva gli stessi occhi grigi socchiusi che ricordava, gli zigomi alti, una bocca sovradimensionata - clownesca, se si aggiungesse un po' di rossetto - e la flanella a quadri lo faceva sembrare più canadese da sciroppo d'acero di Malone. La barba folta striata di grigio era nuova, presumibilmente per nascondere l'enorme fossetta sul mento. Lei e Sammy avevano passato molto tempo a riflettere su quanto quella fossetta sembrasse un sedere.

«Sta bene, dottoressa Connolly?» chiese Malone da dietro di lei.

Annuì. Ma non stava bene. Il suo petto era un nido contorto di calore spinoso, la schiena rigida come se avesse una barra d'acciaio impiantata nella colonna vertebrale. Birman: doveva essere quel testone. Il che significava che il corpo era...

La donna nell'angolo fece un passo avanti, stretti nastri di riccioli neri ammucchiati sopra la sua testa, labbra pesanti contratte per la preoccupazione. La dottoressa sollevò l'orlo superiore del lenzuolo, poi lo tirò lentamente fino alla base del tavolo in acciaio inossidabile.

Le ossa non erano state pulite, non ancora, le estremità portavano ancora granelli di terra e sabbia. Ossa ingiallite striate di nero, il tipo di terra buona e ricca di vermi necessaria per far crescere i pomodori. L'assassino lo aveva sepolto in profondità.

Le viscere di Maggie si indurirono in una palla annodata di fuoco. Assassinato. Doveva essere così, giusto?

Si avvicinò, due passi vuoti che rimbalzarono contro ogni superficie metallica a turno, un crepitio che risuonava e che sentiva nelle radici dei denti.

Avevano rimosso i vestiti, se ce n'erano stati. Non rimanevano tracce di capelli. Così piccolo: tutto di lui così piccolo.

Non alzò gli occhi dal tavolo mentre chiedeva: «Perché mia madre non è qui?»

«L'abbiamo chiamata alcune volte» disse Birman. «Purtroppo, non siamo riusciti a localizzarla.»

Quello... non era possibile. La donna aveva un dispositivo di controllo. D'altra parte, scherzava sul fuggire alle Maldive da quando l'avevano messa agli arresti domiciliari, e questo spiegherebbe la mancanza di emoji con palloncini.

Ma Maggie aggrottò la fronte, con lo sguardo ancora fisso su Birman. Qualcosa non quadrava. Osservò, studiando il suo volto da pagliaccio alla ricerca di un movimento nei minuscoli muscoli intorno agli occhi - immobili. Ma le sue narici si dilatarono. Un velo di sudore brillava sulle sue tempie. Mh. Stava... *mentendo* sul contatto con sua madre. La voleva qui da sola.

Maggie percepì il calore salirle al petto, ma riusciva a

malapena a sentirlo a causa della stretta opprimente intorno al cuore.

Aiden. Mio fratello è morto.

Deglutì a fatica e si sforzò di chiedere: «Dove l'hanno trovato?» Lui. Era ancora un lui? Un corpo. Solo ossa. Una vita ridotta a un mucchio di calcio e terriccio.

«In un vecchio pozzo», disse Malone. «Nel profondo dei boschi, proprio a metà strada tra Fernborn e Tysdale». A chilometri da entrambe le città. A chilometri da qualsiasi aiuto. C'erano sezioni più piccole di bosco che si insinuavano tra la scuola media e le strade residenziali, e all'improvviso desiderò che fosse stato trovato lì, nei boschi più vicini alla civiltà - un luogo meno *solitario*. Ma l'isolamento era, presumibilmente, l'obiettivo dell'assassino.

«Chi?» La sua voce si incrinò, e si schiarì la gola per nasconderlo, poi si voltò per guardare Malone.

Malone alzò un sopracciglio. «Scusa?» Birman la stava ancora fissando dall'altra parte del tavolo d'acciaio. Poteva sentire il suo sguardo come aghi sulla pelle.

«Chi l'ha trovato?» ritentò.

«Ah.» Malone tirò su col naso. «Una ragazza del posto. È inciampata, si è ferita parecchio, ma è riuscita a tornare indietro. Cinque miglia con una caviglia fratturata». Dannazione se non sembrava impressionato.

«Le manderò un cesto di frutta o qualcosa del genere», mormorò, voltandosi di nuovo verso il tavolo. *Ho un braccialetto di diamanti che potrebbe piacerle.* Ma le sue parole, persino i pensieri nella sua testa, sembravano provenire da qualcun altro. Il suo sguardo cadde sul corpo. Sul cranio, sulla parte anteriore della bocca dove tre denti erano più chiari degli altri. Dopo l'incidente, sua madre lo aveva tenuto in grembo durante il tragitto verso l'ospedale, cantando nel suo modo troppo allegro e stonato.

«Aveva segni distintivi?» chiese Malone come se le

leggesse nel pensiero. «Siamo ragionevolmente certi per via degli indumenti trovati con lui, capi che indossava l'ultima volta che è stato visto, ma se avesse avuto ossa rotte, ferite che potrebbero essere-»

«Se li era rotti», disse lei. «È scivolato su una pozzanghera in cucina e ha sbattuto la bocca sul bancone».

Gli altri tre seguirono il suo sguardo verso il cranio. Verso il mantenitore di spazio di Aiden, cementato agli altri denti - quelli veri.

«Quindi, credi che questo sia tuo fratello?» disse Malone, avvicinandosi al tavolo nella visuale periferica di Maggie.

Maggie annuì. Non credeva solo che fosse Aiden - ne era certa. Tutte le volte che aveva sperato lo trovassero, vivo o morto, solo per saperlo con certezza... ora se ne pentiva. A volte era meglio non sapere. A volte era meglio credere che il peggio non fosse accaduto - che se se n'era davvero andato, fosse stato rapido e indolore. Che non l'avesse visto arrivare.

Maggie non voleva immaginarlo morire lentamente - soffrendo. Ma anche se dentro tremava, anche se la bile le bruciava la gola, anche se il cuore le scoppiava nel petto come fuochi d'artificio, non riuscì a trattenersi dal chiedere: «Sanno cosa è successo? Come lui-»

Alzò lo sguardo in tempo per vedere Birman socchiudere i suoi occhietti. «Esamineremo tutto con un pettine a denti fini nei prossimi giorni». Era una buona cosa, ma il suo tono era completamente sbagliato, intriso di minaccia. «Ma in via preliminare...» Si voltò verso la dottoressa Getty.

La dottoressa Getty annuì, con gli occhi fissi sulle ossa. Gesticolò con dita sottili - dita da pianista. «Da una caratteristica perforazione nella giacca e uno strappo simile nella camicia sottostante, credo sia stato pugnalato al petto.

Con ogni probabilità, una ferita del genere gli avrebbe trafitto il cuore. Sarebbe stato veloce».

Pugnalato. Al cuore. Ma sebbene la dottoressa sperasse chiaramente che fosse stato rapido, non lo *sapeva* con certezza. Maggie chiuse gli occhi, e nell'oscurità dietro le palpebre, poteva vedere suo fratello, le lacrime sulle guance, le labbra che lasciavano sgorgare un costante flusso di sangue - dissanguandosi lentamente. Poteva sentirlo anche urlare, chiamarla dal fondo di quel pozzo solitario. Perché lei avrebbe dovuto essere lì, avrebbe dovuto essere con lui, avrebbe dovuto accompagnarlo a casa-

I suoi occhi si spalancarono di colpo. Non voleva sapere dei suoi ultimi minuti su questa terra. Assolutamente no.

«Potremmo non avere ancora tutte le informazioni», disse Birman, «ma è chiaro che è stato assassinato. Sono sicuro che lo sapevi già».

La dottoressa Getty aggrottò la fronte. Malone sbatté le palpebre.

Un interrogatorio - ovviamente. Dopotutto, era per questo che la voleva qui da sola; perché aveva mentito sul non essere riuscito a trovare sua madre.

Maggie strinse i pugni ai fianchi. *Non colpirlo, Maggie. Non farlo.* Di solito non era incline alla rabbia, ma Birman era presente quando Aiden era scomparso, aveva reso tutto cento volte peggio, e ora voleva giocare con la sua testa mentre identificava le ossa di Aiden. *Che stronzo.*

«Eri piuttosto malconcia quel giorno», disse Birman. «Se ricordo bene».

Oh, ricordava sicuramente bene. E non sapeva nemmeno la metà. La cicatrice sul retro della sua testa pulsò, una, due volte - un dolore profondo e caldo. Poteva sentire anche il sangue sulle mani. Ma quel sangue non era il suo.

«Ero una secchiona, detective». *Ero - al passato?* «Mi picchiavano in continuazione». Non era proprio vero, soprattutto dopo che lei e Sammy erano diventati amici, ma non era per questo che si era ferita il giorno in cui suo fratello era morto.

La cicatrice pulsò di nuovo, acuta e rabbiosa, e questa volta lei sibilò un respiro tra i denti serrati. Dovrebbe chiamare Sammy. No, Alex. Il viso le bruciava. Sua madre probabilmente stava cenando, beatamente ignara delle ossa sporche di suo figlio, occupata a dimenticare tutto sui compleanni e le figlie, tranne le figliastre, che sua madre aveva detto essere "un po' sceme".

Vorrei poter chiamare Kevin.

Sbatté le palpebre guardando il detective, ma Birman stava accuratamente evitando il suo sguardo, accigliandosi davanti al corpo. C'era un segno di colluttazione su quelle ossa? «Perché mi ha chiesto delle botte? Pensa che abbia lottato con il suo assassino?»

«Ci hai rifilato questa storia la prima volta», disse Birman. *Mi piacerebbe rifilarti un pugno in faccia.* «Abbiamo esaminato ogni teppista in quella scuola - ogni bullo».

Le narici della dottoressa Getty si dilatarono, le sue labbra erano tese. Era abituata a trattare con i cadaveri, ma chiaramente meno con detective che molestavano le famiglie delle vittime di omicidio. «Non era una scusa», sbottò Maggie. «Ho risposto alle vostre domande».

«In ogni caso, è un po' presto per fare dichiarazioni definitive su quanto accaduto qui». Le labbra da clown di Birman si ritrassero, quasi in un ringhio, e le sue spalle si irrigidirono. «Devi essere sincera con me. So che stai nascondendo qualcosa».

Maggie esitò, ma prima che potesse ribattere, Birman continuò: «Dov'è tua madre?»

«A casa... deve essere a casa. E se pensi che mia madre abbia fatto qualcosa di sbagliato solo perché non ha risposto alla tua chiamata, sei un detective terribile. Forse pensa solo che tu sia uno stronzo».

Malone sbuffò, e lei si girò verso di lui, ma non la stava guardando. Il suo sguardo era fisso su Birman, gli occhi ardenti di accusa, più agitato di quanto avesse mai visto un canadese. Sembrava che non gli piacessero le buffonate del suo partner tanto quanto non piacevano a lei.

Birman si schiarì la gola. «Signorina Connolly? Abbiamo davvero bisogno di sapere dove si trova sua madre. Se non c'è nulla da nascondere, non ci starebbe evitando».

Non era necessariamente vero. «Non sai nulla di mia madre». Ma sua madre era agli arresti domiciliari. Se non era a casa, se *davvero* non era a casa...

«Signorina Connolly», ripeté Birman.

«*Dottoressa* Connolly». La voce non apparteneva a lei, né ai detective. Si girò.

La porta si aprì con un sibilo, sicuramente un'entrata meno drammatica di quanto avesse voluto. Reid entrò a grandi passi, il viso rosa per l'irritazione, fulminando con lo sguardo il detective Birman.

CAPITOLO 5

«Mi dispiace di aver impiegato così tanto tempo per arrivare», disse Reid. Le punte delle sue dita lasciavano impronte sul lato del bicchiere di carta del caffè. Doveva far male: il suo chai era abbastanza caldo da bruciarle il palmo.

La caffetteria era stato il loro luogo d'incontro prima che qualcuno avesse pronunciato la parola *partner*, prima che qualcuno avesse immaginato che avrebbero potuto lavorare insieme regolarmente. Anche lei non l'aveva vista come una cosa a lungo termine. D'altra parte, non si era mai aspettata di identificare i resti di suo fratello nel giorno del suo compleanno. La vita era piena di sorprese.

«Non mi aspettavo che saresti venuto», disse lei. «Come hai saputo del...?» *Il corpo*. Non le sembrava ancora giusto dirlo ad alta voce, come se stesse riducendo tutto ciò che suo fratello era a una singola parola, letteralmente sporca. Nella sua mente, vedeva scure striature di sporcizia attaccate a ciò che restava di lui.

«Clark mi ha chiamato», disse lui, posando la sua tazza accanto alla sua.

«Oh». Aggrottò le sopracciglia. Il detective Clark Lavigne era un detective qui a Fernborn, quindi sapeva che Maggie collaborava con il dipartimento, che lei e Reid lavoravano insieme. Ma perché era a Tysdale? Avevano temporaneamente unito le forze perché un corpo in quei boschi poteva essere stato un residente di entrambe le città? «Beh, ha significato molto che tu fossi lì. E proprio in tempo per salvarmi da quel pagliaccio di detective».

Reid palpeggiò il lato del suo bicchiere di caffè come se cercasse di annullare il danno che aveva inflitto. Fallì. «Di cosa stava parlando, comunque?»

«Solo le solite cose da pagliaccio», mormorò lei, abbassando gli occhi verso il tavolo.

«Monocicli?»

«Stai pensando agli orsi». Una minuscola goccia di condensa brillava sul legno vicino al suo mignolo. La trasformò in una virgola con l'unghia, poi sospirò: «Ha detto che non riusciva a trovare mia madre. Per dirle di Aiden».

«L'hai chiamata?»

La virgola si allungò in un punto esclamativo. Maggie annuì guardando le sue dita, poi alzò la testa. «Sì, due volte mentre venivo qui. Nessuna risposta. Ma è agli arresti domiciliari. Che abbia risposto al telefono o meno, possono vedere dov'è. Non si è tolta il braccialetto elettronico, altrimenti lo saprebbero. E ha già violato una volta; se esce di nuovo dal perimetro di quel braccialetto, torna in prigione». Lo farebbe? Non nel giorno del compleanno di Maggie, vero? D'altra parte, si potrebbe pensare che le diciassette ore di travaglio valessero almeno un'emoji di un palloncino. *Perché sono così ossessionata dalle emoji dei palloncini?*

«Per ora, teniamo la mia Madre Incredibilmente Scomparsa tra di noi», disse. «Birman stava mentendo su di lei, sul fatto di averla contattata: potevo capirlo dalla sua faccia. Ma non so ancora perché, e se è a casa, non voglio far scattare nessun allarme». *E se non lo è, non voglio essere il motivo per cui viene rinchiusa, non oggi.* Forse domani, però.

Reid tirò il collo della sua camicia; aveva già gettato la giacca sullo schienale della sedia. «Le mie labbra sono sigillate. Come uno scoiattolo durante la stagione delle noci».

«Non sai un cazzo degli scoiattoli, Reid».

Lui sollevò il caffè e fece un sorso tentativo che sembrava più un modo di prendere tempo che di bere. «Sì, non sono uno zoologo. Ma so che quello che ho sentito all'obitorio non riguardava tua madre».

Sì... quello. La cicatrice - il morso - sul retro della sua testa ebbe uno spasmo acuto, come se il lembo di pelle mancante fosse tornato per attaccarla. La stanchezza tirava le sue membra, implorandola di andare a casa. Ma doveva dirglielo - doveva dire a *qualcuno* cosa era realmente successo quel giorno in modo che potessero districare la cronologia. L'unica altra persona che l'aveva mai saputo era Kevin. Quando erano adolescenti, aveva avuto troppa paura di dirlo a qualcuno, e più tardi, si era preoccupata troppo della sobrietà di Kevin per rischiare di parlarne. I giorni in cui gli tornava in mente da solo, come l'aveva lasciata in quell'edificio per essere attaccata, come avevano lasciato quel ragazzo sanguinante sul pavimento dopo... quelli erano giorni difficili per lui. Settimane difficili. Mesi.

Gli occhi di Maggie sfiorarono il bancone dove una coppia di ventenni stava ordinando abbastanza biscotti da sfamare un esercito. «Birman mi stava accusando di omicidio, nello stesso modo in cui hai fatto tu il giorno in cui ci siamo incontrati». Guardò la coppia prendere i loro snack e svanire nella notte, poi voltò il viso verso Reid.

Le sue labbra si erano strette - senso di colpa? «Non ti ho accusato di omicidio. Ho accusato *Tristan* di omicidio e te di esserne a conoscenza».

Lei portò il chai alle labbra e distolse lo sguardo, esaminando la terza sedia, le ombre concave sul legno, qualsiasi cosa tranne il viso di Reid. Non era il dolore così acutamente inciso nelle pieghe intorno agli occhi di Reid, ma la comprensione che irradiava da lui come una nuvola di profumo. Se si fosse permessa di respirarlo, potrebbe non essere stata in grado di respirare affatto, e non aveva tempo di soccombere al dolore. Perché ora che Aiden era morto, ora che lo sapeva per certo...

Ora doveva catturare un assassino. Era stata una bambina spaventata quando era scomparso, ma non aveva più paura delle conseguenze delle sue azioni. E finché Nick Birman la vedeva come una sospettata, non si concentrava sulla ricerca della persona che aveva effettivamente ucciso suo fratello.

«Avevi un motivo per sospettare di me, Reid. Anche lui ce l'ha». Tenne gli occhi sulla sedia, ma lo sentì raddrizzarsi; vide le sue dita avanzare sul tavolo con la coda dell'occhio. Poteva quasi immaginare Aiden seduto su quella sedia vuota, a guardare, ridere, a ingozzarsi di biscotti. I suoi polmoni facevano male.

«Che possibile motivo avrebbe Birman per sospettare-»

«Il giorno in cui mio fratello è scomparso, sono stata aggredita. Il mio ex, Kevin... stavamo facendo casino in questo edificio abbandonato. Era stato vuoto per anni, ma doveva essere demolito il giorno dopo, quindi stavamo rompendo finestre, distruggendo cose. Abbastanza tipico, credo».

Lui inspirò bruscamente - *che tipo di delinquente lo vede come tipico?* Ma lei aveva sempre avuto un po' di spirito ribelle. Anche Kevin. *Dio, mi mancano. E Aiden.*

La sua gola si strinse, pruriginosa e calda, ma si sforzò di dire: «Kevin se n'è andato per qualche minuto, e questo... tizio è entrato. Almeno tre anni più grande di me,

forse sedici? Solo un anno o giù di lì più grande di Kevin».
Improvvisamente poteva sentire l'odore della polvere, sollevata dal pavimento dell'edificio nella lotta, vedere la luce obliqua dalle finestre sporche sovrapposta alle curve di legno della sedia. «Mi ha gettata sul pavimento, con il ginocchio sulla mia schiena. L'ho colpito con il gomito. Lui... mi ha morso il retro della testa».

La sua cicatrice si illuminò di calore, un fulmine scottante. E sebbene sapesse che non era reale, sentì il calore del suo stesso sangue scorrere sul retro del collo.

Reid si mosse di nuovo, probabilmente incrociando la caviglia sul ginocchio, ma poi Maggie sentì le sue dita sulle proprie. Calde. Forse per il caffè. Forse no.

«C'erano vetri sul pavimento da una delle finestre interne. Una scheggia era più grande delle altre e brillava come un faro, sai?»

Reid non disse nulla; le strinse la mano come aveva fatto Kevin quando l'aveva trascinata fuori da quell'edificio.

«Sono riuscita a rotolarmi su un fianco. Il vetro gli ha attraversato la guancia, aprendo tutto il lato del viso sotto lo zigomo. Kevin è tornato e mi ha trovata a terra, sanguinante, e il tizio faccia a terra nell'angolo.»

Reid ritrasse la mano e si sporse verso di lei, con i gomiti sul tavolo. «Maggie-»

«Avevo sangue sulla maglietta» - *lasciami finire, Reid!* - «e la ferita sulla testa...» Deglutì con difficoltà. «Non era visibile sotto i capelli, ma i miei vestiti erano disgustosi. Abbiamo dovuto andare alla palestra della scuola per ripulirci. Quando sono tornata a casa, mi sono intrufolata e ho fatto una doccia. Mi sono assicurata di essere presentabile, così nessuno avrebbe saputo cosa era successo, cosa avevo fatto a quel tizio. Non ho nemmeno pensato ad Aiden fino a qualche ora dopo, quando mio padre ha iniziato a bussare alla porta, chiedendomi dov'era mio fratello.»

Reid attese un attimo, forse aspettandosi di essere interrotto di nuovo. Quando lei rimase in silenzio, disse: «Quindi Birman ha visto le tue ferite e ha pensato che tu avessi qualcosa a che fare con la scomparsa di tuo fratello? Io avrei supposto che qualcuno vi avesse attaccati entrambi, non che tu fossi colpevole di aver fatto del male ad Aiden.»

Quello... era un ottimo punto. Perché non ci aveva pensato? Probabilmente perché si sentiva così in colpa per non aver accompagnato Aiden a casa. Le accuse di Birman, benché infondate, le erano sembrate una giusta punizione.

Sospirò e finalmente guardò Reid in faccia. I suoi occhi brillavano di simpatia e tristezza, ma non di pietà. «Dovresti chiederglielo, immagino» disse. «Soprattutto perché c'erano testimoni che mi avevano scagionata. Un insegnante ci aveva visti entrare nello spogliatoio della scuola superiore proprio mentre Aiden stava lasciando la scuola media.»

«Ah.» Annuì, appena percettibilmente. «Questo significa... che pensavi che il tuo aggressore avesse un alibi per il momento in cui Aiden era scomparso. Che anche se fosse uscito dall'edificio subito dopo di te, era ferito e avrebbe dovuto curare le sue ferite invece di rapire un bambino. Che è un'altra ragione per cui non hai detto nulla.»

Si schiarì la gola; la sua trachea sembrava troppo piccola. «Pensavo che potesse distogliere l'attenzione da mio fratello scomparso. Ma non era solo quello. Ho passato giorni nel panico che il tizio potesse... non so. Dire alla polizia che l'avevo accoltellato? E anche Kevin era piuttosto sconvolto, mi ha supplicato di non dire nulla. Pensava che ci saremmo messi nei guai, e suo padre era molto più severo del mio.» Alzò le spalle. «Ma una volta saputo che Aiden era scomparso, sembrava irrilevante. Nel migliore dei casi, sarei stata nei guai per aver vandalizzato l'edificio e accoltellato un tizio alla testa, il padre di Kevin l'avrebbe picchiato per aver rotto le finestre, il tizio sarebbe stato nei guai per avermi morso, Aiden sarebbe stato ancora scomparso e mia madre... Voglio dire, era sempre stata un po' strana, ma dopo Aiden, ha perso la testa. Si è allontanata da me, da mio padre. Solo recentemente abbiamo iniziato a riavvicinarci, ma questo era prima che violasse il suo braccialetto elettronico.»

Maggie mise il palmo sul tavolo e asciugò la condensa, poi afferrò la sua tazza. Non più calda; le sue dita erano intorpidite? «Comunque, Birman ha iniziato a darmi fastidio e ho smesso completamente di parlare. Sono sicura che sembrasse sospetto.» E con il passare dei mesi, c'erano meno ragioni per parlarne - perché implicarsi in un crimine che nessuno stava investigando? Avevano demolito l'edificio il giorno successivo come previsto, come per cancellare gli eventi dalla storia di Fernborn. «Se avessi pensato anche solo per un momento che questo fosse collegato, che la mia ammissione avrebbe aiutato a catturare il rapitore di Aiden» - *assassino* - «l'avrei detto loro.»

«Non ti è sembrato strano che qualcuno avesse attaccato sia te che tuo fratello lo stesso giorno?»

Sorseggiò il chai - annacquato. Freddo. «Non proprio. Pensavo fosse una terribile coincidenza. Perché un ragazzo a caso avrebbe dovuto attaccare me e poi uccidere mio fratello?»

«Senza sapere chi fosse, è difficile dirlo.»

Giusto. «Non posso aiutare in questo. Non l'avevo mai visto prima. Non andava nella mia scuola, e anche se avesse indossato un travestimento, Kevin avrebbe riconosciuto un ragazzo con una ferita da coltello in faccia alla Fernborn High.»

«Un... travestimento?» Alzò un sopracciglio.

«Come un baffo finto o qualcosa del genere.»

Reid sbatté le palpebre. *Cosa ho detto?* Finalmente, scosse la testa. «Farò sì che Tristan indaghi negli archivi dell'ospedale, cercando quella ferita.» Si appoggiò all'indietro, facendo dondolare la sedia sulle due gambe posteriori. «Ti ricordi com'era fatto? Qualche caratteristica distintiva?»

«Sì, aveva mezza faccia.»

Un angolo della bocca di Reid si alzò, ma non raggiunse gli occhi. *Troppo presto?*

Socchiuse gli occhi, cercando di ricordare, ma i resoconti dei testimoni si degradano dopo pochi giorni, se mai sono stati corretti fin dall'inizio. Inoltre, aveva al massimo sedici anni; qualunque cosa ricordasse sarebbe cambiata drasticamente negli ultimi ventiquattro anni.

«Aveva occhi verde brillante - questo è davvero tutto ciò che so per certo. Non voglio essere responsabile di mandare Malone in una caccia alle oche selvatiche.» *Perché non Birman? Perché ho una strana sensazione su quel tipo - il mio istinto mi dice che c'è qualcosa che non va in lui.*

La voce di Reid la riportò indietro. «O forse non vuoi che Malone cerchi questo tizio perché ancora non credi sia possibile che il tuo aggressore abbia preso Aiden.»

Scosse la testa. «Aiden non sarebbe passato davanti all'edificio per tornare a casa - la scuola media e i boschi sono dalla parte opposta della città. Non c'è motivo per cui si sarebbero incrociati, anche se quel diavolo dagli occhi verdi fosse uscito subito dopo di me. E non riesco a immaginare che fosse fisicamente in grado di portare Aiden per otto chilometri attraverso i boschi dopo essere stato ferito.» Le sue mani si sentivano calde - appiccicose - il vetro rotto che mordeva la carne del suo palmo. Guardò in basso, ma vide solo il bicchiere di carta cerato del caffè, le punte delle dita pallide contro il lato.

«Alla fine, dovremo dirlo a Birman, ma lascia che faccia qualche ricerca» disse Reid. «Ci sono altri personaggi loschi in giro? L'omicidio di Aiden potrebbe essere collegato al lavoro di tuo padre? O a tua madre?»

Sbuffò e sbatté la tazza sul tavolo con forza sufficiente da far schizzare gocce di tè attraverso il foro del coperchio. Maggie si accigliò e si strofinò le macchie sulla camicetta, poi rinunciò e incrociò le braccia. «Hanno esaminato minuziosamente i casi di mio padre. O meglio, lui l'ha fatto, quando stavano cercando Aiden». Era uno dei motivi per cui lui e sua madre avevano divorziato. Aveva passato tutto il suo tempo chiuso nel suo ufficio, esaminando fascicoli di casi, cercando indizi sulla scomparsa di suo fratello. Sua madre voleva solo che dimenticassero.

«Dovevo chiedere», disse Reid. «Dei tuoi genitori. Soprattutto con i loro trascorsi criminali. Tuo padre che lavorava con i detenuti, e tua madre...»

E sua madre, che era una detenuta lei stessa. Sua madre, che originariamente era stata arrestata per aver fornito armi illegali alle vittime di abusi, che aveva violato il braccialetto elettronico ed era scomparsa spontaneamente giusto in tempo per evitare di identificare i resti di suo figlio. Dove diavolo era? Doveva essere a casa - altrimenti Birman le avrebbe sbattuto in faccia un «abbiamo emesso un mandato d'arresto», solo per destabilizzarla durante il suo stupido interrogatorio all'obitorio. Gli arresti domiciliari erano uno scenario di ultima possibilità, un'ultima occasione per sua madre di, come diceva lei, vedere Maggie sposarsi e avere figli. Maggie credeva che fosse più probabile innamorarsi perdutamente di quel pagliaccio di Birman... o di Bozo. Forse di *IT*. Almeno Pennywise aveva un passato da cattivo ragazzo, che sembrava essere il suo tipo.

Reid la stava ancora osservando. «So che dovevi chiedere», disse lei. «Me lo sono chiesta anch'io. Ma no, non credo che l'omicidio di Aiden sia collegato al lavoro dei miei genitori». Maggie guardò ancora una volta il posto vuoto. Non c'era nemmeno un accenno del fantasma che aveva immaginato prima, come se Aiden si fosse già cancellato dalla lavagna della sua memoria. Il suo petto si strinse.

Si alzò in piedi così velocemente che quasi rovesciò la sedia. Questa ricadde sulle quattro gambe mentre lei diceva: «Dovrei provare a dormire un po'».

«Posso accompagnarti a casa?» La voce di Reid risuonava vuota, lontana. All'improvviso si sentì profondamente sola. Come doveva essersi sentito Aiden.

«No. Posso guidare».

«Posso seguirti», disse lui, afferrando la giacca del completo. «Devi avere fame; sono quasi le sette. Chiamerò la babysitter e-»

«Non disturbarti».

Reid aggrottò le sopracciglia, gli occhi tesi. «Maggie, non dovresti stare da sola in questo momento».

Lei scosse la testa, ma lui aveva ragione - non avrebbe dovuto. Ed è per questo che non aveva intenzione di rimanere così.

Sarebbe stato crudele lasciare che sua madre scoprisse di Aiden nello stesso modo in cui l'aveva scoperto lei.

CAPITOLO 6

Maggie fece la strada più lunga per arrivare da sua madre, attraversando il groviglio del traffico di fine ora di punta sull'autostrada, poi il traffico intenso lungo la striscia dove si trovava il centro commerciale. Anche le cittadine più piccole avevano un centro commerciale e alcune aree di intrattenimento. A Fernborn, c'erano ristoranti a conduzione familiare. Bowling. Lancio dell'ascia.

Sfondare finestre in edifici abbandonati. Accoltellare persone in faccia. Seppellire bambini nei boschi.

Strinse le dita sul volante finché le nocche non diventarono bianche e i palmi le bruciarono e i pensieri si placarono. La scuola media passò alla sua sinistra, un lungo edificio a un piano di mattoni grigi e finiture color bordeaux. Aveva conosciuto Sammy alle elementari, quindi non poteva attribuire alla Fernborn Middle la sua amicizia d'infanzia più significativa, ma lì aveva incontrato Alex, nel bagno. Alex si stava pulendo la ferita sul petto dopo una mastectomia radicale - una diagnosi di cancro estremamente precoce che aveva portato alla perdita del seno. Una possibilità su un milione, forse una su due milioni. Non l'aveva mai verificato effettivamente, ma sapeva che era raro, come perdere un fratello. Concentrarsi sul dolore dell'altra le aveva aiutate entrambe.

Maggie svoltò a destra e si diresse verso l'orizzonte sanguinante. I riflettori sotto il cartellone del liceo facevano brillare l'erba come diamanti in un braccialetto indesiderato, l'insegna urlava: CONGRATULAZIONI DIPLOMATI! La schiena di Maggie si irrigidì mentre si avvicinava. Altri mattoni grigi, altre porte e finiture color bordeaux. Poteva quasi vedersi percorrere il marciapiede, zoppicando, sanguinando, Kevin che faceva pressione sulla parte posteriore della sua testa, fingendo di abbracciarla innocentemente ogni volta che qualcuno guardava nella loro direzione. La palestra odorava di calzini vecchi, lo spogliatoio di lievito e sudore. Ma c'erano asciugamani puliti lì. E la giacca di ricambio di Kevin, che aveva coperto più efficacemente le prove - il sangue. Era stato sufficiente per farla tornare a casa senza destare sospetti. E mentre era occupata a sgattaiolare per la città, mentre era occupata a nascondere le sue ferite, suo fratello stava...

Le ossa di Aiden lampeggiarono nella sua mente, opache come i mattoni, coperte di terra e insetti in fondo a quel pozzo solitario. Il liceo svanì nello specchietto retrovisore. Maggie costrinse le dita a rilassarsi e girò a sinistra al semaforo successivo.

Il sito dove una volta sorgeva l'edificio abbandonato era a poca distanza a piedi dal liceo, ma sembrava eccezionalmente vicino mentre guidava. L'ampio spazio verde emergeva dall'oscurità, i barbecue luccicavano tra i tavoli da picnic, il sole al tramonto moltiplicava i pioli metallici delle scale e delle sbarre, allungando le loro ombre nere finché i set di altalene non sembravano celle di prigione. Lei e

Kevin venivano qui di notte, Maggie spingeva le gambe sulle altalene mentre fili argentati di luce lunare cancellavano delicatamente gli orrori non detti di quell'edificio, sostituendo la polvere, il sangue con l'odore della pelle di Kevin, la sensazione della sua mano sulla parte bassa della schiena, il sapore della sua gomma da masticare al cocomero. Lo amava sin da quel giorno. Lo amava ancora.

Avrei dovuto dire di sì.

Maggie frenò sul cordolo abbastanza bruscamente da far bloccare la cintura di sicurezza. Il consiglio comunale aveva preservato le fondamenta del vecchio edificio e le aveva riutilizzate per un'area di ritrovo coperta a un piano. Basilare, come la scuola, solo mattoni, un mucchio di lunghi tavoli di legno e un tetto di tegole, ma avevano abbellito il vialetto d'ingresso con piante perenni e cespugli fioriti.

Perché sei qui, Maggie? Per i vecchi tempi?

No. Aveva bisogno di pensare. Aveva bisogno del silenzio reverente che non aveva ottenuto all'obitorio.

Maggie scese dall'auto e si avvicinò, il vento frusciava tra i cespugli, portando l'aria dolciastra del lillà verso la fine del vialetto. Fissò il tunnel fiorito finché i cespugli e le altalene non svanirono nella sua visione periferica. Presto tutto ciò che poteva vedere erano i sei piani di mattoni marrone scuro, finiture marroni, metà delle finestre sfondate, le altre che brillavano opache sotto uno strato di sporco giallastro.

La parte posteriore della sua testa pulsava. Non era la fitta acuta di una ferita fresca, ma il dolore sordo tipico dei denti morti e dei ricordi. Il dipartimento di polizia aveva fatto pressioni per demolire quell'edificio perché sapevano che il lotto era pericoloso. Per lei, la demolizione era arrivata con un solo giorno di ritardo.

Rimase sul marciapiede, osservando l'edificio sbiadire

dal marrone al nero mentre il crepuscolo cedeva il passo alla notte. E mentre le luci si accendevano intorno alle fondamenta, mentre la luna finalmente tirava fuori la testa da sotto la copertura di nuvole gassose, Maggie sentì la pressione acuta del suo ginocchio contro la sua spina dorsale, il calore afoso del suo respiro sul collo. L'odore salato e muschiato del suo sudore le pungeva il naso. Poteva sentire il sapore della polvere del pavimento, sabbioso, secco, sentire il vetro frastagliato contro il palmo. Se non avesse intrappolato la maglietta tra il vetro e la carne, si sarebbe lacerata la mano anche lì.

Il petto le si strinse, l'aria era sottile - troppo sottile. Ma l'oppressione nei suoi polmoni non riguardava l'adolescente che l'aveva aggredita in quell'edificio. Chi aveva ucciso suo fratello?

Conosceva le statistiche. Nei casi in cui il bambino aveva più di cinque anni, il colpevole era quasi sempre qualcuno al di fuori della famiglia. I bambini venivano solitamente uccisi entro settantadue ore dopo un rapimento. Nella maggior parte dei casi, venivano uccisi a meno di duecento metri dal luogo di abbandono, generalmente entro un raggio di tre chilometri. Ma non voleva considerare la motivazione più comune: l'aggressione sessuale.

Maggie fissava, sentendo denti nel cuoio capelluto, annusando l'odore rancido del corpo di quel ragazzo. *Chi ti ha fatto questo, Aiden? Chi l'ha fatto a me?* Non la stessa persona, quasi certamente no, ma si fidava del giudizio di Reid. E lui sembrava pensare che gli attacchi fossero troppo coincidenti.

Era possibile che Reid avesse ragione? Che il tizio che l'aveva aggredita avesse in qualche modo incontrato suo fratello e... cosa? L'avesse ucciso in un impeto di rabbia? La maggior parte dei rapimenti di bambini era opportunistica; questo si adatterebbe al profilo. Lei aveva pensato che fosse gravemente ferito, abbastanza da incapacitarlo - poteva vedere il vetro che sporgeva dalla sua guancia nella sua mente, l'estremità affilata che gli penetrava la lingua. Stava ricordando male? Era stato meno ferito di quanto pensasse?

Maggie inspirò profondamente, concentrandosi sui fiori dolciastri, cercando di calmare il suo cuore in tumulto. Starnutì. Birman non l'avrebbe lasciata avvicinare al caso di Aiden, ma lei poteva mettere per iscritto un profilo. Il sospettato era probabilmente un maschio bianco, un assassino opportunista, sconosciuto alla vittima. E doveva essere forte per trasportare il corpo così lontano nel bosco. I sentieri erano troppo stretti, troppo incolti per un quad. Qualcuno di statura più piccola l'avrebbe sepolto nelle vicinanze invece di rischiare di essere scoperto trascinando il corpo tra gli alberi - ci sarebbe voluto un giorno intero, e ogni minuto rendeva l'arresto più probabile. Inoltre, avrebbero visto tracce di trascinamento sulle ossa, giusto? Quindi, un maschio più giovane, sui venti o trent'anni, con buona resistenza. E per conoscere il pozzo, l'assassino doveva essere intimamente legato alla zona; persino Maggie stessa non sapeva che esistesse.

La sua gabbia toracica si strinse. L'assassino era uno di loro - qualcuno di Fernborn. O di Tysdale.

L'edificio improvvisamente sembrò troppo vicino, le ombre troppo scure. L'aria era dolciastra e nauseante, appiccicosa e putrida nella sua gola. Si allontanò lentamente dal vialetto fiorito, un passo, poi un altro, e-

Le sue braccia si agitarono, sbracciandosi, ma riuscì a riprendersi mentre inciampava nella strada. Trasalì, aspettandosi di essere investita dal traffico in arrivo. La strada rimase silenziosa. Deserta. Solitaria. Si raddrizzò, poi girò sui tacchi e si affrettò verso la sua Sebring.

Brava, Maggie. Davvero brava.

Maggie sbatté la portiera e appoggiò la testa contro il sedile, il cuore che le martellava nelle tempie. Qualcosa non andava, e non era questo posto. Birman aveva provato a trovare sua madre - ci aveva davvero provato? Aveva sentito la bugia nelle viscere, e persino Malone era sembrato arrabbiato quando Birman aveva detto che non riuscivano a localizzarla.

Accidenti, forse l'assassino *era* Birman. Quale assassino non si sarebbe inserito nel proprio caso se ciò significava controllare la narrazione? E gli psicopatici amavano unirsi alle forze dell'ordine, all'esercito, al clero - ovunque potessero godere di potere incontrollato.

Maggie... Birman? Sul serio? Sembrava un pagliaccio, ma questo non lo rendeva un mostro, non importa cosa pensasse Sammy con la sua fobia dei clown. Tirò fuori il cellulare dalla tasca e toccò il numero di sua madre.

Il telefono squillò. E squillò. E squillò. Maggie si raddrizzò quando il cellulare fece click, ma era solo una voce robotica: «Ha raggiunto la segreteria telefonica di-»

Maggie riattaccò e sbatté le palpebre guardando il paesaggio circostante. Lunghe ombre si accovacciavano sotto le altalene. I lillà ondeggiavano, languendo nell'aria notturna. *Dove sei, mamma?*

Ma forse non importava. Forse era sempre stato inevitabile che sua madre sarebbe scappata alle Maldive dimenticandosi anche di lei. Aveva passato anni a dire a Maggie di dimenticare Aiden. Tormentandola per le visite alla sua tomba, dicendole di andare avanti con la sua vita. Ricordandole che sebbene non sapessero cosa gli fosse successo - non con certezza - lui se n'era andato.

Per sempre.

No. Maggie non poteva sopportare che anche sua madre scomparisse. Non nel giorno del suo compleanno.

Non nel giorno in cui aveva identificato le ossa di suo fratello.

Infilò le chiavi nell'accensione e sfrecciò via nella notte.

CAPITOLO 7

La cupezza fuori dall'auto non offriva alcun sollievo dal dramma nella sua testa. Ogni volta che chiudeva gli occhi, vedeva le ossa di Aiden su quel tavolo, Nick Birman che le sovrastava, accigliato, un uomo così stronzo che gli era cresciuto un culo sul mento.

Maggie sospirò e prese l'uscita dell'autostrada bruscamente, la cacofonia dei suoi stessi pneumatici stridenti e il tintinnio della ghiaia contro il sottoscocca dell'auto riecheggiavano nelle sue orecchie. Le bruciavano gli occhi. Aveva provato a chiamare sua madre altre tre volte - niente. Ogni chiamata senza risposta le stringeva il petto come se fosse avvolta da elastici. Probabilmente era il risultato di aver fissato quelle ossa e di aver ossessivamente ripensato ai traumi passati, rimuginando sull'omicidio di Aiden, ma Maggie non riusciva a scrollarsi di dosso il pensiero che fosse successo qualcosa di terribile. Voleva solo che sua madre rispondesse. Diavolo, era così frustrata in quel momento che forse non le avrebbe nemmeno detto di Aiden - forse avrebbe riattaccato una volta verificato che la mamma non fosse anche lei un mucchio di ossa. Le avrebbe dato una lezione... fino all'indomani, quando Maggie avrebbe dovuto richiamarla e dirle che Aiden era morto così da poter organizzare il funerale.

Maggie parcheggiò dall'altra parte della strada rispetto al vialetto di sua madre, anche se non era necessario - nessuna auto le bloccava il passaggio. Il ranch era illuminato dalla luce delle lampade, un canestro da basket oscillava pigramente sulla facciata del garage, un paio di sedie in vimini sul portico anteriore. Le sedie erano nuove dall'ultima volta che era stata lì. Maggie era solita fare colazione con sua madre un paio di volte al mese, ma non era più passata da quando aveva violato il suo braccialetto elettronico per andare a cena. Erano state *così vicine* al punto in cui la mamma avrebbe potuto visitare il suo ufficio o incontrarla in un bar o effettivamente *essere coinvolta nella sua vita*, e sua madre non era riuscita a trattenersi dal violare la legge.

Maggie guardò il suo telefono, premette il pulsante per chiamare il telefono fisso e ascoltò lo squillo. Nulla si mosse all'interno della casa - nessun'ombra si spostò per rispondere alla chiamata. Rispose la segreteria: la voce di Jerry.

Maggie premette il pulsante *Fine*. Dov'era? Forse a cena con un'amica - mangiando altro cibo thai, la cosa *molto importante* che l'aveva portata a vagare oltre i confini del suo braccialetto originale. La mamma era sempre stata un po' uno spirito libero, una trasgressiva impenitente, e non era mai sembrata del tutto contenta nella sua nuova vita. Non era stata contenta da quando Aiden era morto.

Spalancò con un calcio la portiera dell'auto e attraversò a passo deciso la strada silenziosa, gli oli sull'asfalto scintillavano con artistica iridescenza sotto il lampione. Bussò con le nocche contro la porta di legno così forte che la mano le fece male. Gli uccelli gracchiarono; la notte esalò il suo alito afoso contro il suo collo. Ma nessuno rispose al suo bussare.

Lo stomaco le si strinse. La mamma non c'era. Sì, in teoria, poteva essere priva di sensi, forse ferita, forse persino addormentata, ma Maggie sentiva il vuoto della casa nel sangue, il silenzio più forte degli uccelli. Se le autorità avessero sorpreso la mamma fuori casa, l'avrebbero rimandata in prigione giusto in tempo per il funerale, la cui responsabilità ora ricadeva interamente sulle spalle di Maggie. *Fantastico.* Era anche possibile che sua madre fosse già stata arrestata.

Tirò fuori il telefono, lo guardò accigliata, poi scorse i numeri di contatto di sua madre. Di nuovo. Ma non riuscì a premere il pulsante di chiamata - non poteva rischiare quello squillo vuoto, non un'altra volta. Premette invece il numero sotto.

«Pronto?»

La voce bassa e nasale rispose immediatamente, e Maggie sussultò e quasi fece cadere il telefono. «Ehi, Jerry, mia madre è in giro? Ho provato il suo cellulare» - *circa un centinaio di volte* - «ma non riesco a mettermi in contatto con lei. Deve averlo spento.»

«Sì, lo fa spesso» disse il marito di sua madre con un sospiro. «Sono sicuro che sia a casa. Non è che possa scappare. Voglio dire, lo ha fatto una volta, ha provato qualche trucco con la stagnola su quel braccialetto, ma... non rischierà di nuovo.»

Ovviamente ti sbagli, Jer. Appoggiò la testa contro lo stipite della porta - pochi centimetri di legno, non abbastanza per contenere sua madre. Forse la prigione si sarebbe dimostrata più efficace. Ma...

Lo avrebbe saputo se la mamma fosse stata arrestata. Reid l'avrebbe sentito, o Sammy - lavorava con l'ufficio del procuratore distrettuale. L'ultima volta, Sammy aveva chiamato Maggie prima ancora che caricassero sua madre sulla volante.

Maggie si raddrizzò e abbassò lo sguardo, il riflesso della luce dalle finestre anteriori tingeva il campanello, la maniglia, la serratura. L'aria si fece rarefatta.

«Hai provato il telefono fisso?» continuò Jerry. «Sono nel Maryland con i bambini, in visita da mia sorella.»

«Oh.» Dovette sforzarsi per far uscire la parola. La brezza aveva assunto un leggero odore metallico; poteva sentire il gusto del ferro sulla lingua. Maggie si chinò verso la maniglia della porta, socchiudendo gli occhi, e tracciò il metallo con la punta delle dita. Il perimetro della serratura era attraversato da solchi irregolari, graffiati in profondità nella placcatura in ottone. «Quando è stata l'ultima volta che hai parlato con lei?» gracchiò. Da quanto tempo era nel Maryland? Da quanto tempo sua madre era scomparsa?

Una pausa. «Abbiamo parlato ieri sera per discutere...» Il silenzio si prolungò.

«Jerry?»

«Tanto vale che te lo dica - lo scoprirai comunque.» Sospirò. «Ho chiesto il divorzio. Si è messa con un altro uomo.»

Lasciò cadere la mano. *Un altro uomo?* «Chi?»

«Non lo so, ma sono sicuro che puoi scoprirlo se passi di là. La telecamera del campanello non funziona da quando sono partito, e dubito che sia una coincidenza.»

Ah. Pensava che sua madre l'avesse manomessa per nascondere l'identità del suo amante. Maggie alzò gli occhi verso il campanello, ma la telecamera non era... visibile. Un minuscolo quadrato di nastro nero copriva l'obiettivo, così piccolo che non l'avrebbe notato se Jerry non l'avesse menzionato. Aveva ragione: non era un caso. Ma era stata sua madre a farlo? La relazione non era un segreto;

stavano già divorziando. E sua madre non avrebbe manomesso le serrature della porta.

Maggie aveva la bocca secca, la gola stretta, ma riuscì a dire: «Ci sono stati furti in zona ultimamente?»

Una pausa. «Furti? Perché dovresti-»

«Oh, sai, solo qualcosa che ho sentito al telegiornale.» *E sono in piedi fuori da casa tua, dove la porta è stata chiaramente manomessa.* Di una cosa era certa: Jerry non sapeva nulla. Se sua madre avesse progettato di andarsene, non gliel'avrebbe detto in anticipo, e se qualcuno fosse entrato con la forza e l'avesse portata via...

Chiudi la chiamata, Mags, vai a cercare tua madre. Deglutì a fatica. «Eh, grazie, credo. Buonanotte!» Troppo allegra. *Dovevi renderlo imbarazzante. Ricordi quella volta che gli hai chiesto come andava e accidentalmente hai guardato una macchia sui suoi pantaloni, ma lui probabilmente ha pensato che stessi guardando il suo inguine?*

Premette il pulsante per terminare la chiamata e infilò il cellulare in tasca. La maniglia della porta era fredda nella sua mano.

Maggie non era del tutto sicura di cosa pensasse potesse accadere, ma sussultò quando la maniglia girò nel suo palmo. Apparve una fessura. No, questo non era giusto, non era normale. Sua madre era stata un'avvocatessa di alto livello, suo padre un rinomato psicologo - entrambi vedevano le persone al loro peggio. Una serratura non era un campo di forza magico, ma... aiutava.

Si fece strada all'interno, scavalcando attentamente lo zerbino fiorito e un paio di scarpe da tennis rosa. «Mamma?»

Niente. Le luci dell'ingresso la fissavano, accusandola di violazione di domicilio.

Non sto violando il domicilio. Sto solo... facendo visita. Senza preavviso.

La sua ombra si insinuò nel spazioso soggiorno, strisciando lungo le pareti bianche. L'angolo colazione di un verde brillante faceva sentire Maggie come se stesse annegando in un mare di erba sintetica, ma nulla era fuori posto - nessuna sedia rovesciata o mobile ribaltato, nessun cassetto aperto o carte sparse. Il divano di velluto, di un turchese sgargiante, era di cattivo gusto, ma era normale - non sospetto. I tappeti erano vivaci e geometrici, ma non macchiati di sangue o altri fluidi misteriosi.

Fluidi misteriosi? Che schifo.

Si fece strada attraverso la cucina; nessun bicchiere nel lavandino. La spazzatura era vuota. Qualcuno aveva pulito. Un corridoio verde foresta collegava le camere da letto alla cucina, le pareti adornate con foto di mamma e Jerry e le sue due figlie. Nessuna di Maggie e suo fratello. Nessuna di suo padre.

Passò davanti alle camere delle ragazze, una su ciascun lato del corridoio. Sua madre e Jerry condividevano la stanza in fondo, anche se mamma le aveva detto recentemente che lui dormiva sul divano più spesso che no.

La porta della camera padronale era già aperta, ma entrare nella camera da letto di sua madre sembrava un po' losco - un po' troppo privato. Il letto era perfettamente fatto, il piumone blu ben teso intorno al materasso, i cuscini verdi gonfi. I comodini e i cassettoni erano più ordinati di quelli di Maggie, i cassetti chiusi. Tutto chiuso ermeticamente. Tutto tranne... l'armadio. Leggermente socchiuso.

Forse l'intruso si nasconde lì.

Certo. Dopo tutto lo squillare e il bussare, nessun criminale che si rispetti rimarrebbe un bersaglio facile in questa casa. Sarebbe più probabile trovare un orso su un monociclo.

«Ehi, stupido!» gridò, giusto per sicurezza. Nessuna

risposta dall'armadio. Non un suono dalla stanza, dalla casa, nulla dall'esterno. Non sentiva occhi sulla schiena. Se qualcuno era stato qui, ora se n'era andato.

Maggie raddrizzò le spalle, girò intorno al letto prima di poter cambiare idea, e spinse con la punta del piede le porte a soffietto. Come previsto, nessun intruso aspettava all'interno. Nemmeno orsi. La cosa più triste di tutte, nessun monociclo. Solo una lunga asta piena di vestiti, tagliata a metà da una stretta fila di scomparti dal pavimento al soffitto pieni di jeans e maglioni piegati.

Si alzò in punta di piedi, frugando tra gli oggetti sullo scaffale sopra l'asta dei vestiti. La valigia di sua madre era ancora qui - nessuna crociera verso una località senza estradizione come le Maldive, non stasera, a meno che le sue cose non fossero nascoste a casa del suo nuovo fidanzato.

È questo che pensi sia successo, Maggie? Che tua madre sia scappata con il suo amante dopo aver fatto irruzione nella sua stessa casa? Aveva menzionato le Maldive più di una volta, ma con quella serratura rotta, alcuni commenti casuali non stavano tranquillizzando Maggie.

Maggie abbassò lentamente le braccia, l'aria troppo sottile, la testa confusa. Vertigini. Afferrò la porta per sostenersi, inspirando profondamente finché la nebbia non si diradò, fissando dritto davanti a sé. Probabilmente una buona cosa, altrimenti avrebbe potuto mancare l'oggetto come aveva quasi mancato il nastro sulla telecamera del campanello.

Una minuscola statuetta di *Star Wars* era seduta sullo scaffale centrale. Uno dei giocattoli di Aiden - l'avrebbe riconosciuto ovunque. Ma non l'aveva visto da quando lui era scomparso.

Maggie ansimò, le viscere contorte. Sua madre era sempre stata una che lasciava andare e andava avanti -

aveva costantemente spinto Maggie a lasciarsi Aiden alle spalle. E nel caso improbabile che questo oggetto avesse un significato speciale per sua madre, non lo avrebbe tenuto in vista dove le sue figliastre "stupide come calzini" avrebbero potuto trovarlo e romperlo.

Maggie allungò la mano e spostò il giocattolo sullo scaffale sottostante, cercando di ignorare il modo in cui tintinnava contro il legno - il modo in cui la sua mano tremava.

I maglioni non lasciavano spazio per respirare nello scomparto, lana e cotone occupavano ogni centimetro. Li afferrò, li strappò dallo scaffale, con il cuore in gola, senza sentirsi minimamente dispiaciuta di mettere a soqquadro il posto. Soprattutto una volta visto cosa c'era dietro.

Maggie non capì immediatamente cosa fosse, solo che era minuscolo, luccicante debolmente nella fioca luce della lampada. Infilò il braccio nello scomparto, trasalendo, preparata ai denti d'acciaio di una trappola che le si chiudessero intorno alla carne. Invece, le sue dita si chiusero sull'oggetto: freddo, metallico, pesante. Sembrava ancora più pesante quando lo tirò fuori alla luce.

L'anello di giada di sua madre - il suo gioiello preferito. Non c'era modo che lo lasciasse indietro senza una buona ragione; indossava quella cosa persino sotto la doccia, per l'amor del cielo. Nessun dito dentro, come in un avvertimento di riscatto, ma il pezzo di carta arrotolato all'interno come un minuscolo tovagliolo in un portatovagliolo era più sconcertante. C'erano solo così tanti modi per interpretare un dito mozzato. Beh, forse di più se conoscevi il linguaggio dei segni.

Maggie usò le unghie per estrarre il biglietto dal suo supporto metallico e lo srotolò. Una sola riga ornava il foglio, sicuramente la calligrafia di sua madre:

«Sta venendo per te. Mi dispiace.»

Che diavolo? *È un codice, Maggie. Nel caso qualcun altro lo trovasse al posto tuo.* Fissò il pezzo di carta per un solo battito cardiaco, poi lo scomparto. In fondo c'era una piccola luce lampeggiante. Il braccialetto elettronico. Armato, ancora in tracciamento, ma chiaramente manomesso poiché sembrava credere che la caviglia di sua madre fosse ancora al suo interno - pensava ancora che sua madre fosse qui.

No, dimentica questa sciocchezza; ho finito. Speculare avrebbe potuto farla vomitare. Estrasse il telefono, lo fece cadere contro la coscia, e finalmente riuscì a comporre il numero.

Reid rispose al primo squillo, come aveva fatto Jerry. «Ehi, Maggie, sei già a casa-»

«Se n'è andata, Reid. Mia madre se n'è andata. La casa era aperta, la telecamera del campanello coperta, il suo braccialetto elettronico è qui, e suo marito ha detto che è scappata con un altro uomo. 'Scappata con', proprio queste parole, come se fosse un gangster degli anni Quaranta e-»

«Wow.» Una sola sillaba sbuffata, rude e confusa.

«C'è dell'altro. C'era un biglietto.» *Rallenta, Maggie, sembri una pazza.*

«Un biglietto?» Ancora più confuso.

«Nell'armadio.» Lesse ad alta voce le parole, il foglio tremante nella sua mano. «È per me; deve essere così.» Nessun altro avrebbe capito il significato del giocattolo che usava per segnare lo scomparto. «Ma non ho idea a chi potrebbe riferirsi, chi potrebbe arrivare. Penso che me ne accorgerei se qualcuno mi stesse seguendo.» Era davvero così? Gli stalker erano subdoli per definizione. Come i politici.

Il silenzio si prolungò. «Sto venendo lì.»

«Non disturbarti. Me ne sto andando.» Osservò l'anello. Era l'ultima cosa che sua madre le avrebbe mai dato? Le viscere si contorsero, taglienti. Pungenti. Le pareti sembravano avvicinarsi, chiudersi intorno a lei.

«Maggie-»

«Voglio solo tornare a casa.»

«Va bene.» Un'altra pausa, così lunga che pensò avesse riattaccato finché non disse: «Quindi, di cosa si scuserebbe tua madre?»

Non era sicura se stesse cercando di calmarla o di risolvere il mistero, ma questo allentò le spine che le stringevano le viscere. «Per essere scappata?» Aveva senso? Non aveva ancora completamente realizzato la sua conclusione, ma il braccialetto abbandonato significava che la mamma *era* scappata, giusto? Preso un aereo diretto alle Maldive. Il tempismo era sfortunato con il corpo di Aiden, ma Jerry *era* convenientemente fuori città. Eppure... quella serratura. *Quella stupida serratura.*

«Fuggire non spiega l'avvertimento,» disse Reid, la sua voce le arrivava come se fosse sott'acqua. «Sembra che sia lei la ragione per cui questo misterioso *lui* ce l'ha con te.»

Ma c'era uno scenario che spiegava entrambe le cose. E se sua madre avesse creduto che qualcuno la stesse cercando, avesse deciso di fuggire per sicurezza - probabilmente stava già pianificando di andarsene - e avesse lasciato il biglietto a Maggie come avvertimento? E perché questa minaccia riguardasse anche Maggie, doveva essere un nemico che avevano in comune. La loro unica cosa in comune al momento era che facevano parte di una rete che aiutava le vittime di abusi a lasciare la città - le aiutava a scomparire quando le loro vite erano in pericolo. Un partner violento di qualcuno che avevano aiutato? Se pensava di trovare informazioni sul luogo in cui si trovava la sua vittima, quello era un buon motivo per intrufolarsi qui.

«Il suo matrimonio è finito; suo figlio se n'è andato,» disse Maggie lentamente. «Non ha più nulla che la trattenga qui.» *Tranne sua figlia.* Maggie aggrottò la fronte guardando l'anello, così solo senza il suo biglietto. Senza il dito di sua madre.

Lui inspirò e espirò rumorosamente - un forte sibilo. «È agli arresti domiciliari, quindi posso mandare alcuni agenti. Ma se se n'è andata di sua spontanea volontà, e la trovano...»

Vai in prigione, vai direttamente in prigione, non passare dal via.

«Preferirei peccare per eccesso di cautela riguardo alla sua sicurezza,» continuò Reid.

«Se fosse stata rapita, non avrebbe avuto il tempo di lasciarmi un biglietto. Non avrebbe rimosso il braccialetto e sistemato tutto nell'armadio.» E Jerry le aveva parlato la sera prima. Ieri sera stava bene.

«Ma ovviamente pensa che esista un pericolo - per lei, e ora per te. Pensi che... sapesse che qualcuno sarebbe venuto a cercarla e sia fuggita prima che arrivassero?»

Maledetto lui e il suo modo di leggere la mente. Ma non voleva dire a Reid del loro servizio di sparizione per le vittime di abusi. In quel contesto, non era uno shock che sua madre fosse riuscita a scomparire, ma più persone lo sapevano, più rischi c'erano per le donne che stavano cercando di proteggere. Se sua madre se n'era andata di sua spontanea volontà, e sembrava che fosse così, allora la mamma era al sicuro. Ma Maggie lo era?

Quando Maggie rimase in silenzio, Reid sospirò. «Vedrò se riesco a trovare quest'altro uomo, quello di cui parlava Jerry. Chiamerò persino il mio compagno di campeggio preferito, lo metterò sulla traccia tecnologica delle sue ultime ventiquattro ore. Puoi mandarmi il numero di Jerry? Potrebbe essere arrabbiato per l'infedeltà, ma-»

«Gioirà della possibilità di trascinare nel fango il nome di questo stronzo traditore.»

«Esatto.»

Annuì, si rese conto che stava annuendo al telefono, poi si schiarì la gola. «Ti manderò il contatto.» L'anello era pesante nel suo palmo. L'armadio odorava di salvia. Odorava di sua madre.

«Maggie?»

«Sì?»

«Vai a casa. Mi metterò su questa cosa, metterò Tristan su questa cosa, ma tu hai appena identificato il corpo di tuo fratello. Hai bisogno di mangiare, di dormire. Manderò subito una pattuglia. E se hai bisogno di me, posso essere lì in venti minuti. Vuoi che venga?»

«No. Grazie, ma no. Per favore, chiamami se trovi qualcosa - qualsiasi cosa, anche il minimo indizio.»

«Anche l'ombra di un indizio. Te lo prometto.»

«Grazie, Reid. Sei un buon amico.»

Un'altra pausa. Non si rese conto che aveva riattaccato finché il telefono non si spense. O forse era stata lei a riattaccare. Era difficile dirlo.

Maggie arrotolò con cura il biglietto e lo rimise dentro l'anello. Lo posò sullo scaffale e ripiegò rapidamente i maglioni, rimettendoli nello scomparto, gli occhi irritati, il petto in fiamme. Reid l'avrebbe chiamata con nuove informazioni, ma lei non voleva essere la spalla - un patetico Scrappy-Doo al suo Scooby.

Aprì i cassetti, passò la mano sotto il materasso, cercò dentro ciascuna delle scarpe di sua madre. Maggie ripeté la ricerca in bagno, in cucina, nel soggiorno, nel garage, ma non c'era alcun indizio su dove potesse essere andata, o chi fosse questo fidanzato. Forse avrebbe dovuto aspettarselo; sua madre non era stupida. Non aveva nemmeno scritto a Maggie un messaggio chiaro, solo una criptica riga di testo che sua figlia doveva decifrare. Come se Maggie non avesse già abbastanza da fare. Nel suo *compleanno*.

Quando tutto era esattamente com'era quando era

arrivata, Maggie ripercorse i suoi passi fino alla porta d'ingresso. Si fermò con la mano sulla maniglia. Maggie lasciò la porta aperta, anche lei, esattamente come era quando era arrivata.

La sua tasca vibrò mentre usciva sul portico - *Mamma?* - ma non era sua madre che chiamava, e nemmeno Reid. Sammy. Alzò il pollice sopra il pulsante per rispondere, ma si bloccò. L'elettricità le pizzicò lungo la spina dorsale.

Maggie abbassò il cellulare e scrutò il paesaggio circostante, sforzando gli occhi mentre guardava tra gli alberi, poi nelle sacche di nero inchiostro dietro il garage del vicino. Gli oli del vialetto brillavano ancora. Da qualche parte più in su lungo la strada, un cane ululò, un lungo, acuto lamento di desiderio. Le ombre nei cespugli erano vive di cose nascoste, cose pericolose. Minacce. Ma non riusciva a vedere figure in agguato nelle vicinanze. Le forme amorfe erano sicuramente solo le foglie fruscianti rese più vitali, più segrete, dalla notte incombente.

Fece scivolare il telefono di nuovo nei pantaloni di velluto a coste. Avrebbe chiamato Sammy presto - aveva intenzione di chiamarlo per prima cosa domani mattina, dopo aver raccontato ai suoi genitori di Aiden. Ma la demenza di suo padre avrebbe reso la cosa complicata, e aveva fatto del suo meglio per dirlo a sua madre. Inoltre, sua madre aveva accettato la morte di Aiden molto tempo fa. La conferma avrebbe probabilmente provocato una scrollata di spalle noncurante, lasciando Maggie ancora più sola di quanto già non si sentisse.

O forse è già morta, Maggie. Forse tu e tuo fratello eravate gli obiettivi allora, e l'assassino è tornato per finire il resto della famiglia.

La sua pelle tremava, ma non per il freddo. Si affrettò a tornare alla macchina sentendo degli occhi sulla schiena. Chiunque avesse fatto del male ad Aiden non avrebbe avuto motivo di far del male a sua madre. Non avevano motivo di perseguitare nemmeno lei, soprattutto non dopo tanti anni. Non aveva senso logico.

Ma questo non impediva ai peli lungo la sua spina dorsale di rizzarsi. Perché sebbene capisse che stava reagendo in modo esagerato alle ombre, che il suo sistema nervoso era un fascio elettrificato di emozioni eccessive, era anche ben consapevole che immaginare sua madre viva era un modo valido per far fronte alla situazione.

Non sarebbe stata la prima volta che cercava di convincersi che il peggio fosse impossibile.

Non sarebbe stata la prima volta che si sbagliava orribilmente.

CAPITOLO 8

La solitudine della strada offriva un precario equilibrio: la notte desolata fuori rispecchiava il suo interno. Chiaramente un pensiero troppo drammatico. Aveva le migliori amiche del mondo, un socio che avrebbe fatto qualsiasi cosa per lei, e Reid, che si era offerto di starle accanto questa sera anche se si era dimenticato del suo compleanno. Ma dopo aver fissato le ossa del suo fratellino, dopo aver trovato l'anello abbandonato di sua madre pieno di quell'avvertimento criptico, tutto sembrava più pesante. Più oscuro.

Forse avrebbe dovuto andare a casa di Sammy. Ma sebbene la sua famiglia fosse vicina a lei quanto il suo stesso sangue, non riuscì a svoltare quando arrivò il momento. Anche l'uscita di Alex passò, con Maggie che stringeva la mascella così forte da sentire i molari che stridevano. La resistenza a cercarli era una sensazione pungente nel profondo delle sue viscere, in contrasto con i pensieri nella sua testa. I suoi amici più stretti avrebbero voluto sapere di Aiden. L'avrebbero sentito profondamente come lei. E... *oh*. Ecco perché lo stava rimandando. *Sto dando loro più tempo.*

Maggie si raddrizzò, le mani strette intorno al volante. Non voleva che Sammy, un uomo che era stato il suo fratello surrogato per più di trent'anni, si preoccupasse per sua madre quando non c'era nulla che potesse fare. Se la mamma era scappata, sarebbe rimasta nascosta finché non avesse voluto farsi trovare. Mentre Maggie avrebbe cercato di capire chi fosse questo elusivo "colui che verrà per te", presto si sarebbe trovata in un vicolo cieco se si fosse trattato di un abusatore domestico. Per come era strutturato il sistema, non conosceva la maggior parte delle persone che sua madre aveva aiutato a sparire. E nemmeno Sammy.

No, dirlo a Sammy non avrebbe aiutato. Voleva anche che avesse una notte in più in cui non sapeva che Aiden era stato ucciso. Alex non aveva mai conosciuto Aiden, ma sarebbe stata triste per Maggie comunque. Era una piccola grazia concedere loro qualche ora in più, un'ultima notte di sonno tranquillo prima di rovinare la loro settimana con tutta questa perdita.

Glielo avrebbe detto la mattina dopo, dopo averlo detto a suo padre.

Ma mentre entrava nel vialetto di suo padre - era suo ora? - i fari illuminarono i paraurti metallici di altre due auto già parcheggiate. Una Jeep e un Volkswagen Maggiolino. La tensione nella sua pancia si sciolse in una sensazione di quasi-calma... qualcosa di simile al sollievo.

Sammy scese mentre lei parcheggiava la sua Sebring, mezza fuori dal vialetto per non bloccare i loro veicoli. Sembrava particolarmente alto da quella angolazione, la testa calva che brillava alla luce della luna. Alex schizzò fuori dal suo Maggiolino mentre Maggie faceva il giro del cofano della Sebring. Con i capelli biondi, le ossa esili e gli orecchini pendenti oversize, Alex era una piccola fatina scintillante - tutti presumevano che i trattamenti per una diagnosi precoce di cancro avessero frenato la sua crescita. Ma compensava ampiamente la sua bassa statura con il modo esuberante in cui si muoveva.

«Festa a sorpresa per il compleanno!» disse Alex, precipitandosi verso Maggie come un difensore del football. Il suo maglione era avvolto intorno alla vita, facendo sembrare le sue braccia sottili ancora più esili.

Maggie barcollò all'impatto, ma ricambiò l'abbraccio di Alex, e nel momento in cui fu tra le braccia della sua amica, il calore nel suo petto le avvolse i polmoni e salì fino alle guance. Gli occhi le bruciavano. «Come avete...» La sua voce si incrinò. Perché non erano qui per il suo compleanno, non dopo la loro celebrazione a colazione. Non sarebbero qui ora a meno che non sapessero di Aiden.

Alex la lasciò andare, e l'aria notturna colpì Maggie come un'ondata di acqua fredda. Ma non ebbe il tempo di raffreddare il sudore sulla sua pelle prima che Sammy la prendesse tra le sue braccia. «Ho parlato con Reid» disse nei suoi capelli.

Aspetta, cosa? Reid aveva chiamato Sam? Aggrottò la fronte tra le lacrime, il viso premuto contro l'ampio petto di Sammy. Sembrava presuntuoso, invadente. «Cos'ha detto esattamente?»

«In realtà, ho parlato più io. Imani ha saputo di Aiden dal procuratore distrettuale di Tysdale, ma non aveva tutti i dettagli.» *Ah.* Sammy e sua moglie lavoravano entrambi con l'ufficio del procuratore distrettuale; conoscevano bene gli avvocati delle città vicine e i detective di Fernborn. Non è che Reid avesse hackerato il suo telefono per ottenere il numero di Sammy - quello se lo sarebbe aspettato da Tristan.

«Quanto a Reid, non sapeva molto di più dato che non è lui il responsabile di quel caso.» Le parole di Sammy risuonavano contro la sua guancia. «Ma ha menzionato casualmente che stavi tornando a casa. Penso volesse che mi assicurassi che mangiassi qualcosa. Anche se potrebbe essere difficile dopo... quello che hai visto oggi.»

Quello che ho visto... sì. Quello. «È stato terribile. Aiden... erano solo ossa su un tavolo.»

«Merda, davvero?» disse lui. «Nemmeno i suoi vestiti, tipo una felpa per preservare la sua... dignità?»

Aiden odiava le felpe. Qualsiasi cosa con i lacci intorno al collo gli faceva sentire come se lo stessero strangolando. «Pazzesco, vero?» Maggie tirò su col naso. Le sue guance erano scivolose di lacrime. «Ti sto rovinando la maglietta, Sammy.»

«Basta che non mi sbavi addosso, stramba.»

Lei sbuffò per scherzo. Sammy gemette - «Eww, che schifo, Mags!» - e fece un passo indietro per stare accanto ad Alex, che si stava sistemando i capelli, legandoli in una coda. Lui fece una smorfia, spazzolandosi la maglietta - sui punti umidi, che probabilmente non erano sbavature. «Imani voleva essere qui, ma i bambini devono alzarsi presto per la scuola. Passerà domani, se te la senti. Ti abbiamo chiamato prima, ma immagino fossi occupata con... tutto quanto.»

Maggie annuì. «Forse possiamo pranzare insieme.» Imani avrebbe fornito una conversazione assennata di cui aveva tanto bisogno tra il dire a suo padre che suo figlio era morto, organizzare il funerale e Dio sa cos'altro doveva fare dato che non aveva famiglia su cui contare perché...

«Mia mamma se n'è andata.»

Le sopracciglia di Sammy schizzarono verso l'alto. «Ha finalmente preso un volo di sola andata per le isole?» Sammy conosceva sua madre bene quanto Maggie stessa, e subito aveva presunto che se ne fosse andata di sua spontanea volontà - che l'avesse pianificato.

Alex lasciò andare la sua coda di cavallo, gli occhi azzurri spalancati, e appoggiò il fianco contro il cofano dell'auto di Maggie. Le sue mani... Alex stava tremando? Sì, questa assurdità era brutta per tutti.

«Tutto quello che so è che è scivolata via dal suo braccialetto elettronico ed è sparita. Ma c'era un biglietto nel suo armadio, come questo strano avvertimento criptico, e ha lasciato il giocattolo di Aiden e il suo anello preferito, e la serratura della porta era rotta...» L'aveva detto a Reid quella parte? Della porta? L'aveva fatto, vero?

Lui sbatté le palpebre; sembrava confuso quanto Reid. Alex si limitò a fissare. Doveva davvero migliorare nel trasmettere le informazioni. «Un biglietto?» la sollecitò Sammy.

Giusto. «Diceva che qualcuno stava venendo per me, e che lei era dispiaciuta, ma ha trascurato di specificare riguardo a cosa. Reid sta mandando una pattuglia, nel caso. Ve l'ha detto?» In effetti... dovrebbero entrare. Perché stavano in piedi nel vialetto?

Sammy aggrottò la fronte. «Ha dimenticato di menzionare quella parte».

Maggie premette il pulsante per chiudere la sua auto, ma non riusciva a muoversi, il cervello pieno di cose che dovevano essere dette, tutta la sua energia reindirizzata dalle gambe alla testa. «I detective di Tysdale la stanno cercando» - se Birman stava dicendo la verità - «quindi sarà presto smascherata se non sanno già che se n'è andata».

«Sa di Aiden?» chiese Sammy. Quando Maggie alzò le spalle, continuò: «Se è così, Birman ti ha sempre addosso. Potrebbe aver capito che ti sarebbe stato addosso come un'ombra quando si fosse accorto che lei era sparita. Birman sicuramente, e cito, 'verrà per te' ora, ti interrogherà su Aiden *e* su tua madre, e si sentirà giustificato nel farlo». Scosse la testa. «Non riesco a immaginare che ti lascerebbe in una situazione rischiosa, specialmente dopo Aiden. Non c'è modo che lascerei i miei figli da soli se pensassi che potrebbero essere in pericolo. Se intendeva che qualcuno oltre a Birman ti stava cercando, ti avrebbe dato un nome, giusto?»

«E hai appena detto che la polizia la stava cercando», intervenne Alex. «Forse sono passati, hanno armeggiato con la porta. C'erano prove che fosse stata... rapita?»

C'erano? Maggie aggrottò la fronte. «No. Solo la porta. E quel biglietto».

Sammy la fissò intensamente, gli occhi tesi - preoccupato, ma non eccessivamente. «Se qualcuno avesse sfondato la porta e l'avesse presa, non avrebbe avuto il tempo di lasciarti quel biglietto». Maggie aveva pensato la stessa cosa. Le sue spalle si rilassarono mentre Sam continuava: «Probabilmente ha organizzato tutto, l'ha tenuto criptico di proposito così da poter affermare di essere stata rapita se fosse stata catturata mentre lasciava la città».

Maggie sbatté le palpebre. La brezza le sospirò alle spalle. Dal modo sempre più disperato in cui la mamma aveva parlato dal suo ultimo arresto, gli accenni alla fuga, la sua valutazione suonava vera. Era una mossa intelligente, anche se crudele da fare a una figlia.

«Sono sicuro che riceveremo cartoline dalla Thailandia o...» Socchiuse gli occhi. «Dov'era che diceva sempre di voler andare?»

«Le Maldive». La sua voce suonava debole. Stanca. C'era sollievo nel non dover affrontare questo da sola - nell'avere altri che credevano che sua madre stesse ancora bene. Certo, avrebbe dovuto essere in massima allerta finché non avesse saputo con certezza a chi si riferisse sua madre - finché non avesse identificato questo misterioso "lui". Ma ci sarebbe stata una pattuglia a breve, e stasera, con Sammy e Alex al suo fianco, era al sicuro. Nessuno sarebbe venuto a prenderla con loro qui.

Dovrei raccontargli di quel giorno nell'edificio, finalmente mettere tutto allo scoperto. A Kevin non importerebbe se rivelasse il segreto ora - non come se potesse avere una ricaduta. Ma... forse domani. O dopo il funerale.

Sammy si avvicinò di nuovo a lei, le mise un braccio intorno alle spalle e la strinse. «Maggie, stai bene?»

«Io...» Scosse la testa. «Non riesco a smettere di pensare. Ho bisogno di... fermarmi per qualche minuto».

Alex si staccò dal cofano dell'auto. «Sì, lo sappiamo. È per questo che ho portato i tacos. Puoi calmare quel cervellone con cibo messicano freddo e gelato a temperatura ambiente». Alex sorrise e si girò verso il suo Maggiolino, la canottiera larga che svolazzava, rivelando il tatuaggio sul lato sinistro della schiena. Un cuore a forma libera, artisticamente asimmetrico in vortici multicolori; ce l'aveva dalle superiori. I tatuaggi a cuore erano un po' da "marinaio", ma ognuno ha i suoi gusti.

Alex si chinò dentro la portiera del passeggero e tornò con un paio di grandi sacchetti di carta - uno con il logo del take-away messicano, uno standard da supermercato. «Andiamo. Sto morendo di fame, e questo gelato sciolto non si berrà da solo».

I gradini del portico sembravano più ripidi di prima - poche ore fa, non portava questo peso di fratello-morto-madre-scomparsa. Una volta dentro, Maggie accese le luci e si girò per richiudere la porta dietro di loro come sua madre le aveva insegnato a fare. *Non posso credere che l'abbia fatto. Come ha osato farmi questo, e nel giorno in cui ho dovuto identificare le ossa di Aiden.*

«Chi ha mandato i fiori?» chiamò Alex dalla cucina. Posò i sacchetti su un lato del bancone, di fronte ai regali di compleanno di Maggie.

Maggie aprì la bocca per rispondere, ma Alex stava già strizzando gli occhi sul biglietto. «Un ammiratore segreto? È Reid, vero?»

«No. Non sono di Reid».

«Quel ragazzo è cotto di te, Mags». Alex gettò il biglietto sul bancone, poi allungò la mano nel primo sacchetto di carta. «Non m'importa cosa dici, devi saltare su quel treno e cavalcarlo duro». Si girò per mettere il gelato nel congelatore, muovendosi più velocemente del solito. Sotto pressione. Cercando di costringere Maggie a pensare a qualcos'altro - qualsiasi cosa. Maggie la amava ancora di più per questo.

«I treni sono per vecchi uomini bianchi nei film western», disse Sammy.

«E per i vampiri che hanno bisogno di un passaggio veloce attraverso la campagna transilvana». Maggie scosse la testa, poi incontrò gli occhi di Alex mentre la sua amica tornava al bancone.

«Allora, cosa ti ha regalato Reid?» chiese Alex.

«Niente. Perché Reid non sa che è il mio compleanno».

«Accidenti», dissero Sammy e Alex all'unisono. «E io che stavo iniziando a perdonarlo per essere stato uno stronzo la notte in cui la tua casa è bruciata».

Maggie inarcò un sopracciglio, e Sammy alzò le spalle. «Sto solo dicendo... ha migliorato il suo livello di preoccupazione abbastanza da farmi pensare che non ti fregherà».

«A meno che non glielo chieda *molto* gentilmente», disse Alex oltre la spalla, dirigendosi verso il soggiorno con una pila di contenitori da asporto.

Maggie prese altri tovaglioli dall'armadio - non avevano mai abbastanza tovaglioli. «Ad essere onesti, la notte dell'incendio, *c'era* un cadavere nel garage». Macabro, ma lo scambio di battute stava alleviando il dolore alla testa, la pressione nel petto.

«Come se lasciassi le tue vittime a casa tua», sbuffò Sammy, prendendo i bicchieri. «Sei abbastanza intelligente da bruciare un corpo a casa del vicino».

Maggie alzò gli occhi al cielo. «Dai vicini? Ridicolo. Io getterei le mie vittime in un pozzo.» *Troppo presto?* Sì, ovviamente troppo presto.

«Ho sentito dire che un pozzo può comprare ventiquattro anni prima della scoperta», disse Sammy. «Un burrone potrebbe fartene guadagnare quaranta. Ma un abisso così profondo potrebbe risucchiare anche te.»

«Tua madre ha detto la stessa cosa ieri sera.»

Lui sorrise.

«Volete venire a mangiare, bastardi morbosi?» gridò Alex dal divano del soggiorno. «Siete peggio di Kelsey.»

«E chi diavolo è Kelsey?» chiese Sammy mentre si accomodavano sul divano accanto ad Alex. Ma Maggie lo sapeva. Aveva aiutato Alex a scegliere un nuovo vestito per il loro primo appuntamento.

«Siamo usciti solo due volte», Alex scrollò le spalle. «È carino. Divertente, come voi pazzi scatenati. Non c'è molto da raccontare ancora, ci siamo appena baciati. Ma se dura un'altra settimana, lo inviterò a uscire con noi così potrete spaventarlo come si deve.»

Sammy aggrottò la fronte. «E se preferissi spaventarlo prima del terzo appuntamento? Qual è il numero di questo ragazzo?»

Alex alzò gli occhi al cielo e indicò lo schermo della televisione. «Vi va bene *Gremlins*? O magari *Ghostbusters*?»

«*Balle spaziali*», disse Sammy.

«*Balle spaziali*», concordarono Alex e Maggie.

Guardarono il film. Quando finirono di mangiare, ammucchiarono i cuscini sul divano letto, con Sam sdraiato sui loro piedi come faceva quando erano bambini, come aveva fatto dopo la scomparsa di Aiden. Dimostrando che era lì, dimostrando a Maggie che aveva ancora un fratello. Quando i suoi occhi cominciarono a lacrimare, li lasciò fare. Sammy le porse dei tovaglioli senza dire una parola, Alex intrecciò le dita con quelle di Maggie, ma non potevano fare nulla per il pulsare doloroso nella sua testa, la cicatrice sotto i capelli che pulsava, pulsava, pulsava. E andava bene così. Sembrava la fine di un'epoca, come se il passato stesse cercando di dire addio.

Ma nelle prime ore del mattino, il profumo di spezie la raggiunse dalla fessura della finestra del soggiorno, un sussurro nella brezza che non sarebbe dovuto esistere.

Kevin era morto.

Eppure lei sentiva il suo odore lo stesso.

CAPITOLO 9

Maggie si svegliò con il collo indolenzito e un vuoto inquietante nello stomaco. Sammy preparò delle uova con cipolle e jalapeños; Alex aveva portato dei PopTarts. Maggie fece il caffè extra forte. Quando la vita ti prende a pugni in faccia, il cibo e le bevande tendono ad avere un sapore un po' insipido, ma non si poteva negare l'amarezza dell'espresso, l'attrazione dello zucchero puro dei dolcetti confezionati o il piccante bruciante dei peperoncini.

Quando i suoi amici se ne furono andati, Maggie scrisse le sue riflessioni sull'assassino di Aiden; un profilo più rudimentale di quanto avrebbe preferito, ma stavano ancora aspettando le prove, prove a cui forse non avrebbe mai avuto accesso. Maggie inviò comunque le pagine via email a Reid, con un'aggiunta che l'avrebbe modificata una volta ottenuto l'accesso alle analisi forensi, e chiamò sua madre altre volte prima di uscire di casa. Niente.

Non si aspettava una risposta. Sua madre probabilmente se n'era andata di sua spontanea volontà, il che significava che rispondere al telefono avrebbe potuto rivelare la sua posizione a Maggie e, cosa più critica, alla polizia. Ma il biglietto la tormentava. Sua madre era davvero preoccupata che Birman facesse qualche domanda in più, molestando Maggie, come sospettava Sammy? O era preoccupata per un abusatore domestico? Maggie aveva indagato sugli abusatori che conosceva per nome, ma la lista che avevano in comune era breve; pochi di quelli con cui Maggie lavorava avevano contatti con sua madre. Di quelli, la maggior parte era in prigione, non più una minaccia. E perché non venire da Maggie nel momento in cui si fossero resi conto che sua madre era sparita? La valutazione di Sammy aveva sempre più senso.

Maggie sospirò e infilò i piedi nelle sue ballerine. Non importava chi fosse questo famigerato "lui" che stava venendo per lei, sua madre non poteva tornare a casa senza essere arrestata. Che esistesse o meno una minaccia, che inviasse o meno una cartolina occasionale, per qualsiasi definizione pratica, Maggie era senza madre. Doveva piangere sua madre insieme ad Aiden? Forse era per questo che il ronzio della suoneria faceva ribollire i peperoni, le uova e la glassa dei PopTart nella pancia di Maggie come una lavatrice piena di ricotta oleosa.

L'autostrada sembrava distopica prima delle otto, come se le altre auto fossero state risucchiate in un buco nero. La pattuglia dietro di lei era senza contrassegni, ma aveva un lampeggiante all'interno del parabrezza - l'uomo di Reid? Spinse il pedale fino in fondo, ma non la fermò, si limitò a tenere il passo anche quando lei superò di quindici il limite di velocità. Decisamente l'uomo di Reid. Alleggerì la pressione sull'accelleratore, riluttante a sfidare il destino e la pazienza dell'agente.

Maggie percorse il resto del tragitto fino al villaggio per pensionati in pilota automatico e parcheggiò davanti al parcheggio. La sera prima aveva chiamato per avvisarli della morte di Aiden, nel caso in cui i detective fossero passati. Non voleva sorprese, né per papà né per il personale. Suo padre stava già camminando su una linea sottile rimanendo qui senza assistenza infermieristica a tempo pieno. Presto, sarebbe stato nella casa di cura adiacente.

Luminoso dentro, più luminoso del sole mattutino. Maggie fece un cenno all'infermiera dietro il bancone circolare nella hall - Candace era il suo nome. Lei ricambiò il cenno a Maggie, ma i suoi occhi erano tristi. *Povera te*, dicevano.

Maggie decise che non le piaceva Candace tanto quanto aveva immaginato solo pochi istanti prima. L'empatia era una cosa, la simpatia un'altra, ma la pietà implicava una tristezza senza via d'uscita - impotenza. Questo bastava a farle rizzare la schiena. Era solo una reazione del sistema nervoso simpatico, una manovra difensiva per sentirsi un po' meno fuori controllo, ma a Maggie non piaceva comunque la sensazione.

La stanza di suo padre era in fondo al corridoio a destra; poteva sentire la televisione da fuori la porta. Probabilmente sveglio. Bene. O male, a seconda che si sentisse di far piangere un vecchio. Chi voleva prendere in giro? Non avrebbe reagito a lei come se fosse famiglia. Probabilmente avrebbe provato più emozioni per la pianta malata sul suo pianoforte che per il nome "Aiden".

Mise da parte il pensiero, poi spinse la porta. Le foglie giganti sulla carta da parati la accolsero con la loro stravaganza, ma il resto della stanza era tipico, persino noioso - un tavolo da bistrot in mogano con tre sedie che Sammy l'aveva aiutata a scegliere, un pianoforte verticale sormontato da un vaso di Lingua di suocera appuntita. Una foto di lei e Aiden da bambini era accanto al vaso, la cornice di legno adornata con foglie intagliate che si abbinavano alle pareti. Suo padre non alzò lo sguardo quando entrò, i suoi ricci bianco candido percorsi da una tonalità rugginosa che si abbinava ai capelli di Maggie - la sua barba folta era ancora più rugginosa. Anche i suoi occhi erano della stessa tonalità ambrata dei suoi. Ma lui non l'avrebbe notato.

Maggie si avvicinò al pianoforte per prendere la foto incorniciata, poi si sedette sulla seconda poltrona reclinabile, la foto di lei e Aiden in grembo. La poltrona di suo padre era già in posizione semi-reclinata, il telecomando sul bracciolo, il dito indice pronto sul pulsante del volume.

«Ehi.» Dovette alzare la voce per farsi sentire sopra la televisione. Le faceva bruciare la gola. «Ti dispiace se guardo con te?»

Suo padre guardò di lato, un sopracciglio infuocato alzato. «Ti piace *I Misteri più Sconcertanti del Mondo*?»

Lei sorrise. «A chi non piace?» Lo show era stato uno dei loro preferiti negli ultimi dieci anni. Un'imitazione di *Misteri Irrisolti* che non era proprio all'altezza, era abbastanza piacevole da guardare più e più volte. Aveva sentito che una nuova stagione era in lavorazione - roba eccitante. Rovinava la suspense quando conoscevi tutti i cattivi.

Papà socchiuse gli occhi verso di lei, ma annuì. «Hai ragione. Ho sentito che stavano pensando di sostituire Harris Overstreet, ma sono tornati in sé, grazie a Dio.»

Lei lo sapeva già; era stata lei a dirgli quel fatto interessante. Maggie inclinò la testa, ma i suoi occhi rimasero gli stessi. Amichevoli, ma senza il luccichio di affetto che il riconoscimento avrebbe suscitato.

«Hai visto la mamma ultimamente?» chiese Maggie. Era altamente improbabile che sua madre fosse venuta qui - non era venuta a vedere suo padre da quando avevano divorziato, per quanto ne sapeva Maggie. Ma sua madre non era mai scappata prima.

«Chi è tua madre?»

«Una donna più anziana. A volte indossa un enorme

anello verde.» *A meno che non lo lasci avvolto intorno a un biglietto criptico.*

Lui sbuffò. «No. Ma sembra vistoso, come se avesse qualcosa da dimostrare.»

Non aveva torto. Ed era una risposta sufficiente. La foto nella sua mano sembrava pesante. Calda, anche, riscaldata dal calore del suo corpo. «Ti dispiace se abbassiamo un po' il volume della televisione? Voglio mostrarti una cosa.»

Lui annusò, aggrottò le sopracciglia e finalmente fece come gli era stato chiesto, premendo i pulsanti con forza extra come per esprimere la sua irritazione attraverso un controllo aggressivo del volume.

Ora o mai più. Oh, chi voleva prendere in giro? Non importava cosa succedesse, avrebbe dovuto dirglielo di nuovo prima del funerale. Nel caso volesse... andare. Lo avrebbe fatto? Se lo avesse fatto, si sarebbe ricordato perché era lì una volta arrivati?

Merda, devo organizzare un funerale.

Maggie gli mostrò la foto, la mano tremante. Lui guardò di sfuggita, aggrottò le sopracciglia, poi tornò a guardare la televisione.

«Mi ricordo quando è scomparso» disse lentamente, tastando il terreno. «Ricordo di aver sentito che avrei dovuto fare qualcosa di diverso. Che se fossi stata con lui... sarebbe ancora qui.»

Suo padre grugnì. Lei attese qualche altra risposta, ma gli occhi di suo padre erano fissi sullo schermo.

«Ti ricordi quanto stavo male dopo che era scomparso? Ho pianto per settimane.»

«Hai già visto questo episodio?»

Deglutì a fatica. *Non ricorda, Maggie. Non sa che suo figlio è scomparso, non ricorderà il bambino anche se gli dici che Aiden è morto.* Ma la sua bocca si stava già muovendo, parlando nonostante la parte logica del suo cervello pensasse che fosse stupido, irrilevante, forse persino crudele. «No, non l'ho visto.» *Per la trentaquattresima volta.* «E sono entusiasta di guardarlo con te. Ma prima...» Si avvicinò. «Devo dirti una cosa.» Non era solita spingerlo a ricordare - non lo chiamava nemmeno "papà" se poteva evitarlo. Ma questo... Doveva dirlo. Doveva almeno dirlo ad alta voce, anche se lui non avesse capito cosa significasse. Non poteva privarlo di un'informazione così cruciale. «Aiden è morto.»

Lui premette il telecomando; il volume aumentò di due tacche. Sbatté le palpebre guardando lo schermo del televisore.

«Mi hai sentito?» Doveva assicurarsi che avesse sentito. Poi, per il bene di lui e anche per il suo, non l'avrebbe mai più detto. Lo avrebbe lasciato dimenticare come sua madre aveva insistito che facessero dal giorno in cui Aiden era scomparso.

La rabbia le ribollì nelle viscere, così calda e improvvisa e inaspettata da toglierle il fiato. Sua madre - se n'era andata lasciando tutto questo sulle spalle di Maggie. Fin da quando era bambina, l'aveva lasciata sola con il suo dolore, insistendo che Maggie dimenticasse ogni volta che cercava di parlare di suo fratello. Ed era una conoscenza psicologica comune che dire a qualcuno di non pensare a un orso polare bianco lo fa immediatamente pensare a orsi polari bianchi. Dire a un'adolescente già ansiosa di non pensare al fratello morto era la ricetta perfetta per l'ossessione.

Suo padre sbatté di nuovo le palpebre verso lo schermo mentre Harris Overstreet percorreva una lunga strada boscosa, con gli alberi alle sue spalle che rendevano le sue parole ancora più sinistre. Lei riprese la foto e se la sistemò in grembo. *Ci ho provato.* Non era qui per torturarlo, quindi tanto valeva godersi al meglio ciò che restava della sua visita-

«Non ho mai pensato che fossi stata tu, sai.»

Lei sbatté le palpebre. «Io?» Sapeva chi fosse lei? Sapeva di cosa stavano parlando? Era difficile dirlo - era sempre difficile dirlo. «Pensato *cosa* fossi stata io, P-?» *Papà*. Coprì lo scivolone con un colpo di tosse.

Lui le lanciò un'occhiata. «Sto cercando di guardare questo programma.»

Certo che lo stai facendo. La testa di Maggie girava; lo stomaco le si rivoltava. «Non hai mai pensato cosa fossi stata io?» ci riprovò.

«Puoi stare zitta?»

La sua mascella si irrigidì. Maggie represse un sospiro. Qualsiasi barlume di ricordo era svanito. Ma poteva immaginare cosa intendesse. Nick Birman aveva parlato con tutti loro, aveva interrogato Maggie stessa, fatto domande ai suoi genitori per ore. Sicuramente aveva insinuato che Maggie avesse avuto qualcosa a che fare con la scomparsa di Aiden, aveva menzionato qualunque lesione minore avesse visto come prova che lei avesse lottato con suo fratello. Non sapeva delle ferite più gravi - nessuno aveva mai guardato sotto i suoi capelli.

Maggie si appoggiò allo schienale della poltrona reclinabile, posò la foto di Aiden sul bracciolo e tirò fuori il telefono. Harris Overstreet continuava a blaterare sul sospettato - un fornaio in questo episodio - ma tutto ciò che lei riusciva a vedere era il viso da clown nervoso di Birman, i suoi occhi bugiardi. Il suo mento a culo.

Toccò lo schermo del cellulare. Maggie usava raramente i social media, ma era curiosa riguardo a Birman e al suo partner - che tipo di uomo passerebbe le sue giornate con uno stronzo come Birman? Malone non poteva essere così gentile come sembrava. Online, il canadese aveva un largo sorriso amichevole, nessun accenno alla faccia da carlino corrucciato che aveva visto all'obitorio. Il suo naso sembrava meno schiacciato quando era a una degustazione di vini. C'erano foto di lui con tre donne diverse nel corso dell'ultimo anno, foto del suo cibo, vacanze a... Montreal e in Italia. Il fatto che avesse un profilo pubblico sembrava suggerire che non avesse molti segreti. A meno che non fosse una messa in scena.

Ma Birman... niente. Provò altri social media con gli stessi risultati - nessun Nick Birman, almeno non quello giusto. Era possibile che avesse un profilo privato dato il suo ruolo di detective dell'omicidi; anche Reid non aveva pagine social pubbliche. Cercò invece Birman su Google, ma al di fuori di alcuni brevi accenni sui giornali locali, l'uomo era un fantasma. Basso profilo, certo, ma la mancanza di riconoscimenti le faceva pensare che forse faceva schifo nel suo lavoro. Non era l'uomo che voleva che lavorasse sul caso di suo fratello.

Maggie aggrottò la fronte. Odiava chiedere informazioni sul detective a Tristan - odiava chiedergli qualsiasi cosa, solo una delle tante complicazioni del lavorare insieme. Se avesse conosciuto qualcun altro che potesse farlo, l'avrebbe chiesto a loro, ma così com'era... Tristan era l'unico. Non voleva dire a Reid che stava investigando sui poliziotti. Forse gli sarebbe andato bene, ma se non fosse stato così-

«Ho fame» disse improvvisamente suo padre, e Maggie sussultò, sorpresa. «Puoi scendere a prenderci dei popcorn? Con extra burro.» Annuì, una sola volta. Risoluto.

Lei guardò il suo telefono, poi suo padre. Non chiedeva mai i popcorn - gli facevano male ai denti, e aveva una protesi parziale che non andava d'accordo con i chicchi. Ma i popcorn erano la loro cosa quando era piccola. Quando Aiden era ancora vivo, si sdraiavano sul divano, spesso con Sammy, e guardavano l'originale *Unsolved Myste-*

ries. Harris Overstreet non reggeva il confronto con Robert Stack.

Lui la stava ancora guardando - in attesa di una risposta. Si alzò in piedi e si diresse verso il pianoforte per rimettere a posto la foto. «Vedo cosa posso fare.» Il distributore automatico nella caffetteria potrebbe averne.

Lui sorrise - denti lunghi, lo smalto ingiallito, ma il suo sorriso era genuino. «Brava bambina.»

Lei si fermò a metà strada verso la porta, con il cuore che si contorceva. *Brava bambina*. Anche quella era una vecchia frase di famiglia, anche se veniva detta più spesso per scherzo. Anche se non capiva pienamente, consciamente, cosa significasse la morte di Aiden, c'era una parte di lui che stava cercando di aggrapparsi a suo figlio. Di aggrapparsi a lei.

I suoi occhi bruciavano. Dolore nel petto, le costole che dolevano come se stessero per spaccarsi - una diga che si rompeva. Sì, avrebbe trovato dei popcorn, veri popcorn, anche se avesse dovuto correre al negozio. Burro finto, ma suo padre non l'avrebbe notato. Si sarebbero seduti qui a guardare *World's Most* e a condividere spuntini, e lei avrebbe cercato di ricordare, solo per qualche ora, cosa significasse avere un fratello, un padre.

Cosa significasse avere una famiglia.

CAPITOLO 10

Quando la lotta non ti appartiene, le sfide emotive hanno la capacità di forzare la concentrazione e distrarti dalle tue stesse sciocchezze. Così era la vita di una psicologa il giorno dopo che il corpo di suo fratello era stato trovato.

Janice sorrise, ma solo il lato sinistro delle sue labbra rispose. La lucida ustione sul lato destro si raggrinzì, increspando la sua pelle dal mento alla guancia.

La mamma aveva inizialmente indirizzato Janice a Maggie - uno dei pochi casi su cui avevano lavorato insieme. Ma Janice aveva voluto un giorno per pensare di andarsene, e un giorno era un giorno di troppo. Sedici ore dopo che Maggie l'aveva incontrata, il giorno dopo che Janice aveva rifiutato l'offerta di fuggire, suo marito l'aveva aggredita nel ristorante che possedevano. Ora, lui era in prigione e Janice possedeva il ristorante, anche se non ne era uscita illesa. Aveva anche perso la mobilità in tre delle sue dita quando lui l'aveva spinta nella friggitrice.

«Sto lavorando con il gruppo di supporto che mi hai raccomandato», disse Janice. «Ci sono molte altre mamme, il che è sia terribile che rinfrescante in termini di cameratismo».

Maggie annuì, ma la parola "mamma" le fece dolere il petto. Aveva così tanto per cui piangere, e nessun tempo per farlo. «Sono contenta che stia funzionando per te. Sono sicura che stai aiutando più persone di quanto tu sappia».

«Tanto vale usare questo bel faccino per qualcosa, giusto?» Janice sorrise di nuovo, ma Maggie poteva vedere la tensione agli angoli dei suoi occhi. Il trattamento per le ustioni e i successivi innesti cutanei erano dolorosi. E non era nemmeno vicina a finirli, il che significava che l'ansia esisteva ancora, necessariamente.

La seduta con Janice si fuse in una con un veterano che soffriva di PTSD, poi una donna adorabile con agorafobia che solo recentemente era passata dalle sessioni online allo spazio dell'ufficio. Quando arrivò l'ora di pranzo, le costole di Maggie si erano allentate abbastanza da permetterle di respirare normalmente, anche quando il telefono di sua madre andava alla segreteria telefonica. Di nuovo. Perché stava ancora provando?

Toc-toc-toc!

Maggie alzò lo sguardo in tempo per vedere Owen entrare nel suo ufficio portando un sacchetto marrone da asporto con manici di plastica - spalle larghe sotto la sua giacca tweed da professore, capelli biondo platino, occhi azzurri brillanti, molto surfista incontra bibliotecario. «Ho preso dei Reuben per noi», disse Owen. «Visto che ho un po' mancato il tuo compleanno». Fece una smorfia - una scusa.

Maggie gli fece cenno di entrare, ma il forte odore di manzo in salamoia le ricordò il viso ustionato di Janice. Il ristorante aveva odorato di carne fritta dopo l'incidente? I clienti avevano annusato con la bocca che si riempiva d'acqua, chiedendosi che profumo delizioso fosse?

Smettila di pensarci, Maggie. Ma tanto valeva dirsi di non pensare a un orso polare bianco.

Maggie deglutì contro la bile in fondo alla gola e si sforzò di sorridere. «Hai fatto già abbastanza per il mio compleanno, amico. Ma accomodati». *Devo comunque parlarti di mio fratello morto, e di mia madre scomparsa, e del biglietto che implica che sono in pericolo. Inoltre, potresti vedere alcune auto della pattuglia nel parcheggio. Preferirei che tu fossi seduto.*

Avrebbe potuto chiamarlo la scorsa notte, ma Owen era il suo amico del college, il suo socio in affari, ed era serio - tradizionale. Non era interessato ai pigiama party per adulti. Gli altri si appoggiavano alla vicinanza per alleviare i pesi; quando Imani aveva perso suo nonno, quando il padre di Sammy era morto, quando Alex era stata licenziata. Quando i bambini di Sammy avevano le coliche, Alex e Maggie erano rimaste con Imani, facendo a turno per cullare, accarezzare e cantare mentre Sam era in viaggio d'affari.

Non era lo stesso con Owen. Pensava che i pigiama party fossero bizzarri, e odiava che lei lavorasse con la polizia, odiava che lavorasse con il carcere, odiava qualsiasi sentore di pericolo. L'omicidio di Aiden lo avrebbe turbato in un modo più che un semplice «Mi dispiace tanto». A suo credito, le aveva parlato di quel club del sesso - ne aveva sentito parlare dalla sua ex moglie ed era stato scandalizzato. Se avesse scoperto che lei ci era effettivamente andata, gli sarebbe venuto un colpo. Sammy l'avrebbe presa in giro se lo avesse saputo... ma l'avrebbe accettato. Alex probabilmente avrebbe chiesto l'indirizzo.

«Com'era il cupcake?» disse ora Owen. Posò la borsa sull'angolo della sua scrivania e tirò fuori i contenitori di polistirolo - uno per lei, uno per lui.

«Era delizioso. E adoro la mia nuova penna. Grazie».

Lui sorrise, ma questo fece solo gonfiare le borse sotto i suoi occhi - pronunciate oggi. Lividi viola scuro.

«Owen... stai bene?»

Si lasciò cadere sulla sedia di fronte a lei e aprì il coperchio del suo contenitore con il panino, ma non fece alcuna mossa per mangiare. Owen scosse la testa. «Non sto benissimo. Katie ha chiesto la custodia esclusiva delle ragazze. Ci puoi credere? Tutto quello che ho fatto per lei, per le mie figlie, e lei semplicemente...» Sospirò, i suoi occhi iniettati di sangue tesi. «Immagino che questo è quello che succede quando hai un nuovo fidanzato avvocato di grido che vuole che ti trasferisca in California con lui. Se vince questa causa, può portare le mie figlie dove vuole. Potrò vederle solo poche volte all'anno».

La mascella di Maggie cadde. «È assurdo! Le tue figlie ti adorano; non può semplicemente portartele via». I suoi figli erano la sua vita. Aveva incontrato Katie solo due volte, entrambe a riunioni festive - Katie non voleva mai uscire con gli amici di Owen, era sempre sembrata gelosa di Maggie stessa. Non voleva nemmeno che i suoi figli frequentassero gli amici di Owen. Diavolo, forse Katie era sempre stata il problema, e una volta che il divorzio fosse stato definitivo, lui si sarebbe unito ai loro pigiama party di crisi.

Le labbra di Owen erano strette, una singola linea esangue. Fissava il suo panino. Non aveva ancora fatto alcun movimento per prenderlo.

Lei allungò la mano verso il suo come per dare l'esempio, il polistirolo caldo e unto. «Mi dispiace tanto, Owen. Ma non vincerà questa causa; non glielo permetteremo. Parleremo con Sam, okay? Sono sicura che conosce degli ottimi avvocati divorzisti». Era sorpresa che Owen non avesse già chiesto a Sammy o Imani, ma era del tipo ottimista - aveva pensato che sarebbero stati in grado di gestire le cose con un mediatore. Ma una volta che Katie aveva iniziato a frequentare qualche avvocato di grido... beh.

Maggie aprì il coperchio della sua scatola con il panino, e l'aria salata si alzò come una nebbia di grasso nel suo naso. Il suo stomaco si rivoltò. Si appoggiò allo schienale della sedia e lasciò che i suoi occhi scivolassero sulla scrivania, poi sulla parete lontana dove c'era il guantone da baseball di Aiden, la foto di lei e suo fratello. Il suo fratello morto.

Owen stava ancora fissando il suo panino.

Sì, avrebbe rimandato Aiden a un'altra volta. Invece, passarono i successivi venti minuti a discutere delle opzioni di Owen, elaborando i suoi sentimenti in vero stile da strizzacervelli, e poi abbandonarono entrambi i loro pranzi per lo più non mangiati per i loro clienti.

A differenza della mattinata, il pomeriggio trascorse lentamente. Ma lavorare l'aiutava a non pensare al fatto che qualcuno aveva assassinato suo fratello e lo aveva gettato in un pozzo... più o meno. La distraeva dal pensiero di sua madre scomparsa... più o meno. Le faceva dimenticare che poteva ancora sentire l'odore di Kevin nelle narici persino al di sopra del manzo in scatola. E Bert, il pupazzo con la testa oscillante, osservava tutto, annuendo, annuendo, annuendo.

Quando l'ultimo paziente se ne andò, le ossa di Maggie erano appesantite dalla stanchezza. Aveva perso due messaggi di Alex, uno era una battuta su un asino, il secondo conteneva tre parole: «Ti voglio bene, stupida». Maggie sorrise, rispose con l'emoji di un cavallo e una pesca, poi scorse le chiamate perse. Probabile truffa, e... probabile truffa. Fantastico. L'ultima chiamata era di Reid.

Premette il pulsante per richiamare l'ultimo numero.

«Ho scoperto perché Birman ti ha interrogato così duramente» disse Reid prima che lei potesse salutare.

Appoggiò i gomiti sulla scrivania e si chinò su di essi, con il telefono premuto contro il palmo della mano. «Te l'ho già detto perché. Ero tutta ammaccata-»

«No, non l'hai fatto. Voglio dire, pensavi di averlo fatto, ma...» Sullo sfondo, un clacson suonò con un colpo acuto e secco. «Sono quasi al tuo studio, a meno che tu non preferisca incontrarci alla caffetteria. O possiamo cenare».

Diede un'occhiata al contenitore del panino ancora pieno. «Devo lavorare fino a tardi stasera e non ho fame. Sputa il rospo».

Lui fece una pausa. Poi: «Pensavi che Birman fosse sospettoso a causa delle tue ferite, ma non le ha nemmeno menzionate con me. Secondo Birman, pensavano che Aiden fosse stato rapito perché *tua madre* aveva detto loro che qualcuno lo stava osservando».

Cosa? Si raddrizzò, improvvisamente più sveglia, come un ragazzo di una confraternita che si fosse appena preso una zanzariera in faccia. «Ti sbagli. Devi sbagliarti-»

«Ho visto io stesso il rapporto originale. Ho persino parlato con l'agente che l'ha compilato. Birman non se lo sta inventando».

Maggie fissò la scrivania, stordita. «Non ha senso. Se qualcuno stava osservando Aiden, perché non sarebbe stata più attenta, andando a prenderlo a scuola, tenendolo d'occhio più da vicino? Anche se pensava di essere paranoica, una volta scomparso, perché non fare attenzione a *me*?» Solo perché gli voleva più bene? Se il nome molto normale di Aiden era un'indicazione, la mamma lo aveva preferito fin dalla nascita. *Magma? Chi fa una cosa del genere?*

«È la stessa domanda che si stanno ponendo Malone e Birman. Perché, se pensava che Aiden fosse osservato, non ha aumentato il suo livello di protezione, né prima né dopo che fosse stato preso. Ma con quel biglietto... forse sta cercando di proteggerti ora».

«Sta facendo un pessimo lavoro. Non poteva garantire che avrei trovato il biglietto. E se quel biglietto è legato ad Aiden, implica che *il suo assassino* sta cercando me. Perché dovrebbe proteggerlo non dandomi un nome? Perché non chiamare la polizia?» Una cosa era scrivere in codice, ma quel biglietto non si avvicinava nemmeno all'identificazione del colpevole. Se Maggie avesse saputo chi aveva ucciso suo figlio, lo avrebbe denunciato prima che potesse far del male a qualcun altro. Diavolo, lo avrebbe denunciato per il gusto della giustizia, persino per vendetta.

«Non ho idea di cosa stia pensando tua madre. Vorrei saperlo».

Maggie sbatté le palpebre; a un certo punto, aveva iniziato ad accarezzare la testa di Bert. Il giocattolo tremolò, ma Maggie non riusciva a capire se il cenno fosse accusatorio o di supporto.

Il silenzio si prolungò, un silenzio inquietante. Lasciò cadere la mano sulla scrivania.

«Reid, cosa non mi stai dicendo?» Cosa non *voleva* dirle?

Lui sospirò. «Birman non è stato particolarmente loquace, ma sembra che qualcuno abbia chiamato per dare informazioni su Aiden da Yarrow poco dopo che era stato diramato l'avviso di ricerca».

Yarrow? «È a tre ore di distanza».

«Tre ore e mezza. La donna ha descritto con precisione cosa indossava Aiden, il suo zaino, tutto. E perché fosse a Yarrow quando è arrivata quella chiamata, l'assassino deve aver lasciato Fernborn poco dopo il tuo arrivo a casa».

La testa le girava. «Ma... perché? Voglio dire, e se fosse stato solo l'assassino che cercava di sviare la polizia?»

«È possibile. Birman ha detto che era un vecchio telefono a gettoni, con una cattiva connessione, e i soldi sono finiti prima che potessero ottenere un nome, il che è intrinsecamente sospetto. Ma la mattina seguente, la polizia di Yarrow ha trovato il quaderno di Aiden dietro la stazione di servizio dove la persona che ha chiamato ha riferito di averlo visto. È possibile che qualcuno l'abbia lasciato cadere dopo aver seppellito il corpo, ma Birman crede fermamente che tuo fratello fosse a Yarrow con il suo rapitore. Con il suo assassino».

Maggie fissò il vuoto finché la testa oscillante di Bert non si fermò. Come aveva fatto a non saperlo? Ma forse era meglio non saperlo. Se Aiden era vivo tre ore e mezza dopo, l'assassino l'aveva fatta durare. I suoi polmoni ebbero uno spasmo e poi si rilassarono. «Se Birman pensa che l'assassino abbia portato Aiden fuori città, allora perché continua a essere così stronzo con me?» Sembrava che fosse stata con Birman stesso quando era arrivata la chiamata.

«Beh, c'è un altro problema con il... corpo. Soprattutto se l'assassino ha viaggiato con lui». Fece una pausa. «Non c'erano ferite da difesa sulle ossa. Sto ancora verificando le informazioni, ho richieste in corso con la compagnia telefonica, ma il testimone a Yarrow ha detto che era semplicemente in piedi vicino alle pompe di benzina».

Maggie aggrottò la fronte. «Che la chiamata fosse vera o no, nessuna ferita da difesa significa che Aiden è morto velocemente, giusto? Troppo velocemente per soffrire?» Ma il resto. Aiden in piedi, libero. E come poteva questo renderla una sospettata?

«Sì, è successo in fretta: una singola ferita da coltello, probabilmente un Bowie. Aiden non ha avuto il tempo di lottare. Ma...» Un'inspirazione brusca. Sullo sfondo, degli pneumatici stridettero. «Se la chiamata era legittima, Aiden non ha cercato di scappare quando ne ha avuto l'occasione. Birman crede che Aiden non abbia lottato contro il rapitore perché non sapeva che avrebbe dovuto».

Si appoggiò allo schienale della sedia al rallentatore. «Cosa stai dicendo, Reid?» Ma lo sapeva già, no?

Un tonfo sordo, lo sportello della sua auto che si apriva, poi uno sbattere che echeggiò nella sera fuori dall'edificio. «Sembra che tuo fratello sia andato con il rapitore volontariamente. Ecco perché sia Birman che Malone pensano che Aiden conoscesse la persona che l'ha ucciso». Fece una pausa. «E lo penso anch'io».

CAPITOLO 11

Questa volta Reid non aveva portato il caffè, né il chai. Ne era contenta. L'odore persistente del suo corned beef non mangiato le stava facendo rivoltare lo stomaco. Bevve un sorso dalla bottiglia di vetro sulla sua scrivania - un regalo di Alex - ma anche solo un filo d'acqua le fece contrarre le viscere.

I capelli di Reid erano arruffati sul lato sinistro, risultato del passarsi le dita sulla testa come faceva quando era particolarmente stressato - quando stava cercando di capire qualcosa. Incrociò la caviglia sul ginocchio opposto. Maggie lo imitò, rispecchiando i suoi movimenti come se così facendo potesse entrare nella sua mente. Si sentiva strana, come un'impostora, come un orso su un triciclo. Sganciò le gambe e si chinò invece sulla scrivania.

Aiden era andato volontariamente con il rapitore.
Aiden conosceva la persona che l'aveva ucciso.

«Birman sa che posso verificare la chiamata da Yarrow, e lo farò, quindi mentire al riguardo sarebbe stupido nella migliore delle ipotesi. Per ora, discutiamone come se tuo fratello fosse stato a Yarrow; mettiamo tutto sul tavolo. So che sembra improbabile, ma...»

«Se è andato con il rapitore... non so chi avrebbe potuto prenderlo» disse lei. «A tredici anni non avevo amici con la macchina; Aiden sicuramente non ne aveva a undici. Kevin era il più vicino ad avere un amico che guidava, ma aveva solo quindici anni, niente macchina. Questo lascia un adulto, e...» Scosse la testa. «Un insegnante, forse? Non sarebbe andato via con uno sconosciuto.»

Reid annusò, scosse la testa. «Hanno indagato a fondo sulla scuola, sugli insegnanti, su chiunque Aiden avesse contatti regolari, per le ragioni che hai appena menzionato. Poi c'era lo stalking che tua madre aveva segnalato. Che i detective l'abbiano condiviso o meno con la vostra famiglia, Birman credeva decisamente, anche allora, che la persona che aveva preso Aiden fosse qualcuno che lui conosceva.»

Maggie staccò le mani dalla scrivania. Avevano lasciato impronte di palmi appannate sul legno. Osservò l'umidità evaporare, poi disse: «Non ha senso.»

«Uno sconosciuto avrebbe dovuto drogarlo; non sarebbe stato in piedi a quella stazione di servizio se...»

«No, non quella parte.» Abbassò lo sguardo sulle sue dita, calde e appiccicose in grembo. «Perché l'assassino l'avrebbe riportato fino a Fernborn per» - degluti a fatica, cercando di forzare la parola - «liberarsene? Voglio dire, se l'aveva portato fuori città, ben lontano da chi lo stava cercando... perché tornare indietro per ucciderlo nei boschi?»

«Potrebbe essere stato già morto prima che tornassero a Fernborn. Forse il sospettato pensava che fosse un buon posto dove abbandonarlo visto che gli agenti avevano già setacciato la foresta. Ma hai ragione, è un rischio. E uno strano da correre.» Sganciò le gambe, le incrociò dall'altro lato. «E oltre ad alcune schegge e resina degli alberi, tracce previste dal bosco, c'erano residui di sostanze chimiche sul suo corpo, indicative di un tipo specifico di isolamento. Non lo avresti in casa tua, e ho controllato personalmente con la scuola. Non hanno mai usato quel tipo di isolamento. È più vecchio.»

Più vecchio, come... *il tipo che ci si aspetterebbe in un edificio per uffici in procinto di essere demolito?* Incontrò i suoi occhi, pozze d'ambra, liquide nella luce dorata della lampada. «Se l'assassino avesse lasciato Aiden nell'ufficio e avesse spostato il corpo nel pozzo più tardi, spiegherebbe perché non l'hanno trovato quando hanno setacciato i boschi.»

«Esattamente.» Reid annuì.

Lasciò vagare lo sguardo verso il tavolo sotto la finestra, verso il guanto da baseball di suo fratello. Che l'assassino l'avesse portato a Yarrow o no, sarebbe stato abbastanza facile introdurlo di nascosto in quell'edificio buio. Aiden era...

Piccolo. Vide le ossa nella sua mente. Il minuscolo mucchio su quel tavolo d'acciaio inossidabile.

Reid la stava osservando, aspettando che rispondesse; poteva sentire il suo sguardo perforarle la carne. Sbatté le palpebre ancora una volta verso il guanto, poi la foto di lei e suo fratello, i loro sorrisi congelati, e si voltò di nuovo. «Era intelligente lasciarlo in un posto dove la polizia non stava più cercando, ma questo sembra più rimorso - voler che Aiden fosse vicino alla sua famiglia, anche nella morte. Non so perché avrebbero corso quel rischio altrimenti. E tutto questo mostra più pianificazione di quanto mi aspetterei in un rapimento opportunistico.» Ma se qualcuno aveva osservato Aiden, come diceva sua madre, non era esattamente opportunistico, vero? E a quel tempo, sua madre non aiutava le vittime di violenza domestica a fuggire, il che buttava quella teoria fuori dalla finestra. Inoltre, coloro che fanno del male ai bambini di solito li uccidono nelle prime ore. Arrivare vivo fino a Yarrow sarebbe stata un'anomalia, e... Maggie aggrottò la fronte. «Sembra più panico, non credi? Scappare così, spostare il corpo in giro.»

«Quindi, non un killer esperto.»

«No. Direi piuttosto giovane - forse anche un adolescente più grande.» *Come il tipo che ha attaccato me.* La sua gola si contrasse. Era stata in errore per tutto questo tempo? Quel farabutto aveva lasciato l'ufficio immediatamente dopo di lei, si era imbattuto in Aiden per qualche assurda coincidenza e l'aveva ucciso? «L'isolante è stato trasferito dalla persona che ha ucciso Aiden? O proveniva dall'edificio stesso?»

Reid scrollò una spalla possente. «Erano solo tracce, quindi teoricamente potrebbe essere entrambe le cose.» La sua voce era tesa, la mascella contratta. Tossì, poi continuò: «Hai detto che Aiden non si sarebbe avvicinato a un tipo strano con un enorme frammento di vetro in faccia. Ma se avesse pensato che il tizio avesse bisogno di aiuto?»

«Non riesco a immaginare Aiden salire in macchina con lui, ma a undici anni...» I bambini potevano essere stupidi. Lei era certamente stata stupida a tredici anni. Sì, era *quasi* impossibile che il suo aggressore avesse guidato dall'altra parte della città in tempo per incontrare Aiden nel bosco, ma era davvero più probabile che qualcun altro l'avesse preso? Forse la loro famiglia era stata presa di mira, forse no, ma un unico sospetto violento era una spiegazione più semplice di molteplici attacchi non collegati. Non ci aveva mai creduto prima, ma forse semplicemente non voleva essere colei che aveva lasciato libero un assassino di uccidere suo fratello.

Voleva uccidere me. Ho reagito, e ha dovuto trovare un altro modo per placare quella sete di sangue. E invece di lottare o mordere, aveva pugnalato Aiden dritto al cuore. Guidare fuori città non aveva senso, il rimorso sembrava improbabile, ma...

Avrebbe dovuto essere me.

«Se l'uomo che ti ha aggredito fosse stato ferito come dici, ci sarebbe stato sangue su Aiden, sui suoi vestiti. Ma il DNA si degrada all'aperto - questo non ci aiuterà molto. Quindi, guardiamola da un'altra angolazione.» Incontrò il suo sguardo. «Quest'uomo che hai pugnalato... sei sicura che sia uscito dall'edificio? Tristan sta indagando negli ospedali, ma finora niente. E la ferita che hai descritto sarebbe sembrata un'aggressione. L'ospedale avrebbe dovuto segnalarla.»

Quello era un brusco cambio di argomento. Il pupazzo a testa mobile di Bert sulla sua scrivania la fissava. «Stai chiedendo... se l'ho ucciso?» Allora chi diavolo pensava fosse andato dietro ad Aiden?

«Ti sto chiedendo se hai visto, con certezza, che non lo era.» La temperatura nella stanza era aumentata; il sudore le pizzicava il collo. «Quando lo hai visto l'ultima volta, dov'era?»

«Sdraiato nell'angolo.»

«Kevin non ha chiesto chi fosse, non ha controllato se respirava?»

Lei sbatté le palpebre. «No.»

«Sembra strano, non credi?»

Al momento, non era sembrato strano - erano stati entrambi così in panico che era sembrato giusto che Kevin la aiutasse ad alzarsi, che scappassero insieme, che le medicasse le ferite. La stava proteggendo. Ma dopo... sì, entrambi avevano messo in discussione le loro decisioni. Kevin si era sempre sentito in colpa.

«*Tu* sei andata da lui?» chiese Reid quando lei non rispose. «Hai controllato se fosse vivo?»

«Non l'ho ucciso, gli ho solo *tagliato la faccia.*» La sua schiena era così rigida che poteva a malapena respirare. Non aveva idea di cosa fosse successo a quel ragazzo, ma sicuramente era scomparso prima che l'edificio fosse demolito il giorno seguente. Qualcuno avrebbe notato un ragazzo morto tra le macerie; avrebbe visto gli uccelli rapaci nei giorni successivi.

«Quanto tempo ci avete messo tu e Kevin per tornare a casa?»

«Io... non sono sicura. So solo che stava facendo buio.» Aveva l'impressione che Reid stesse facendo domande in circolo.

«Kevin ti ha accompagnata in macchina?»

Il pupazzo di Bert annuì - la sua gamba vibrava contro la scrivania. «Kevin aveva appena quindici anni. Non aveva la patente, figuriamoci una macchina. Te l'ho già detto.»

«Non ricordo... sei passata di nuovo davanti all'edificio dopo esserti pulita la testa? Avete tagliato attraverso il bosco?»

I suoi muscoli urlavano, i tendini delle braccia tesi come corde di pianoforte. «Dovrei chiamare un avvocato, Reid?»

Un angolo del suo labbro si sollevò. «Assecondami, va bene? Non ti sospetto, ma questo... mi aiuta a pensare. Interrogare un sospetto e parlare con te di un caso sono le mie tattiche preferite.»

La sua spina dorsale si allentò. Stava proiettando - si sentiva in colpa e presumeva che lui la credesse colpevole, giusto? Ma quando la sua schiena fu di nuovo premuta contro la sedia, le sue braccia si incrociarono da sole. «No, non siamo passati di nuovo davanti all'edificio. Siamo andati al liceo per prendere il suo cappotto dall'armadietto della palestra e mi sono pulita la testa. Volevamo assicurarci che fossi... presentabile prima di iniziare a dirigerci verso casa.»

«E avete preso la strada più lunga? Il bosco sarebbe stato più veloce, no?»

«Il mio... ginocchio faceva male dopo l'attacco. Anche la schiena. E il sole stava tramontando ormai. Il bosco è pericoloso dopo il buio.»

«Quindi, questo tipo ti ha attaccata mentre tuo fratello era alle prove della banda. E mentre tu camminavi verso il liceo per pulirti, tuo fratello stava appena lasciando la scuola media a pochi isolati di distanza e si stava dirigendo verso casa - è stato visto entrare nel bosco. Dimmi di nuovo perché il tuo aggressore non avrebbe potuto lasciare quell'edificio e incontrare tuo fratello nella foresta?»

«Pensavo fosse improbabile perché l'edificio non era vicino al bosco. Il mio aggressore avrebbe dovuto guidare fino all'altro lato della città, parcheggiare, poi correre attraverso gli alberi per trovare mio fratello. Tutto questo mentre sanguinava copiosamente.»

«Se qualcuno stava osservando Aiden, forse stava osservando entrambi - sapeva dove sareste stati e ha agito con un piano.» Quando lei esitò, continuò: «In alternativa, e se il tipo che ti ha attaccata fosse andato nel bosco per riprendersi? Avrebbe almeno avuto bisogno di fermare l'emorragia. Forse è salito in macchina appena te ne sei andata, ha guidato fino al primo posto isolato che ha trovato, e Aiden lo ha incontrato lì.»

«Quindi, in questi scenari, non l'ho ucciso, giusto?» *Non hai ucciso il tipo nell'edificio? O tuo fratello?* Continuò: «Che se ne sia andato via sembra più probabile che sia morto nell'ufficio. Gli uccelli rapaci intorno alle macerie sarebbero stati una prova schiacciante.» Capito? Una prova *schiacciante?*

«Quindi, *hai* considerato che potrebbe essere morto.»

Beh, quel gioco di parole era caduto nel vuoto. Ma le faceva piacere discuterne. Le faceva piacere essere *coinvolta* nel caso - nel trovare l'uomo che aveva ucciso suo fratello.

Reid piantò i piedi sul pavimento e i gomiti sulle ginocchia. «Forse dovremmo indagare un po'.»

Lei aggrottò le sopracciglia. «Sotto il... parco?»

«Probabilmente hai ragione sul fatto che se ne sia andato. Se fosse morto lì, ci sarebbero dovuti essere degli animali spazzini ad allertare gli operai. Ma...» Sospirò. «Qualche cane da cadaveri non può fare male. Chiamerò a Tysdale per i loro segugi - Fernborn non ne ha mai avuti. E voglio essere sicuro.»

«Essere sicuro che non ho ucciso un uomo.»

«Essere sicuro che l'uomo che ti ha attaccata non abbia avuto ciò che si meritava.»

Lei alzò un sopracciglio. Sembrava quasi che, se qualcuno le avesse fatto del male, Reid lo avrebbe ucciso lui stesso. Non c'era da meravigliarsi che avesse mandato un'auto a sorvegliarla. Non c'era da meravigliarsi che Sammy approvasse.

«Kevin sarebbe tornato all'edificio dopo averti accompagnata a casa?»

Lei scosse la testa, improvvisamente esausta. «Perché sarebbe dovuto tornare lì?»

«Per assicurarsi che il tipo stesse bene. Ma, di nuovo, non abbiamo trovato nessun rapporto su qualcuno con quella ferita in una città vicina. E sicuramente avrebbe avuto bisogno di cure mediche.» Si appoggiò allo schienale della sedia, con il viso cupo. «E se Kevin fosse andato lì per controllarlo, lo avesse trovato morto e avesse deciso di nascondere il corpo perché non voleva essere complice di omicidio? O forse hanno litigato e Kevin lo ha finito per sbaglio.»

Cosa? «Allora chi ha ucciso mio fratello?»

Reid scrollò le spalle. «Cosa avrebbe fatto Kevin se tuo fratello fosse entrato in quell'edificio cercandoti?»

L'aria si rarefece; il suo cuore le si bloccò in gola. «Pensi che... *Kevin* sia tornato all'edificio, abbia finito il tipo che mi ha attaccata e mio fratello sia capitato lì in tempo per vederlo? E poi cosa? Kevin ha ucciso anche lui? Sei pazzo?» Kevin si era sempre sentito in colpa per non aver controllato il tipo; si sarebbe ucciso se avesse assassinato Aiden.

Chi dice che non si sia ucciso?

Maggie raddrizzò le spalle. *Il medico legale. Ecco chi. La polizia ha detto che si è ubriacato e ha guidato fuori da un ponte.* Ma ci aveva mai creduto completamente?

«Sto solo facendo domande,» disse Reid, scuotendo la testa. «La cronologia è un po'... confusa. E se tuo fratello si fosse fermato a comprare caramelle dopo le prove della banda o avesse anche solo fatto un giro dell'isolato cercandoti, potrebbe combaciare. Penso che sia lì che Birman stia andando a parare - dove andrà, una volta che scoprirà del tuo attacco. Lui presumerà che sia tutto collegato, e forse dovrebbe.»

Il suo viso era in fiamme. «Kevin non era uno psicopatico.»

«Non ho detto che lo fosse. Non sappiamo come siano andate le cose. Ma Kevin corrisponde al profilo. Il *tuo* profilo. Era un giovane maschio, un adolescente quasi adulto, bianco, qualcuno conosciuto dalla vittima - qualcuno con cui Aiden sarebbe salito in macchina. Qualcuno che potrebbe aver avuto qualcosa da nascondere. Guidare in preda al panico fino a Yarrow avrebbe senso, e si sarebbe sentito in colpa dopo. Kevin è esattamente il tipo di persona che ci si aspetterebbe riportasse Aiden e lo seppellisse vicino alla sua famiglia. Probabilmente aveva almeno il foglio rosa, avrebbe potuto prendere in prestito l'auto di sua madre. O prendere le chiavi dal tuo aggressore.»

Le sue viscere tremavano di una rabbia così caustica che riusciva a malapena a riprendere fiato. «Kevin non ha ucciso mio fratello», insistette, questa volta più sommessamente. «Se avesse trascinato Aiden nel bosco, si vedrebbero delle lesioni sulle ossa. Kevin non era un ragazzo robusto a quindici anni; non era abbastanza forte da portarlo in braccio per miglia. E io ero la sua» - *ragazza* - «amica all'epoca. Tutto ciò che ha fatto quel giorno era per proteggermi.»

«Sei troppo coinvolta per essere imparziale. Forse ha portato Aiden là fuori sul portapacchi di una bicicletta.» La sua mascella cadde, ma lui alzò una mano prima che potesse protestare di nuovo. «Sto solo cercando di far combaciare tutti i pezzi.»

«Ma questo *non* combacia. È ovvio che Kevin non stava pedinando Aiden nelle settimane prima che fosse rapito. E mia madre non è preoccupata che Kevin mi stia dando la caccia adesso.» *Perché è morto.*

«Tua madre non aveva prove a sostegno delle affermazioni sul pedinamento. Aveva vaghe sensazioni di essere osservata, ha detto di aver visto un furgone scuro una volta, una berlina verde un'altra volta. Ma dal suo comportamento, ovviamente non ci aveva pensato fino a dopo la sua scomparsa, e l'ha considerato a malapena anche allora, se non per dirlo alla polizia. Non ha nemmeno preso precauzioni extra con te. Sono più propenso a credere che si sia sbagliata - che qualunque cosa abbia visto non fosse collegata alla morte di Aiden, e che il biglietto, la sua attuale scomparsa, non siano collegati a questo assassino. Se togli le dichiarazioni di tua madre dall'equazione, tutto il resto combacia.»

Era così? Forse. Soprattutto se Sammy aveva ragione

riguardo a quel biglietto - se sua madre stava cercando di crearsi un alibi nel caso fosse stata scoperta mentre scappava. *Dannazione, mamma, non potevi,* almeno per questa volta, *essere sincera con me? Non ho bisogno di questa merda adesso. Devo seppellire mio fratello.*

Le sue viscere tremavano, il suo sangue ribolliva. Reid si sporse in avanti, i gomiti ancora sulle ginocchia, il suo sguardo che perforava il suo. «Kevin potrebbe benissimo essere diventato la brava persona di cui ti sei innamorata, ma i ragazzi fanno errori stupidi, a volte orribili.»

Anche le madri. Ma non si trattava di ragazzi, non di sua madre, non solo di quel giorno. Sembrava che stesse facendo a pezzi tutta la sua vita, i suoi ricordi, la sua storia, riducendo l'uomo che aveva amato a una caricatura malvagia - un cattivo. Ogni parola che pronunciava sembrava renderla più responsabile della morte di suo fratello.

Le lacrime le bruciavano dietro le palpebre. Inspirò profondamente, cercando di ricacciarle indietro. No, un errore dell'infanzia non rendeva una persona irredimibile.

Ma lo era lei?

CAPITOLO 12

Socchiuse gli occhi nella notte fissando la Sebring di Maggie, il rossore opaco dei suoi fanali posteriori che svaniva mentre si spostava nella corsia di sinistra e accelerava sull'autostrada superando due camion e una piccola Honda con il pannello posteriore graffiato. Niente freni per la sua ragazza: stava affermando la sua posizione. Prendendo il controllo.

Osservarla raramente era una sorpresa di questi tempi, ma era sempre divertente.

Rallentò bruscamente dietro un camion Mack con un logo giallo a forma di sole, le luci dei freni come due esplosioni rosse sotto il cerchio giallo brillante: acqua insanguinata al tramonto.

La Sebring si spostò bruscamente nella corsia di destra, a pochi metri davanti a un pickup blu, che frenò bruscamente suonando il clacson. Ma lei stava già accelerando di nuovo, fuori dalla sua visuale, aggirando quel bestione di un semirimorchio. Anche lui frenò, come il camion, seguendo il sole giallo. Non c'era modo di passare come aveva fatto lei.

Gli piaceva questo di lei, questa tendenza a spingersi oltre i limiti, a forgiare il proprio percorso. Stava ascoltando Weird Al, facendo risuonare "White and Nerdy" mentre sfrecciava sull'autostrada? Si stava attorcigliando i ricci intorno alle nocche? Non era un'abitudine che aveva visto nella vita reale, ma spesso la immaginava farlo, i suoi capelli come fiamme tra le dita come se avesse domato il fuoco.

Non aveva dubbi che ne fosse capace. Era capace di qualsiasi cosa. Anche se era difficile da immaginare guardandola - con i suoi occhiali da lettura da secchiona, i suoi pois e le righe e i pantaloni di velluto a coste - era una ragazza *cattiva*, eccome. Lo sapeva meglio di chiunque altro.

Controllò lo specchietto retrovisore. Una fila di auto lo fissava di rimando, i fari che ondeggiavano. Era possibile che la pattuglia del detective fosse ancora là dietro, da qualche parte, ma era più probabile che stessero cambiando turno - che il prossimo l'avrebbe incontrata a casa. In ogni caso, non aveva intenzione di attirare l'attenzione su di sé.

Attento. Azionò l'indicatore di direzione, il battito cardiaco che aumentava, la lingua secca. L'inseguimento lo eccitava sempre, ma ultimamente il brivido era diventato più intenso - troppo intenso, oltrepassando il confine dell'opprimente. Alcune notti, riusciva a malapena a respirare.

Ultimamente, lei era meno una preda - un'entità nota, tangibile - e più un moscerino che svolazzava nell'aria intorno alla sua testa. Le cose erano cambiate. Non gli era mai piaciuto l'ignoto, ma era sempre stato in grado di orchestrare il campo di gioco, piegandolo, torcendolo alla sua volontà. E ora...

Aggrottò le sopracciglia guardando il camion. Il sole

vistoso lo fissava di rimando, striature arancioni e gialle che si allungavano verso di lui come se chiedessero cosa stesse aspettando. Era semplicemente dipendente dall'inseguimento come l'erba era dipendente dal sole? Certo che no.

Ma gli stava sfuggendo qualcosa.

Perché non sei tornata al club, Maggie? Lei non aveva idea che quando indossava quella maschera, quando gli prendeva la mano e lo portava via dalla folla, stava abbracciando la sua anima tanto quanto il suo corpo. Ci aveva messo più tempo del previsto per far sì che Maggie lo scegliesse, e una volta che l'aveva fatto, era stata innamorata quanto lui. Ma ora...

Ma ora, infatti. Erano passati mesi da quando era stato in fondo al club, aspettando che lei apparisse con quegli alti stivali di pelle. Aspettando che lo scegliesse di nuovo. Ieri, aveva pensato che fosse tornata, e aveva osservato, il cuore che gli pulsava nella testa, nell'inguine, ma... no. Era stata nel parcheggio, poi era scomparsa prima che potesse assaporarla - il peggior tipo di provocazione. Era tornato a casa in macchina, tormentato da ciò che avrebbe potuto essere, ardente di desiderio e frustrazione in egual misura.

Ma non importava. Avevano tutto il tempo del mondo. Non è vero?

Un varco nella fila di auto. Si spostò nella corsia di destra, sfuggendo al sole giudicante. Dov'era lei? Socchiuse gli occhi. Ah, eccola, quattro auto più avanti davanti a una Scion verde. Sorrise. Guidava veloce, pericolosamente, ma Maggie non era difficile da seguire. Lo faceva apposta: si rendeva disponibile per lui.

Anche se non l'avrebbe mai ammesso, pensava a lui tanto spesso quanto lui considerava lei. Forse lo stava immaginando in quel club, sovrapponendo il suo viso a quelle maschere che indossava sempre, ma non aveva mai pronunciato il suo nome, quindi non aveva modo di verificarlo. Probabilmente però. Chi non starebbe pensando a lui?

Stai pensando a me in questo momento, Maggie?

Accelerò. Forse i suoi pensieri erano altrove questa sera, comprensibile in circostanze così profondamente angoscianti. Glielo avrebbe perdonato. Dopotutto, avevano appena trovato le ossa di suo fratello.

Ce ne avevano messo di tempo.

Le sembrava strano che Nicholas Birman, il detective che disprezzava, avesse cambiato distretto poco dopo la scomparsa di Aiden, ma avesse comunque preso il caso nella sua nuova sede? Si chiedeva quali fili avesse tirato per farlo accadere? Sperabilmente no. Non aveva bisogno che la sua mente fosse concentrata su detective e procedure. Sarebbe diventata irrequieta, sarebbe entrata in modalità lotta al crimine, e si sarebbe dimenticata completamente dell'affetto-connessione. E quello era il momento in cui lui avrebbe brillato se ne avesse avuto l'opportunità.

Aggrottò le sopracciglia. Dovrebbe dirle dove trovare sua madre? Forse questo l'aiuterebbe a vederlo come un confidente, una persona degna di più di un'occasionale apparizione in un club del sesso. Ma no, non una volta che avesse capito come lo sapeva. E soprattutto non una volta che avesse capito il dove.

Sicuramente non allora.

Sbatté le palpebre, rifocalizzandosi sull'autostrada mentre Maggie si spostava di nuovo nella corsia di sinistra, accelerava e svaniva lungo la strada. Questa volta, la lasciò andare. Sapeva dove viveva.

Sì, avevano tempo. Molto tempo. Avevano un passato, e ora, avrebbero avuto un futuro.

Una volta che tutto questo fosse finito e suo fratello fosse stato sepolto, le loro vite avrebbero finalmente potuto iniziare. Ci voleva molto tempo per guarire dalle cose che aveva passato, e questo avrebbe richiesto più tempo della maggior parte. Ma l'avrebbe aspettata in quel club ogni notte se fosse stato necessario. Le avrebbe tolto quel dolore.

Anche se era sempre lei con il braccialetto rosso, apparteneva a lui.

Solo che ancora non lo sapeva.

CAPITOLO 13

Qualcuno la stava seguendo? Maggie aggrottò la fronte guardando lo specchietto retrovisore, con i piccoli peli tra le spalle che vibravano. I fari blu-bianchi di una piccola auto sportiva brillavano dalla cima della collina insieme ai grandi fari di un pickup, mentre le luci ingiallite di berline e SUV ondeggiavano nella notte. Nulla di sospetto. Nessuno guidava in modo irregolare, nessuno tranne lei. Ma la tensione lungo la sua spina dorsale si rifiutava di allentarsi.

Aveva cambiato corsia, zigzagato tra il traffico, uscito dall'autostrada per prendere un frullato al drive-through, ma nel buio era quasi impossibile capire se i fari alle sue spalle appartenessero alle stesse auto o a veicoli diversi, se qualcuno di loro stesse zigzagando dietro di lei. E anche se non fosse stato così, c'erano ancora un milione di cose che richiedevano la sua attenzione: un milione di traumi diversi, un milione di minacce diverse, e non aveva idea quali di questi la stessero raggiungendo ora.

Il cervello di Maggie sembrava un pastrocchio di informazioni e pensieri che non volevano coagularsi in nulla che assomigliasse a fatti. Sua madre aveva visto qualcuno che osservava suo fratello? Lei e Reid avevano esaminato la dichiarazione di sua madre, ma lui aveva ragione: era incredibilmente vaga, niente che potesse aiutarli. La nota di sua madre era più o meno la stessa cosa. Vaga e inutile, tutto vago e inutile. Tutto ciò che sua madre pensava potesse essere sbagliato.

Cosa era reale? Cosa non lo era?

Costrinse le mani a rilassarsi; le nocche le dolevano per aver stretto il volante, gli occhi le facevano male per lo sforzo di guardare la strada dietro di lei. Quale sarebbe stato il nome del suo stalker? Sbircia-A-Te? Non elegante come Il Cacciatore Notturno, ma più nello spirito di chi era lei come essere umano.

Maggie scosse la testa, cercando di ignorare le sciocchezze casuali. Il suo cervello andava sempre un po' in tilt quando le cose erano difficili e, a chi voleva darla a bere, anche quando non lo erano. Se ci fosse stata una punizione per i pensieri che correvano, sarebbe già stata torturata, forse rinchiusa in una stanza imbottita con un irritante conduttore radiofonico determinato a spiegare perché il femminismo fosse *totalmente ingiusto* per gli uomini o-

Gli pneumatici stridettero mentre lei girava bruscamente il volante verso destra. Era stata così occupata a ossessionarsi su chi guidava dietro di lei che non si era accorta che si stava avvicinando all'ingresso del quartiere di suo padre.

Solo l'oscurità inchiostrata la seguì nel quartiere residenziale. Il suo cuore rallentò. Premette i freni e prese la curva sulla strada di suo padre a un ritmo meno frenetico. Non avrebbe dovuto dire a Reid che stava lavorando fino a tardi stasera - aveva intenzione di fare qualche ora in più, ma non era riuscita a concentrarsi. C'erano ancora pattuglie che passavano davanti al suo ufficio invece che davanti a casa sua?

Sospirò. *Merda*. Tra la nota di sua madre «ti sta cercando» e la mera possibilità che qualcuno avesse seguito Aiden prima che scomparisse, aveva chiaramente motivo di essere preoccupata. Tuttavia, l'idea che sua madre - suo padre - sapessero che qualcuno stava osservando Aiden ma non avessero fatto nulla al riguardo era ridicola. E per quanto si sforzasse, non riusciva a pensare a nessun motivo per cui sua madre avrebbe dovuto mentire alla polizia.

Rettifica: poteva pensare a un milione di ragioni per cui sua madre avrebbe mentito alla polizia, ma non riguardo a qualcuno che osservava Aiden. Non su quello. E la polizia pensava che suo fratello conoscesse il suo assassino. La polizia - o forse solo Reid - pensava che il suo fidanzato morto avesse qualcosa a che fare con l'omicidio di suo fratello. Che l'attacco a Maggie stessa fosse collegato.

Troppe informazioni da elaborare. Troppe.

Maggie prese l'ultima curva dolce che portava alla casa di suo padre. Come poteva essere questa la vita reale? Nulla combaciava, un milione di pezzi sconnessi che nuotavano nel suo cervello, e non aveva idea di quali l'avrebbero aiutata a trovare l'assassino di suo fratello. Era passato solo un giorno da quando aveva identificato le sue ossa - *un giorno* - ma improvvisamente sembrava cruciale sapere chi l'avesse ucciso ora, stanotte. I suoi polmoni facevano male per la pressione. E le sue mani, di nuovo serrate intorno al volante.

Le luci sul portico sembravano più scure del solito, offuscate dalla notte umida, le falene che disegnavano motivi sui mattoni con le loro ali ombreggiate. Le luci del portico non erano effettivamente più fioche, ovviamente - era il suo umore. Più cupo. Pesante. Qualsiasi sciocco, anche uno senza una laurea in psicologia e una robusta tendenza all'esagerazione, l'avrebbe capito.

Sbatté la portiera dell'auto e si diresse verso la casa accompagnata dai gridi selvaggi dei succiacapre, gli uccelli che scandivano il tempo al battito metronomico delle sue scarpe basse contro il vialetto. L'aria umida era densa nei suoi polmoni.

Si voltò, scrutando la notte dietro di lei, ma non c'erano altre auto sulla strada, e gli alberi lungo il vialetto erano troppo sottili per nascondere una persona. Forse quel triciclo nel cortile del vicino era la vera minaccia - aveva mai ospitato un orso da circo con un debole per gli psicologi?

Maggie salì i gradini del portico, ridacchiando tra sé. Come quando era partita, il portico era sgombro. Nessun nuovo regalo da Tristan, nessun fiore, nessun biglietto per il concerto di Weird Al, nessun biglietto aereo, nessun braccialetto che costasse più della sua auto. Nulla da aggiungere alle decine di altri regali che le aveva fatto nell'ultimo anno, nonostante lei gli avesse detto di smetterla. Se non avesse dovuto lavorare con lui, probabilmente avrebbe ottenuto un ordine restrittivo.

Le sue chiavi tintinnarono contro la porta. Le spinse nella serratura, ma-

La porta si aprì leggermente con la pressione della sua chiave contro il chiavistello.

La sua trachea si restrinse, una piccola cannuccia che rendeva i suoi respiri fischianti. Aveva lasciato la porta d'ingresso sbloccata? Non solo sbloccata, ma... aperta? Non ti bruciavano la casa e lasciavano un cadavere nel tuo garage senza renderti un po' più cauta. Non ti facevano sparire tua madre, uccidere tuo fratello, e rinunciavi alle serrature. A meno che non fossi una pazza.

Era pazza? Certo che no.

Maggie strizzò gli occhi, pensando, ascoltando il suo respiro fischiante, forse cercando di convincersi che si sbagliava. La serratura stessa sembrava intatta, a differenza della serratura della porta a casa di sua madre.

Scrutò la fessura tra la porta e lo stipite, le lampade all'interno proiettavano una lancia di luce gialla sulla sua scarpa. Qualunque cosa fosse successa con la serratura, Maggie non aveva lasciato le luci di casa accese. Ne era sicura.

Sentì dei brividi lungo la schiena. Doveva chiamare Reid? Nel tempo che ci avrebbe messo ad arrivare, il sospettato poteva già essere sparito. Chi pensava ci fosse dentro? Non c'erano segni di danni alla porta; l'intruso che era entrato in casa di sua madre non aveva perfezionato la sua abilità nello scassinare le serrature durante la notte.

Gli uccelli notturni stridevano contro di lei. Nessun suono proveniva dall'interno della casa. Non poteva restare lì tutta la notte. Gli intrusi erano abbastanza furbi da non lasciare tutte le luci accese. Inoltre, l'avrebbero sentita arrivare in macchina e sarebbero fuggiti dal retro. Se qualcuno era stato dentro, se n'era già andato.

A meno che non ti stiano aspettando, Maggie.

La cicatrice sul cuoio capelluto pulsava rabbiosamente, come artigli affilati nel retro del cervello. L'assassino di Aiden non avrebbe avuto motivo di prendersela con la sorella del bambino morto; se lei avesse saputo qualcosa sull'identità del sospettato, si sarebbe fatta avanti prima d'ora. Se un violento domestico si aggirasse come aveva pensato a casa di sua madre, avrebbe voluto prima informazioni e poi sangue, e lei era sicura di poter temporeggiare. Avrebbe tenuto il cellulare pronto per chiamare la polizia, giusto in caso. E se Kevin avesse ucciso Aiden, come sembrava pensare Reid-

Quasi scoppiò a ridere. Kevin non stava aspettando

dentro casa sua. Il suo cadavere gonfio era stato cremato la settimana in cui l'avevano tirato fuori dal fiume. Cosa pensava, che avesse finto la sua morte, messo un povero sosia al posto di guida solo per poterla tormentare dopo che lei aveva rifiutato la sua proposta? Probabilmente Alex o Sammy avevano dimenticato qualcosa - entrambi avevano le chiavi di scorta, come Imani. Non sarebbe stata la prima volta che entrava e trovava Alex sul suo divano. Oh, e Imani aveva detto che sarebbe passata stasera, giusto? No, aspetta, doveva lavorare fino a tardi - le aveva mandato un messaggio.

Maggie tirò fuori il cellulare - *9-1-1*. Lasciò il dito sospeso sopra il pulsante di chiamata. Poi raddrizzò le spalle, spinse la porta con il gomito e osservò la fessura allargarsi.

«Al fuoco!» gridò all'interno. *Al fuoco? Sul serio? Lo saprebbero se il posto stesse andando a fuoco, idiota.* «Bacon gratis!»

Nessuna risposta.

Maggie premette più forte il gomito contro la porta, allargando l'apertura fino alle dimensioni di una persona. Varcò la soglia, con lo stomaco in subbuglio, sicuramente un segno che doveva mangiare più di quel frullato verde; aveva un sapore più di zucchero che di spinaci comunque.

«C'è nessuno?» chiamò di nuovo, avanzando lentamente e con cautela attraverso l'ingresso. La casa rimase silenziosa. Ma il formicolio lungo la schiena si rifiutava di placarsi. Forse una doccia fredda l'avrebbe aiutata. *O qualche ora in un sex club?*

Marciò nel soggiorno, ignorando la brezza proveniente dalla porta d'ingresso semiaperta, l'enorme bouquet ancora posato sul bancone della cucina, i sacchetti del cibo da asporto che sporgevano dalla cima del bidone della spazzatura. Il braccialetto di diamanti, ancora nella scatola in cui Tristan l'aveva consegnato, aperto sul bancone.

Maggie scrutò il soggiorno alla ricerca di segni di disordine, ma nulla era fuori posto. Il divano-letto convertibile su cui aveva dormito la notte scorsa era stato riportato allo stato di divano, il tavolino in legno per lo più sgombro tranne che per una pila di tovaglioli puliti. Alex aveva lasciato il suo maglione gettato sul bracciolo del divano, un minuscolo cilindro di balsamo per le labbra alla vaniglia infilato accanto al cuscino. Lo stomaco di Maggie brontolò, il cuore si stabilizzò. Avrebbe finito di controllare la casa, magari mandato un messaggio a Reid per far venire le pattuglie qui, *giusto in caso*. E poi... avrebbe mangiato la più grande ciotola di gelato che potesse gestire senza vomitare. Forse l'avrebbe guarnita con i PopTarts avanzati.

Si incamminò attraverso il soggiorno verso il corridoio, orecchie tese, il respiro trattenuto nei polmoni. Il suo cellulare squillò, e lei sussultò - *solo una telefonata, mio Dio*. Ma si fermò con il dito sopra lo schermo. Maggie fissò il corridoio. Il cellulare vibrò di nuovo, ancora e ancora, poi si fermò.

Maggie rimase immobile sul tappeto, scrutando il corridoio, l'unico posto dove non c'erano luci accese. Ma sebbene non provenisse alcun bagliore di lampade dall'estremità vicino alle camere da letto, c'era... qualcosa. Un'ombra vicino alla porta del bagno.

Il ronzio riprese - il cellulare. Sul pavimento ora, il nome di Reid lampeggiava contro il tappeto scuro, anche se non ricordava di averlo fatto cadere. Il sudore le gocciolava lungo la schiena.

La figura vicino al bagno uscì. Una bestia imponente nel buio. Larga-massiccia. Muscolosa, molto più forte di lei. Muscoli nati dai pesi, non dallo yoga.

Maggie indietreggiò lentamente, il cuore bloccato in

gola, i polmoni che bruciavano, i tacchi che si impigliano nel tappeto. Il gomito colpì il muro, facendole male, ma Maggie non ci badò, scivolando a sinistra e indietro verso l'armadio del corridoio. Papà era un uomo abitudinario. Aveva sempre tenuto la mazza da baseball di Aiden sul retro. Sempre. Non aveva controllato ultimamente se fosse ancora lì, ma...

Afferrò la maniglia. La porta cigolò aprendosi - appena abbastanza.

I cappotti erano morbidi e densi.

La figura nel corridoio si avvicinò.

Maggie spinse la mano più a fondo nell'oscurità dell'armadio, cercando - *Dov'è, dov'è?*

Non riusciva a respirare. *Eccola!* Le sue dita si chiusero intorno al manico. La mazza scivolò fuori con un sussurro sibilante.

Maggie la sollevò sopra la testa mentre la figura colmava la distanza tra loro e si lanciava.

CAPITOLO 14

L'ombra era un'indistinta massa di movimento e muscoli, un fantasma oscuro fatto di terrore. E quell'odore... era mirra?

Ma non aveva tempo per pensarci. I polmoni di Maggie erano avvolti nel ghiaccio. Sentì la mazza alzarsi un po' di più, la tensione nelle spalle più pronunciata mentre spingeva il legno verso il basso-

«Maggie! Ehi, fermati!»

Quella voce...

La mazza cadde a terra con un fracasso che la fece sobbalzare; la fissò, come incapace di accettare di averla tenuta in mano. La persona nel corridoio - le aveva quasi fracassato la testa con una mazza, ma non era un intruso, non la persona che aveva ucciso suo fratello. Non uno sconosciuto.

«Stai cercando di farti ammazzare? Che diavolo ci fai in casa mia?» *Avrei dovuto chiedere un ordine restrittivo. Avrei dovuto costringerlo a smettere con i regali prima che si arrivasse alla fase dell'effrazione.* Si chinò per recuperare il cellulare - per fortuna non aveva fatto cadere la mazza sopra di esso.

Tristan alzò le mani, con i palmi in su - *wow* - come se stesse cercando di domare un furetto selvaggio. «Non ho fatto irruzione, se è questo che pensi. La porta era aperta e dovevo fare pipì. Inoltre, Reid mi ha raccontato cosa è successo con tua madre, e quando non hai risposto al mio bussare, ero... preoccupato». Si spinse indietro i capelli castano chiaro dalla fronte - un po' troppo lunghi per essere professionali, un po' troppo da cattivo ragazzo per essere preso sul serio in ufficio, un po' troppa malizia in quegli occhi smeraldo. Lo stesso colore del ragazzo che l'aveva aggredita in quell'edificio - l'unica cosa che ricordava di lui. Come aveva fatto a non notarlo prima?

Ma perché avrebbe dovuto? Molte persone hanno gli occhi verdi, e Tristan certamente non era quello che l'aveva aggredita tanti anni fa.

Tristan guardò verso la porta d'ingresso, e nel momento in cui interruppe il contatto visivo, i pensieri si placarono, il cuore rallentò, la gola si allentò. Odiava aver bisogno del suo aiuto, ma non poteva essere schizzinosa in questo momento. Cosa avrebbe fatto, darle altri regali indesiderati, intrufolarsi di nuovo in casa sua? «A proposito di mia madre, ho bisogno che tu indaghi, vedi se riesci a trovarla. E ho anche alcuni altri nomi da farti controllare, a patto che tu possa mantenere la riservatezza - ho bisogno di sapere dove si trovavano nelle ultime ventiquattro ore». I violenti domestici potevano essere un punto controverso, ma c'erano troppe opzioni, troppi sospetti. Doveva escluderli - con certezza. Perché anche se sua madre poteva essere scappata da sola, Maggie voleva ancora sapere chi aveva forzato quella serratura.

Tristan si girò di nuovo. Sbatté le palpebre. «Posso mantenere qualsiasi cosa riservata. E per quanto riguarda tua madre, ho già controllato, dal lato tecnico, comunque; è per questo che la polizia di Fernborn mi paga profumatamente». Mezzo sorriso, più arrogante che amichevole. «Secondo i registri, il braccialetto elettronico è stato offline per alcuni minuti ieri sera, cosa che a volte può succedere con un cambio di batteria. È tornato subito online e stava ancora trasmettendo dalla casa, quindi non ha fatto scattare nessun allarme». *Ovvio. È nell'armadio.* «Non sono facili da manomettere, quindi se non è a casa, qualcuno che sapeva cosa stava facendo l'ha aiutata a toglierselo».

«Aiutata», ripeté lei. Così Mamma poteva nasconderlo con le sue cose - con quel biglietto. Sembrava che il nuovo fidanzato di Mamma fosse un esperto di elettronica. Per ora, era tutto ciò che aveva bisogno di sapere, giusto? Tristan avrebbe potuto riuscire a localizzare sua madre più tardi, ma non voleva insistere ora se Mamma era ancora nel paese. Non era passato nemmeno un giorno da quando era scomparsa.

«Le altre persone che vuoi che controlli sono sospettate di aver rimosso questo braccialetto?» chiese Tristan.

«Sono sospettati di aver rimosso una serratura. Lei aveva motivo di togliersi il braccialetto, ma non avrebbe rotto la sua stessa serratura».

Tristan aggrottò la fronte; inclinò la testa. «Tipo... la serratura a doppia mandata?»

Merda. Non aveva detto quella parte a Reid. «Sì. E trovami anche qualche informazione su Birman. Si sta comportando in modo strano e non è sui social media».

Lui scrollò le spalle. «Nemmeno io lo sono».

«Sì, lo so». Ops; non avrebbe dovuto dirlo. Ora sapeva che aveva controllato.

«I tuoi desideri sono ordini». La sua bocca era ancora fissata in un mezzo sorriso arrogante, molto simile a quello di Reid quando sapeva qualcosa che lei non sapeva. *Immagino che l'abbiano preso da loro padre.*

Ma Maggie non provava nessuno dell'affetto che

tendeva a sentire per Reid, nessuna delle sensazioni di "partnership" tranquille. Lei e Tristan non erano una squadra. Tristan era... lanciò uno sguardo al bancone, ai regali. *Invadente*. Forse la porta non era nemmeno stata aperta.

Ma è qui, Maggie. Ci tiene. Non è davvero entrato di nascosto, non più di quanto tu sia entrata di nascosto da tua madre. E aveva ancora bisogno del suo aiuto. Potevano mantenere un rapporto professionale.

Tristan seguì il suo sguardo. L'enorme bouquet stava già appassendo, la scatola di PopTarts era mezzo nascosta tra i rami frondosi. «Bei fiori», disse.

«Puoi riprenderteli». *Sì, molto professionale.*

Lui aggrottò la fronte, non più convinto delle sue azioni, o forse non aveva considerato uno scenario in cui lei non sarebbe caduta in ginocchio per la gratitudine. «Non sono qui per...» Tristan scosse la testa, infastidito. «Pensavo ti sarebbero piaciuti».

Maggie si diresse verso la cucina, troppo stanca per affrontare la questione dei regali - per dirgli di smettere, ancora una volta. Le facevano male le ossa, lo stomaco. Era stordita. Aveva bisogno di mangiare qualcosa prima di svenire, e poteva sentire l'odore del ripieno di fragole troppo dolce dei PopTarts prima di aprire la confezione. Tristan la guardava con gli occhi di un dobermann avido, ma lei non aveva intenzione di condividere. A meno che non stesse guardando il cibo. Il sentimento rimaneva.

Tristan la seguì in cucina ma si fermò dall'altra parte del bancone - accanto al suo braccialetto. «Ascolta, Maggie... non sono venuto qui per tua madre o per il regalo. Sono qui per Alex».

Alex? Maggie lasciò cadere il dolce e si spinse i ricci via dalla fronte improvvisamente umida. L'unghia del mignolo si impigliò vicino all'orecchio. «Cos'è successo ad Alex? Sta bene?» Liberò la mano con un piccolo rumore di strappo e un dolore acuto sia al dito che alla testa che si irradiò fino alla cicatrice, risvegliando una nuova ondata di pulsazioni dolorose.

«Sì, lei...» Deglutì con difficoltà. «Scusa, di solito non faccio questa parte.» Quello... era vero. Perché era *lui* a essere lì? Dov'era Reid? Ah, aspetta, Reid l'aveva chiamata. Poco prima del suo turno di battuta interrotto. E... dov'era la macchina di Tristan? «Alcune cose non quadrano» disse. «Riguardo alla notte in cui tuo fratello è scomparso.»

Tristan appoggiò un palmo sul bancone e si avvicinò, in modo casual, ma così vicino che lei poteva sentire il suo profumo. Speziato. Muschiato. Come quello di Kevin - esattamente come quello di Kevin. Era il tipo di profumo che un tempo le faceva vedere il volto di Tristan in ogni incontro sessuale anonimo.

Il frullato le si contorse nello stomaco; la bile le salì in gola. Deglutì a fatica e scacciò quei pensieri mentre Tristan continuava: «Ho esaminato le cartelle cliniche e i rapporti di polizia del giorno in cui tuo fratello è scomparso. Reid voleva che trovassi qualcuno con una ferita da coltello sul viso. Non so perché.»

Me. A causa mia. E non l'aveva detto a Tristan. Interessante. «L'hai trovato?» E cosa c'entrava questo con Alex?

«Non ho trovato resoconti dagli ospedali locali di nessuno con quella ferita. Ma...» Abbassò lo sguardo sui fiori - i suoi fiori - poi incontrò di nuovo i suoi occhi. «Ho trovato una visita al pronto soccorso per Alex la notte in cui tuo fratello è scomparso.»

Ah. La sua mastectomia probabilmente stava facendo scattare campanelli d'allarme a causa della tempistica. Maggie si ficcò in bocca metà del PopTart, masticò nel modo meno attraente possibile, poi disse: «Aveva il cancro. Ha subito un'operazione la stessa settimana in cui Aiden è scomparso. Probabilmente ha una sfilza di-»

«Beh, la cosa strana è questa. Ho esaminato a fondo la sua storia clinica-»

«Perché stavi esaminando la storia clinica di Alex?»

Tristan scrollò le spalle. «Perché è strano che abbia avuto un cancro e una mastectomia così giovane. Strano che fosse al pronto soccorso quella notte. E Reid ha detto di esaminare qualsiasi cosa insolita di quel periodo. È ancora più strano perché tuo fratello è stato ucciso con un coltellaccio enorme.»

Un coltellaccio enorme. Le sfuggiva il collegamento. «Come hai fatto ad accedere alle cartelle cliniche di Alex?» Hacker o no, avrebbero dovuto essere sicure.

«Beh... non l'ho fatto.»

Bene. La faceva sentire meglio sapere che c'erano ancora alcune cose sacre. Si ficcò in bocca il secondo PopTart, ricordandosi che questo era intero quando l'angolo le si incastrò nel palato molle, e si accontentò di dare un morso. Odorava di zucchero e frutti di bosco, ma sapeva di cartone.

«Sono riuscito ad accedere ai registri assicurativi» disse, con uno sguardo serio. «Non vai al pronto soccorso per una mastectomia d'emergenza. E mentre non sono riuscito a vedere quali codici medici sono stati fatturati, ho potuto vedere se le franchigie sono state utilizzate. Dopo quella visita al pronto soccorso, Alex ha avuto solo un altro appuntamento, presumo per rimuovere i punti o le graffette - cose generali per le ferite. Ma al di fuori di questo, non ha avuto alcun follow-up. Nessuno. Né allora, né ora. Se avesse avuto il cancro...»

Maggie si fermò, con il dolce pastoso sulla lingua. Lo mandò giù con un colpo di tosse. «Tristan, cosa mi stai chiedendo?»

«In realtà non ti sto chiedendo nulla.» Si staccò dal bancone. «Ti sto dicendo che Reid mi ha chiesto di venirti a prendere e portarti alla stazione di polizia dato che lui non poteva venire qui di persona.»

«La stazione di polizia... perché?»

«La tua amica è sotto interrogatorio. Non ha mai avuto il cancro. E Alex sa sicuramente più di quanto dice sulla morte di tuo fratello.»

CAPITOLO 15

Alex sa più di quanto dice sulla morte di tuo fratello.

Maggie fissava fuori dal finestrino del lato passeggero di Tristan, con le braccia incrociate sul petto così saldamente che le facevano male le costole. Ma i suoi pensieri erano ancora più dolorosi, elettrici e pressanti, che correvano in cerchi che non riusciva a controllare.

Se Alex non aveva mai avuto il cancro... come aveva perso il seno? Cosa l'aveva portata al pronto soccorso? Qualcuno l'aveva ferita, anche lei? Tre attacchi in una notte? Prima Maggie, poi suo fratello, e poi... Alex?

Niente aveva senso. Era come se qualche stronzo avesse improvvisamente deciso di andare in giro a ferire bambini. Le parole di Reid le risuonavano nella testa: *Aiden conosceva la persona che l'ha ucciso.*

Maggie allentò le braccia e intrecciò le mani in grembo, ma non era meglio; le sue unghie lasciavano piccole mezzelune di distruzione sul dorso delle nocche.

«Mi dispiace se ti ho turbato entrando in casa tua» disse Tristan, alzando la voce per farsi sentire sopra il motore - una Pontiac GTO del 1966, una delle tante auto d'epoca che possedeva. L'aveva parcheggiata in fondo alla strada in un cul-de-sac dove pensava fosse al sicuro da ammaccature. Come se lei avesse aperto la portiera proprio contro la sua fiancata - un tempo possedeva una DeLorean e aveva un sano rispetto per i classici. «Giuro, la porta d'ingresso era aperta, Maggie. E scoprirò chi è entrato in casa di tua madre, ok? Te lo prometto».

«Non parliamo» mormorò Maggie. «Ma apprezzo il tuo aiuto». Era il suo lavoro, ma... comunque.

A suo merito, Tristan strinse le labbra e rimase in silenzio mentre si allontanavano dalla casa di suo padre. Arrivarono al distretto non abbastanza presto, e Maggie scappò dall'auto senza uno sguardo indietro, sperando che lui non la seguisse - sperando che sapesse cosa era meglio fare. Lo fece; la GTO ruggì nella notte.

La stazione di polizia era un caos brulicante di ansia permeata da caffè stantio. Reid non era alla sua scrivania, ma Clark la vide entrare - il detective che aveva raccontato a Reid di suo fratello, che lo aveva mandato all'obitorio per salvarla da Birman. Alto, muscoloso e calvo, le ricordava Denzel Washington, ma era più grande e aveva occhi più gentili. Il tipo di uomo che potrebbe leggere poesie tutta la notte, il che lo rendeva un po' troppo... gentile per lei. Aveva pensato di far incontrare Alex con lui prima che conoscesse Kelsey, ma questo era prima che la sua amica fosse libera dal cancro. Ora non era sicura di cosa stesse andando incontro - quali altri miti dell'infanzia potessero essere distrutti entro la fine della notte.

Clark la condusse lungo il corridoio sul retro fino alla stanza di osservazione simile a un armadio, collegata alla sala interrogatori da uno specchio a due vie. Reid era in piedi davanti al vetro, con le spalle rigide e le braccia incrociate. Solo vedere la tensione nelle sue nocche esangui faceva dolere le sue.

Lui diede un'occhiata quando lei entrò, annuì in segno di ringraziamento a Clark, poi si voltò verso di lei. «Tristan ti ha trovata, suppongo».

«Sì». Si avvicinò al vetro accanto a lui. «Gli ho detto di indagare su mia madre». *Tra le altre cose.*

Reid strinse le labbra, muovendo la mascella. «Secondo Birman, tua madre è stata a casa tutta la settimana - verificato dal braccialetto elettronico. Birman ha detto che pensava stesse evitando il telefono e la porta perché non voleva avere a che fare con la polizia».

Era uno stronzo, ma Birman sembrava più competente di così. «Ti sta mentendo».

«Lo so».

Lei girò di scatto la testa nella sua direzione; i suoi occhi rimasero fissi sul vetro mentre continuava: «Ha una storia di violenza domestica, una ex con un ordine restrittivo presentato sei anni fa. Ora sta bene, nessun problema con Birman da allora - nessuna denuncia di stalking dal divorzio. Ma non mi piace. E oggi ho sentito che questo sarà il suo ultimo caso. Il vecchio ragazzo finalmente va in pensione».

Se l'ex di Birman fosse stata prontamente disponibile e non scomparsa, non avrebbe avuto motivo di irrompere in casa di sua madre per cercarla. Non era quella la connessione. Ed era sconcertante come Reid stesse dando la notizia al vetro - fissando lo stesso Birman. «Ho detto a Tristan di indagare anche su di lui» disse lei. Aspettò che lui annuisse, poi seguì il suo sguardo.

Alex sembrava minuscola attraverso lo specchio a due vie, il viso tirato, borse viola sotto gli occhi come se fosse stata presa a pugni. Birman era seduto su una delle sedie di fronte a lei. Malone era in piedi a capo del tavolo, torreggiando sulla sua amica. Maggie si chiese se puzzasse ancora di senape.

Alex odiava la senape. Il PopTart si agitò nello stomaco di Maggie. Inghiottì a fatica contro la bile e il dolciastro pasticciotto che cercava di risalirle l'esofago.

«Perché eri in ospedale la notte in cui Aiden Connolly è scomparso?» disse Malone, con il viso piatto addolorato, la voce dolce, le vocali extra rotonde. Come se odiasse dover fare questo, nello stesso modo in cui si era comportato nell'obitorio dell'ospedale. *Canadesi, eh?*

«Avevo il cancro» disse Alex, rilassando le spalle. Autorevole - più assertiva di Malone. Se Tristan aveva ragione, o si era convinta che fosse vero, o era una bugia eccezionalmente ben provata. Avrebbe avuto senso se avesse praticato l'inganno per tutta la vita.

«Ne sei sicura?» sbottò Birman. I suoi pugni serrati sembravano più minacciosi ora che sapeva dell'ordine restrittivo. La sua camicia di flanella sembrava decisamente fuori posto.

Alex si girò lentamente verso l'altro detective - il pagliaccio non canadese. «Penso che mi ricorderei se avessi avuto il cancro».

«Chi era il tuo oncologo, se non ti dispiace che te lo chieda?» disse Malone.

Alex si irrigidì, poi scosse la testa. «Non me lo ricordo. È passato tanto tempo. Avevo solo tredici anni».

«Ma sicuramente hai un oncologo adesso» continuò Malone. «Anche solo un dottore per controlli annuali, per assicurarti di essere ancora libera dal cancro, eh? Sappiamo tutti che queste cose tendono a ripresentarsi, per quanto sfortunato possa essere». E sembrava davvero dispiaciuto; i muscoli intorno ai suoi occhi indicavano che stava dicendo la verità. Molto bravo a mentire, o semplicemente molto gentile. Probabilmente entrambe le cose.

Maggie si sporse verso il vetro, la fronte così vicina da sentire il freddo che trasudava dalla superficie. *Dai, Alex. Abbi una spiegazione. Una* buona *spiegazione.*

«Io...» Alex abbassò lo sguardo. A differenza di Malone, ogni muscolo del corpo di Alex urlava *BUGIARDA*. Il cuore di Maggie affondò nel suo stomaco acido. Prima suo fratello, poi sua madre, e ora Alex? Che diavolo stava succedendo?

Malone scivolò sulla sedia accanto a Birman e appoggiò le mani sul tavolo. «Qualcuno ti ha aggredita. Vero?»

Alex annuì guardando il suo grembo.

«Gliel'hai detto?» sussurrò Maggie a Reid. «Di... me? L'edificio?»

Reid scosse la testa. «Non ne ho avuto bisogno. Tristan ha indagato su di lei perché non gli piaceva l'anomalia statistica - un intervento chirurgico al seno estremamente raro su una bambina la stessa notte in cui tuo fratello è scomparso. Una volta scoperto che era stato fatto al pronto soccorso - altamente improbabile per un cancro - era come un cane con un osso. Non possiamo usare direttamente ciò che Tristan ha trovato, ma l'hanno portata qui con il pretesto di chiederle se avesse visto qualcuno di strano al pronto soccorso quella notte».

«Chi era lui, signorina Dahlgren?» chiese Malone. Quando Alex non disse nulla, continuò: «Ci dica solo cosa è successo. Non pensiamo che lei abbia fatto del male ad Aiden Connolly - sappiamo che lui si trovava a tre ore di distanza mentre lei era in ospedale».

No, Malone, tu sai che qualcuno ha fatto una telefonata. «Stanno facendo sul serio o stanno solo cercando di farla parlare? Voglio dire, hanno trovato il suo taccuino là fuori, ma non possono essere sicuri che Aiden fosse con esso».

«Birman dice che c'era un video di sorveglianza di un

supermercato ormai chiuso a un miglio dalla stazione di servizio che mostra chiaramente tuo fratello. Questo spiegherebbe perché è così certo che Aiden fosse lì. Ma io non l'ho visto, e lui non sembra essere in grado di produrlo. La versione ufficiale è che si sia danneggiato o perso mentre era tra le prove negli ultimi ventiquattro anni».

Lei aggrottò la fronte. «Perché dovrebbe mentire su questo? Birman è... un sospettato?» O era colpevole e stava manipolando le prove, o era innocente e aveva effettivamente visto un video con suo fratello a Yarrow.

Reid mantenne gli occhi sul vetro. «Ho scavato un po' più a fondo su quella telefonata», disse, «quella che affermava di aver visto tuo fratello. Ho i registri della compagnia telefonica che mostrano che proveniva da un telefono pubblico a Yarrow».

La sua mascella cadde. La chiamata era legittima? Davvero legittima? Riportò lo sguardo sul vetro mentre Malone continuava: «Alex, abbiamo bisogno di sapere cosa è successo per poter ricostruire una cronologia. E prima sapremo chi le ha fatto del male, prima potremo-»

«Mio fratello». La voce di Alex si spezzò.

Suo *fratello*? Maggie trasalì. «Questo è... impossibile». Conosceva Alex dalle medie - non aveva un fratello.

«Non l'ha mai menzionato?»

Maggie scosse la testa, muta. Alex alzò il viso, ma il tremito del suo labbro fece salire il calore nel petto di Maggie. Alex aveva mentito. Per tutti questi anni, Alex le aveva mentito. Perché avrebbe mentito sul cancro, sulla sua famiglia?

Perché non le hai mai raccontato cosa ti è successo in quell'edificio?

«Ero in cucina. Il nonno era alla lega di bowling». Il sudore brillava sulla fronte di Alex, le ascelle della sua camicetta erano scure. «Dylan... è entrato dalla porta sul retro, furioso, urlando - coperto di sangue. Aveva un enorme taglio sulla guancia».

Il mondo si fermò, i polmoni di Maggie dolorosamente stretti, ma questo era un bene, no? Un mistero risolto. Alex aveva un fratello, ed era lui che aveva aggredito Maggie. Ma se era tornato a casa dopo, allora non era a Yarrow con suo fratello. Giusto? «Almeno sappiamo che non ho ucciso il tizio», disse, con le parole più taglienti di quanto intendesse.

«Sì. Ma ho già parlato con Tysdale riguardo all'uso dei loro cani; saranno fuori a fiutare le fondamenta dell'edificio del parco già domattina. Non vogliamo deluderli annullando tutto».

Una pressione sulla sua mano la fece guardare in basso. Maggie non si era resa conto di aver cercato Reid, ma si stava appoggiando a lui invece che al davanzale sotto la finestra, stringendo il suo avambraccio. Lui le aveva avvolto la mano con la sua. E quando alzò lo sguardo, lui la stava osservando, gli occhi liquidi e tristi - stabili. Di supporto. Il fuoco nel suo petto si attenuò. Era come se stesse drenando la tensione dal suo corpo attraverso i polpastrelli, ma il suo battito cardiaco rimaneva alto, pulsando freneticamente nelle tempie.

Entrambi si voltarono di nuovo verso la finestra quando Malone disse: «Cosa è successo alla sua guancia, signorina Dahlgren?»

Alex alzò le spalle, il suo viso malaticcio e pallido sotto i neon. «Ho pensato che si fosse messo in un'altra rissa. Che avesse ottenuto ciò che si meritava». Con quest'ultima frase, le sue spalle si raddrizzarono. Tirò su col naso.

«Perché aveva già aggredito persone in passato», disse Birman, e Maggie lo fulminò con lo sguardo. *Oh, come se tu non l'avessi fatto, signor Ordine Restrittivo.*

Alex deglutì a fatica. Annuì. «Mi aveva picchiato duramente in passato - anche mio nonno. E suo padre, intendo, mio padre, picchiava selvaggiamente mia madre. Prima che lei... scomparisse».

Maggie aggrottò la fronte.

«Non lo sapevi nemmeno questo?» disse Reid. «Il nonno ha denunciato suo padre per furto aggravato e rapina a mano armata - ha detto che aveva tirato fuori una pistola e rubato tutto ciò che c'era nella sua cassaforte».

«Pensavo che sua madre fosse morta. E che suo padre li avesse abbandonati quando era piccola». La sua voce suonava vuota. Alex le aveva mai detto la verità su qualcosa? Gli occhi di Maggie bruciavano.

«Quindi, Dylan è entrato dal retro», disse Malone. «Mi dispiace dover riportare alla luce questi ricordi dolorosi, ma abbiamo bisogno di sapere... Cosa è successo dopo?»

Le spalle di Alex tremavano. Maggie strinse più forte il braccio di Reid. Una parte di lei voleva irrompere nella stanza e gettare le braccia intorno alla sua amica, dirle che sarebbe andato tutto bene, che avrebbero risolto questa situazione mangiando tacos e guardando un film stupido. Ma un'altra parte di lei voleva prendere Alex a pugni in faccia. Sì, Maggie aveva i suoi peccati, le sue reticenze - capiva che il trauma potesse farti trattenere. Ma il cancro? *Il cancro, Alex?* Avrebbe potuto dire di essere caduta da un'altalena o di essere stata investita da un'auto.

La gola di Maggie era stretta dal calore, empatia o furia non sapeva dire. Perdonare un momento di debolezza mal guidata era una cosa, ma richiedeva di chiedere perdono, non di essere scoperta in una bugia.

«Io... ho urlato», disse Alex. «Ho urlato *così forte*, ma non sono stata abbastanza rumorosa per i vicini, suppongo. E poi lui... lui... ha afferrato un coltello dal portacoltelli». I suoi occhi brillavano, colmi di lacrime, anche se non scendevano sulle guance. Alex non piangeva mai. «Ho cercato

di respingerlo, ma mi è saltato sulla schiena. Mi ha morso».
Si allungò attraverso il petto per toccare un punto sulla parte alta della schiena. Il respiro di Maggie si bloccò. Quel punto che stava indicando... era dove si trovava il suo tatuaggio. Il cuore multicolore a forma libera. Era una copertura, per nascondere la cicatrice?

«Sembra che questo tizio abbia un modello», disse Reid, ma la sua voce le arrivava come se stesse parlando sott'acqua. Tutto ciò che riusciva a sentire era Alex.

«Mi ha strappato la maglietta, e poi... mi ha pugnalata con il coltello. Penso che volesse colpirmi al cuore».

Nello stesso modo in cui era morto Aiden. Non era una coincidenza - non poteva essere una coincidenza. «Piquerismo», disse sottovoce. «Pugnalare o mordere è la compulsione - la fonte di gratificazione sessuale». E allora era giovane, stava solo iniziando ad apprezzare la sensazione dei suoi denti che affondavano nella carne viva. Stava ancora sperimentando il suo modus operandi.

Alex prese un lungo respiro tremante, le braccia avvolte intorno ai bicipiti - auto-protezione. «Mi sono girata all'ultimo momento», continuò, la sua voce così bassa che Malone si sporse in avanti per sentirla, il suo viso una maschera di empatia. «Invece di entrare nel mio petto, la lama si è conficcata nel mio... E quando ha tirato su la mano...» Singhiozzò, si riprese, deglutì a fatica. «È scappato, ma ero così spaventata, io semplicemente... semplicemente non potevo...» Le sue parole si disintegrarono in una serie di sussurri incomprensibili.

«Gesù Cristo», disse Reid.

«Perché non ha chiamato la polizia?» scattò Birman, e in quelle parole, Maggie sentì il modo in cui l'aveva interrogata la notte in cui Aiden era scomparso: *Dov'eri, Maggie, cosa è successo al tuo polso, Maggie, hai visto tuo fratello, eri arrabbiata con lui?* Il suo pelo si rizzò.

«Voleva uccidermi», disse Alex guardando il suo grembo. «Volevo solo andare in ospedale... *Dovevo* andare in ospedale. C'era così tanto sangue... Pensavo di stare morendo». Alzò lo sguardo e incontrò gli occhi di Malone, il più sicuro e gentile dei due detective. «Non volevo *morire*».

Malone annuì, con le labbra rivolte verso il basso. «Quindi, sei andata direttamente dalla casa all'ospedale?» chiese.

Alex annuì. «Ho aspettato finché non ero sicura che se ne fosse andato, poi mi sono fasciata e ho preso la mia bicicletta per andare al bowling. Il nonno stava giusto uscendo a quell'ora».

«Tuo fratello portava un coltello Bowie?»

«Non saprei. Era in riformatorio quando eravamo più giovani, ma è uscito più o meno quando mio padre è andato in prigione. Mio nonno lo ha immediatamente mandato in collegio. Non conosco i dettagli. Non ho mai voluto sapere nulla di lui».

«Posso capirlo», disse Malone. «Sono sicuro che lo avrei voluto il più lontano possibile. Ma dato che non aveva legami qui... Hai idea di cosa abbia riportato Dylan a Fernborn?»

Alex scosse la testa. «No».

«Dov'è tuo fratello ora?» chiese Birman.

Alex gli lanciò un'occhiata, poi si voltò immediatamente verso Malone. «Non l'ho visto dal giorno in cui Aiden è scomparso. È la pura verità. Se l'avessi visto...» Rabbrividì.

«Parlando di quel povero ragazzo...» Malone si alzò di nuovo in piedi, lasciando Birman da solo dall'altra parte del tavolo. «Quando hai saputo che un bambino era scomparso la stessa notte in cui sei stata aggredita, hai pensato di dirlo a qualcuno? Non è colpa tua, ovviamente, ma questo avrebbe potuto aiutare con il caso».

Alex aggrottò la fronte. «Come? Non pensavo che Dylan avesse fatto del male ad Aiden. Dylan non era un pedofilo, ed era con me quando Aiden è stato preso, no?»

«È quello che stiamo cercando di capire». Malone annuì. «Per quanto sia difficile, ci stai davvero aiutando molto». Le spalle di Alex si rilassarono, ma questa volta sembrava una mossa calcolata da parte di Malone, i muscoli intorno ai suoi occhi erano tesi. Lui... sapeva qualcosa.

«Sono sicuro che ci hai pensato molto», continuò Malone, e Birman si appoggiò allo schienale della sedia, lasciando che il suo partner conducesse l'interrogatorio. «Hai pensato che non fosse stato Dylan perché era con te. Ma tu vivevi proprio vicino a quei boschi – si snodavano su entrambi i lati della tua strada, e non c'è nulla dietro casa tua». Intendeva dire che era un percorso diretto verso Tysdale da lì. «C'era qualcun altro che sospettavi all'epoca, anche solo per un momento? Magari hai visto qualcuno là fuori mentre pedalavi lungo la strada?»

Alex si morse il labbro. L'aria si bloccò nei polmoni di Maggie – calda. Il bicipite di Reid si tese, e lei guardò in basso; le sue unghie erano artigli contro la sua carne. Allentò la presa e lasciò cadere la mano.

«Va bene», disse Malone. «Non è che possiamo arrestare qualcuno basandoci su una supposizione. Ma vorremmo davvero chiudere questa faccenda. Per dare a Maggie e alla sua famiglia un po' di pace».

Il labbro inferiore di Alex tremò. «Io... pensavo fosse stato Kevin».

Maggie fissò, sbalordita, la schiena che si irrigidiva.

Anche Reid si raddrizzò. «Le hai parlato dell'aggressione? Dell'edificio?»

Maggie scosse la testa. «No». E l'edificio era il motivo per cui Reid aveva sospettato di Kevin. Ma ora Alex...

Cosa le stava sfuggendo?

«Kevin Hill?» chiese ora Birman, appoggiando i gomiti sul tavolo.

Alex annuì.

«Perché lui?» intervenne Malone.

«Insomma, lui e Maggie erano una specie di coppia. Ed era suo fratello che era scomparso».

«Quella era la prima volta che io e Kevin uscivamo davvero insieme», disse Maggie. *Il nostro primo appuntamento – che inizio per una relazione.* «Non è un motivo per cui lei dovrebbe collegare Kevin alla scomparsa di Aiden».

Birman sembrava essere giunto alla stessa conclusione, perché ringhiò, «Maggie Connolly aveva tredici anni. Kevin Hill, solo quindici. Non potevano essere così tanto una coppia». Si sporse sulle mani intrecciate verso Alex. «Sarebbe stato molto difficile per un ragazzo della statura di Kevin portare Aiden attraverso quei boschi fino al pozzo – non era forte come tuo fratello. Solo un anno più grande, ma Dylan era alto e fatto di muscoli».

Maggie deglutì a fatica. Aveva ragione. Dylan era stato forte – così forte, dalle spalle larghe e denso di muscoli, le sue dita che affondavano nelle sue braccia, il suo ginocchio sulla sua schiena. Ma era stato anche ferito. Apparentemente, gli era rimasta ancora molta forza, più che sufficiente per mutilare Alex.

«Kevin viveva più su per la strada rispetto a voi prima che tuo fratello fosse mandato via, vero?» chiese Birman.

La stanza si immobilizzò. Sì, era vero. Kevin si era trasferito dall'altra parte della città l'anno prima che lui e Maggie diventassero una coppia.

Le spalle di Alex sussultarono. Si mise la testa tra le mani. «Sì», sussurrò.

«Perché proprio Kevin più di chiunque altro?» continuò Birman. «Cosa non ci stai dicendo?»

Malone scivolò di nuovo sulla sua sedia. «Sai più di quanto ci stai dicendo». Quasi la stessa cosa che Birman aveva detto a Maggie.

La stanza era priva d'aria, il polso di Maggie debole nel collo.

«Kevin era il migliore amico di Dylan», disse Alex, alzando il viso. «Era malato quanto Dylan. E io... ho quasi permesso alla mia migliore amica di sposarlo».

Il suo respiro uscì dai suoi polmoni in un lungo, tortuoso ansito. Volse gli occhi verso il vetro. «Mi dispiace tanto, Maggie».

CAPITOLO 16

Kevin era amico di Dylan. L'idea sembrava impossibile, assurda. Ma era vera?

Probabilmente. Alex non aveva motivo di mentire, ma certamente aveva motivo di nasconderlo: autoprotezione. E protezione della loro amicizia. Forse aveva anche pensato che Maggie avrebbe preso le parti di Kevin - dopotutto, per spiegare di Kevin, avrebbe dovuto ammettere di avere un fratello in primo luogo. Avrebbe dovuto ammettere di aver mentito sul cancro. Se Alex non fosse stata costretta, Maggie non l'avrebbe mai saputo, e questo le pesava come un macigno nello stomaco.

Birman lo sapeva da tutto questo tempo? Aveva dato per scontato che Maggie lo sapesse? Anche se non sapeva dell'attacco nell'edificio, potrebbe aver messo insieme abbastanza indizi per far sembrare Kevin colpevole - farlo apparire come il complice di Dylan nel crimine.

Attraversò i corridoi della stazione di polizia e uscì nel parcheggio con i peli della schiena che le si rizzavano, la non familiarità di ogni agente sconosciuto nel corridoio le ricordava che la sua migliore amica era essenzialmente una sconosciuta. Persino la schiena di Reid mentre lo seguiva attraverso il parcheggio buio sembrava strana e inconoscibile. Era un enigma, un alieno che indossava un costume da Reid, che portava i capelli castani di Reid, che usava la voce di Reid per dire: «Ti dispiace se passo da casa mia?» Si guardò alle spalle. «La babysitter mi ha mandato un messaggio, ha detto di aver visto qualcuno camminare per il quartiere - che è passato davanti a casa due volte. Probabilmente non è niente, forse l'ho messa in allerta inutilmente, ma...»

«Sì, va bene.» Le sue parole echeggiarono sull'asfalto e rimbalzarono contro i paraurti metallici delle auto della polizia.

«Tristan è a casa di tua madre, giusto per farti sapere - sta parlando con i vicini dato che la telecamera del campanello di Jerry non gli ha detto nulla.» Reid alzò le spalle. «Non sono ancora sicuro di come tua madre sia riuscita a ingannare il braccialetto elettronico o perché Birman ci stia mentendo sul fatto che lei sia lì, ma... se c'è qualcosa da trovare, Tristan lo troverà.»

«Lo spero.» Voleva sapere chi fosse entrato. Maggie salì sul Bronco di Reid con una morsa che le schiacciava lo sterno. L'effrazione, pur importante, non sembrava collegata al resto. Sua madre aveva rimosso il braccialetto elettronico, era fuggita con il suo ragazzo - stava bene, e si era sbagliata o stava coprendo le sue tracce con quel biglietto. Era anche fuori dalla vita di Maggie per sempre. Se fosse fuggita in qualche paese che non concede l'estradizione, non poteva tornare a casa per vedere sua figlia. E se fosse ancora negli Stati Uniti, anche solo chiamare Maggie sarebbe un rischio.

E poi, c'era Alex.

Il silenzio si intensificò mentre Reid partiva nella notte, il sussurro degli pneumatici era la loro colonna sonora, ogni strada laterale buia sussurrava che avrebbe dovuto vederlo arrivare, che avrebbe dovuto sapere che la sua migliore amica stava mentendo.

Si poteva perdonare Alex per aver taciuto l'aggressione, per non aver discusso di suo fratello e della sua vita familiare frammentata. Era stata una vittima anche lei, ed era difficile conciliare quei sentimenti, persino nella propria testa. Forse Maggie avrebbe potuto perdonare anche la bugia sul cancro... prima o poi. Ma Kevin. Per tutto questo tempo, Alex le aveva fatto credere che Kevin fosse una brava persona. Per tutto questo tempo, sapeva che Kevin e il suo fratello psicopatico erano migliori amici.

Ciò non significava che Kevin fosse uno psicopatico anche lui - potrebbe essere stato ingannato dal fascino di Dylan, aver fatto cose che altrimenti non avrebbe mai fatto. Una vittima a modo suo. E questo spiegherebbe certamente le sue forti reazioni a ciò che era accaduto quel giorno.

Aveva scambiato un intenso senso di colpa per trauma? Si presentavano in modo simile, soprattutto perché il trauma spesso era accompagnato da una forte dose di vergogna. Ma se avesse fatto del male a suo fratello... *Come ho fatto a non accorgermene?* Quanto stupida era?

Il migliore amico di Kevin - era quello che le aveva morso la testa.

Il tradimento le bruciava acutamente nel petto, l'inganno era palpabile, amaro sulla lingua. Alex si era rifiutata di elaborare cosa significasse realmente "malato quanto Dylan". Maggie avrebbe potuto chiederglielo direttamente, ma non ora.

Ora, doveva pensare.

Il sospiro di Reid risuonò nell'auto. «Che stronzata.»

Maggie distolse lo sguardo dal finestrino. Era rimasta a

fissare il vetro per quindici minuti senza vedere nulla. «Cosa?»

«Hai già passato così tanto, e ora devi aggiungere la tua migliore amica e il tuo ex fidanzato in cima a tutto? Che cazzo?»

Reid raramente imprecava. Lei alzò un sopracciglio. «Sembri arrabbiato. Vuoi elaborare le tue emozioni?»

«Tiri fuori il gergo da psicologa, eh?» Sorrise, ma era teso. «Scusa. È solo che... è ridicolo. Tutto quanto.» Allentò la presa sul volante e si passò una mano tra i capelli. Si rizzarono da un lato. «Verrò con te a raccontare a Birman cosa è successo in quell'edificio. Penso sia il momento. Qualsiasi cosa possano ricostruire di quella notte potrebbe essere d'aiuto.»

La bocca di Maggie si seccò; lo stomaco si contrasse. Ma annuì. «Pensi ancora che sia stato Kevin?»

Lui la guardò. «Tu cosa pensi?»

«Non so più niente. Se lui e Dylan erano amici, Kevin sarebbe sicuramente tornato all'edificio per controllarlo, come hai detto tu.» Ma Kevin aveva ucciso suo fratello?

Si voltò verso Reid e attese finché lui non la guardò. «Voglio sapere cos'altro stai pensando.»

La sua fronte si corrugò, la sua espressione addolorata. «Riguardo...»

«Qualsiasi cosa. Tutto. È troppo da elaborare per me. Ho la sensazione di star perdendo qualcosa, e tu stesso hai detto che sono troppo coinvolta per essere imparziale.» *Ho bisogno di risposte, Reid. Ho bisogno di aiuto.* E improvvisamente lui sembrava la persona migliore con cui parlare. Si fidava di Sammy con la sua vita, ma lui era troppo coinvolto in questa storia, proprio come lei - entrambi conoscevano Kevin. E Reid... no. Non sempre prendeva le decisioni giuste, ma non era emotivamente coinvolto come loro. Sarebbe stato meno cieco.

Reid deglutì a fatica e tornò a guardare la strada. «Sei sicura di voler affrontare tutto questo qui? Proprio oggi?»

Proprio oggi? Perché aveva appena identificato il corpo di suo fratello la notte scorsa - era davvero successo solo la notte scorsa? Perché sua madre era scomparsa e le aveva lasciato un criptico biglietto di avvertimento-slash-addio? Perché aveva appena scoperto che una delle sue migliori amiche le aveva mentito per anni, e che il suo quasi-fidanzato, un uomo che aveva sinceramente amato, era amico intimo di uno psicopatico e potrebbe aver ucciso suo fratello?

«Sì. Oggi è proprio perfetto, Reid».

«Okay, ci siamo». Inspirò profondamente come per farsi coraggio. «Penso sia strano che il fratello di Alex sia tornato a Fernborn proprio lo stesso giorno in cui tuo fratello è scomparso. Che sia apparso casualmente nello stesso edificio dove tu e Kevin stavate lanciando pietre contro i muri, o qualunque cosa steste facendo».

Mattoni, pietre, che importanza aveva? «Il problema più grande è che conosceva Kevin, però. Che erano amici». E Kevin non aveva detto una parola quando aveva visto Dylan a terra. Non aveva reagito in alcun modo se non afferrarla e portarla via.

Reid aggrottò la fronte, la mascella tesa. Stava trattenendo qualcosa - qualcosa di importante. Qualcosa che avrebbe... fatto male.

«Che c'è? Sputa il rospo».

«Di chi è stata l'idea di andare in quell'edificio, Maggie?»

«Io...» *Di Kevin. È stata di Kevin.*

«È una coincidenza che Kevin se ne sia andato giusto in tempo perché Dylan entrasse».

«Era solo andato in farmacia più avanti...» Finalmente capì cosa intendesse. «Pensi che l'abbiano pianificato? Che

Kevin mi abbia portato lì perché potessero farmi del male?» Non conosceva Kevin molto bene a quel punto, ma l'accusa sembrava molto sbagliata. E lui l'aveva aiutata ad uscire di lì - l'aveva protetta, le aveva medicato la testa. E dopo... tutti gli anni dopo. Tutti gli anni che aveva passato sotto il suo incantesimo, amandolo. Forse dopo quello che lei aveva fatto a Dylan, quello che era successo ad Aiden, si era reso conto del suo errore. Magari le si era avvicinato e le era rimasto vicino come una sorta di... penitenza.

Scosse la testa come per scacciare quel pensiero - per mettere da parte i dubbi. «Perché proprio io?» Ma Dylan non avrebbe avuto bisogno di una ragione; per uno psicopatico sadico, una domanda migliore sarebbe stata *perché no?* «Avevo conosciuto Kevin da poco, ma anche se mi conoscevano, perché Aiden? Dobbiamo presumere che i due eventi siano collegati». Era illogico pensare che fosse una coincidenza ora. In qualche modo, tutti questi eventi erano collegati in un modo che lei non riusciva a vedere.

Le luci dell'autostrada giocavano sul suo viso, lampi di bianco acceso dipingevano le sue guance già pallide nelle tonalità spettrali dei morti. «La mia migliore ipotesi è che Aiden fosse un danno collaterale. Mi hai detto che Aiden non sarebbe passato da quell'edificio tornando a casa da scuola. Ma potrebbe essere andato a cercarti».

Aggrottò la fronte. «Gli avevo detto di tornare a casa da solo. Che non sarei stata lì».

«Quindi sapeva che non l'avresti accompagnato a casa».

Annuì. «Sì. Non volevo che mi aspettasse o che chiamasse i miei genitori». *Non volevo che avesse paura.* Aveva funzionato alla grande.

«E per quanto riguarda l'edificio? Poteva sapere che saresti andata lì?»

«Non ne sono sicura. Credo di averne parlato con

Kevin al telefono la sera prima. Potrebbe averlo sentito, immagino». O aver ascoltato di nascosto. Lo faceva a volte. Fratelli minori, e tutto il resto.

Reid tirò su col naso.

«Non pensi che sia stato preso dalla strada o dal bosco», disse lei, gli occhi fissi sul suo viso. «Pensi che sia stato preso dall'edificio».

«È più probabile che quei ragazzi vi abbiano preso di mira separatamente, soprattutto perché non avevi alcun legame con loro prima di quel giorno - nessun motivo per cui Kevin o Dylan potessero avercela con te. Non avevi mai incontrato Dylan per farlo arrabbiare, e con Kevin-»

«Gli ho detto di sì». *Finché non mi ha chiesto di sposarlo.*

Annuì e sbatté le palpebre guardando la strada, come se non riuscisse a sostenere il suo sguardo. «Penso che Kevin sia tornato in quell'edificio dopo averti lasciata - se non altro, avrebbe voluto assicurarsi che il suo amico stesse bene. E ieri ho percorso a piedi il tragitto dall'edificio al liceo, dalla scuola media all'edificio. Ho fatto fare a Clark il tragitto dalla casa di tuo padre all'edificio. Se si fosse affrettato, Kevin avrebbe potuto tornare all'edificio poco dopo che Aiden vi fosse arrivato dalla scuola».

«E qual era il movente di Kevin?» Kevin - era il nome di uno sconosciuto. L'uomo premuroso anche se imperfetto che l'aveva amata era stato un assassino nel peggiore dei casi e un complice nel migliore? Sembrava ancora impossibile, si sentiva impossibile. Era così che si sentivano i colleghi psicologi di Hannibal Lecter quando si rendevano conto che aveva mangiato delle persone? Stupidi da morire, ciechi come pipistrelli, completamente colti alla sprovvista?

«Forse Kevin non era quello con il movente. Dylan era quello che ti ha aggredita, e non avrebbe voluto un altro testimone. Potrebbe aver chiesto l'aiuto di Kevin, avergli chiesto di convincere Aiden ad andare con lui mentre Dylan si medicava a casa. Mentre decidevano cosa fare dopo».

«Quindi, Aiden ha aspettato con Kevin in macchina fuori dalla casa di Alex. Alex era a casa, Dylan era furioso, instabile - le ha fatto del male in un accesso d'ira. Ma dopo... non avrebbero potuto arrivare a Yarrow in tempo perché il testimone li vedesse. Anche correndo, sarebbe stato stretto».

«Stretto, ma non impossibile. E il testimone non ha visto chi fosse con il ragazzo, solo Aiden stesso. Kevin avrebbe potuto facilmente arrivare a Yarrow se avesse portato Aiden con la macchina di Dylan. E poi...»

Giusto - e poi. «Quindi, Kevin è andato a Yarrow con Aiden mentre Dylan era da Alex. Ma a un certo punto... forse si è reso conto che non poteva far del male a mio fratello». La sua voce uscì come un sibilo pressurizzato, privo d'aria. «Ecco perché è tornato qui. Kevin non poteva finire ciò che avevano iniziato, quindi è tornato a Fernborn così Dylan poteva...» Le lacrime le pungevano gli occhi. *L'uomo che hai amato per tutta la vita ha aiutato a uccidere tuo fratello e l'ha abbandonato nel bosco dopo che la polizia se n'era andata.*

«Kevin non era uno psicopatico», disse, più per se stessa che per Reid.

«Lo so. Si è suicidato».

Le parole la pugnalarono nei polmoni, ma... probabilmente aveva ragione. Di nuovo. Aveva sempre voluto che fosse un incidente, ma aveva sospettato il peggio. Sammy chiamava quel ponte "Il Tuffo dell'Uomo Morto", e non le era mai sfuggito che tuffarsi era un'azione attiva e non un errore.

«Kevin si sentiva molto in colpa per qualcosa», continuò Reid. «E se fossi stato coinvolto anche solo tangenzialmente nella morte di un bambino, per poi innamorarmi di sua sorella...» Sospirò. «Odio tutto questo, davvero. Forse la morte di Kevin è stata solo un incidente causato dall'alcol. Vorrei avere una ragione logica per credere che il peggio fosse impossibile.»

Lei si spostò contro la portiera dell'auto.

«Mi dispiace, Maggie. Davvero.»

«Anche a me.» Fissò la notte, un'oscurità profonda e vuota come quella che aveva nascosto suo fratello per così tanto tempo.

«Ho parlato con il medico legale prima», continuò Reid. «Ha finito con... be', con Aiden. Lo farò trasferire all'impresa di pompe funebri così potrai organizzare il funerale. E ti aiuterò con tutto quello di cui avrai bisogno.»

«Grazie, Reid. Lo apprezzo. Apprezzo... tutto.» La sua voce si incrinò sull'ultima parola. Lui allungò la mano oltre la console e le strinse la spalla, una volta sola, poi la rimise sul volante.

«Guarda sotto il tuo sedile.» Azionò l'indicatore di direzione e svoltò a destra. «Volevo dartelo domani, ma penso che potresti averne bisogno adesso.»

Maggie alzò un sopracciglio, ma si slacciò la cintura di sicurezza e si allungò tra le caviglie. Tastò per un momento, cercando, il tappetino ruvido le abradeva le nocche in un modo che la faceva sentire più viva - era intorpidita? Poi... *ah*. Tirò l'oggetto sulle sue ginocchia: un pacchetto incartato, delle dimensioni di un piccolo libro.

Tracciò il motivo sulla carta da regalo blu lucida - ragni. «Dove hai trovato questa carta? È fantastica.»

«C'è dell'altro nel regalo, ma sono contento che ti piaccia. Ho dovuto ordinarla mesi fa.» Ridacchiò, ma era una risata sottile, trattenuta. Ancora un po' triste.

Era per questo che non le aveva dato il regalo il giorno

del suo compleanno? Stava aspettando la carta? Ma se fosse stato così... «Perché stavi aspettando fino a domani?»

Il semaforo più avanti diventò giallo, poi rosso. Rallentò fino a fermarsi. Il bagliore cremisi lo faceva sembrare terribilmente scottato dal sole mentre girava la testa verso di lei. «Domani è il tuo compleanno, no?»

Lei aggrottò la fronte.

«Non lo è.» Lui sospirò e si accasciò contro il sedile. «Quando è?»

«Ieri.»

«Accidenti. Voglio dire, questo fa schifo per un sacco di motivi, ma...» Il semaforo cambiò, tingendo la sua pelle di un verde simile a quello di Hulk. Premette delicatamente sull'acceleratore. «Immagino che avrei dovuto sapere che non potevo fidarmi di Tristan, specialmente quando si tratta di te», disse al parabrezza. «Mi dispiace tanto. Non me ne sono dimenticato, ovviamente, io...» Scosse la testa. «Dannazione, sono un idiota. Probabilmente Tristan ti ha preso qualcosa di davvero bello.»

Sì, un mucchio di diamanti, dopo che gli avevo chiesto mille volte di smetterla con i regali elaborati. Questa volta, per il suo disturbo, ha quasi ricevuto una mazza in faccia. Avrebbe dovuto attenersi ai molto più ragionevoli fiori di compleanno.

Ma Maggie non disse nulla di tutto ciò; abbassò lo sguardo sul pacchetto. Molteplici fili di sottile nastro nero si arricciavano sui bordi. Esattamente otto fili di nastro. Era perfetto. Aveva perso il suo animale domestico in modo traumatico, ma aveva il pigiama con i ragni, l'arte dei ragni, ed era stata chiara con Reid sul fatto che amava ancora quelle piccole creature. Probabilmente avrebbe preso un'altra tarantola una volta che avesse potuto assicurarsi che non avrebbe fatto la stessa fine dell'ultima. Una volta che avesse smesso di curare Ezra.

Tirò i nastri e li guardò cadere. La carta si strappò. Dentro...

Il suo cuore si fermò. *Aiden.* No, non lui, ma... una sua foto, seduto accanto a un albero - un albero che era ancora nel cortile di suo padre. Aveva perso la maggior parte delle sue foto nell'incendio della casa, ed erano gli unici oggetti per cui aveva davvero fatto lutto. «Come hai... dove...» Maggie raramente rimaneva senza parole, ma la sua bocca non riusciva proprio a connettersi con il cervello.

«So che sei stata turbata per le foto che hai perso l'anno scorso. Così, ho chiesto l'aiuto del nostro disegnatore forense. Ho preso in prestito lo scatto da casa di tuo padre e ho chiesto anche l'aiuto di Sam. Solo per assicurarmi di averlo fatto bene.»

Maggie fissò gli occhi di suo fratello. Questo era il modo in cui voleva ricordarlo: la bocca sorridente, gli occhi scintillanti, Aiden felice e sano e vivo. Era il regalo più incredibile che avesse mai ricevuto. Le aveva restituito un pezzo di suo fratello.

Reid svoltò nel suo vialetto, poi si girò verso di lei e sorrise. «Be', comunque... buon compleanno. Il tempismo è terribile, lo so, ma forse allevierà le cose anche solo un pochino-»

Non riuscì mai a finire la frase. Lei gli mise una mano dietro il collo e alzò le labbra verso le sue.

Reid inspirò bruscamente dal naso - *oh no, sta per allontanarsi, questo è un errore, cosa stai facendo, Maggie?* - ma poi espirò un sospiro e si sporse verso di lei, intrecciando le dita nei suoi capelli, il mignolo che tracciava la cicatrice sulla sua testa. Lei aspettò la repulsione, che lui spostasse la mano, ma lui esplorò solo più fervidamente l'interno della sua bocca, massaggiandole la lingua con la sua.

Il suo petto si scaldò di emozione, una sensazione familiare eppure misteriosa, qualcosa che era rimasto dormiente così a lungo che non era sicura di cosa fosse finché lui non si slacciò la cintura e si sporse oltre la console. Premette più forte contro la cicatrice, attirandola a sé, l'altra mano che scivolava sul suo ginocchio. Affetto, ma non del tipo nato dalla carezza di sconosciuti. Era una connessione più profonda, la sensazione di essere conosciuta, di essere *voluta* per qualcosa oltre la sua carne. Lui sapeva tutto, tutte le parti importanti comunque, e il suo passato non lo infastidiva. La cicatrice sotto i suoi capelli non era una parte irrilevante di lei - era il motivo per cui era finita in questa macchina.

Lei sussultò quando Reid interruppe il loro bacio. Saltò fuori dal Bronco senza dire un'altra parola, affrettandosi verso il lato del passeggero, circondato dall'alone dei fari delle auto di passaggio. Le spalancò la portiera. Maggie lo guardò sbattendo le palpebre. Poi lui si protese verso di lei, aspettando che gli prendesse la mano. Aspettando che lo seguisse - che dicesse di sì.

Fu di nuovo tra le sue braccia in un secondo, la bocca sulla sua, il regalo ancora stretto nella mano sinistra, le dita gentili di Reid sulla sua schiena. La teneva. Le diceva che sarebbe andato tutto bene.

Ma sarebbe stato così?

Si irrigidì - *non dovremmo*. Ma non lo disse ad alta voce. Perché per una volta, non voleva avere il controllo. Non voleva essere responsabile di ogni singolo elemento della sua esperienza. Voleva essere presa e accudita da qualcuno che era assolutamente, al cento per cento sicuro di non essere un killer psicopatico di bambini.

Puoi saperlo, Maggie? Puoi esserne davvero sicura?

Scacciò quel pensiero e quando lui la tirò contro di sé e fece scivolare la mano nei suoi pantaloni, il dolore delle ultime ventiquattro ore svanì nella notte. *Potrei amarlo - forse, un giorno, potrei.*

Fu l'ultima cosa che pensò prima che la sua mente diventasse perfettamente, gloriosamente vuota.

CAPITOLO 17

Guidava lentamente lungo la strada, i denti che gli dolevano, i molari che digrignava. La casa del detective svaniva nello specchietto retrovisore. Ma poteva ancora vederli lì, Reid che la tirava fuori dal sedile del passeggero, premendola contro il fianco dell'auto. Il modo in cui il detective aveva preso la mano di Maggie e l'aveva condotta al portico.

Rallentò fino a procedere a passo d'uomo, fissando acciogliato la strada, gli alberi che proiettavano i lampioni in motivi globulari sull'asfalto che sembravano un virus sotto un microscopio - tossico. Pestilenziale. Si fermò. Abbastanza lontano che il detective non potesse vederlo dalla casa vera e propria, ma i fari dell'auto della babysitter lo fissavano dal marciapiede. La donna se ne stava andando. Sembrava che Reid non si aspettasse di riportare Maggie a casa stanotte.

Le sue dita si strinsero intorno al volante. Questa era una complicazione inaspettata. Finché erano stati insieme in quel club, era stato soddisfatto, appagato dalla dolce anticipazione di come sarebbe potuto essere il loro futuro.

Ma non aveva immaginato che lei sarebbe improvvisamente saltata a letto con un collega - non aveva mai immaginato che avrebbe dormito con un collega di lavoro. Non era quel tipo di donna, altrimenti l'avrebbe fatto con Owen anni fa. No, Maggie teneva la sua vita privata così separata dalla sua vita personale che le due non si intersecavano.

Quando era cambiato? E, cosa più critica, come aveva fatto a non accorgersene? A un certo punto tra il tuffo ubriaco del suo amante dal ponte e la scoperta delle ossa di suo fratello, era diventata più... flessibile.

Forse era lo stress. Era lo stress che l'aveva portata a passare le sue notti in quel club. Niente fidanzati, nessun'altra complicazione, solo quel seminterrato buio. Solo lui con quel braccialetto verde, il profumo di lei nel suo naso, la sua pelle morbida sotto le sue dita.

La babysitter era più vicina ora. Sollevò il piede dal freno, azionò l'indicatore di direzione e girò il volante a destra. Intorno all'isolato, di nuovo, strizzando gli occhi nello specchietto retrovisore finché i fari della Prius della babysitter non superarono l'incrocio e svanirono lungo la strada.

Fece un'altra destra, il petto pieno di acciaio fuso, poi un'altra ancora. Ne aveva visto abbastanza. Ne aveva visto più che abbastanza. Ma era attirato di nuovo verso la casa del detective come avrebbe potuto essere attratto dall'odore di qualche gas nocivo, cercando la fonte del suo disagio - bisognoso di decidere cosa significasse, cosa fare.

Guardò la strada del detective passare. Prese la prossima destra e parcheggiò appena abbastanza lontano dal segnale di stop per evitare di essere rimosso. Il bungalow davanti a lui era blu con vistose persiane bianche, come se qualcuno avesse stampato i colori al contrario. Poteva vedere la cima del tetto del detective se strizzava gli occhi -

Reid aveva un camino in mattoni, a differenza della maggior parte delle case del quartiere. Un alto comignolo.

Allungò la mano e tirò giù il cappuccio sul viso, poi scese dall'auto, chiudendo dolcemente la portiera dietro di sé. I suoi piedi non facevano quasi rumore mentre si infilava nell'ombra dietro la prima casa. Le telecamere del detective avevano un solo punto cieco, e per superarlo, avrebbe dovuto zigzagare attraverso i cortili delle case dietro quella di Reid. Questo andava bene - l'aveva già fatto prima. Ma mai mentre il detective era in casa.

Reid sarebbe stato occupato stanotte, però.

Il fuoco nel suo petto divampò di nuovo; l'aria notturna puzzava di ferro e fango. Girò intorno all'angolo dell'ultima casa - la vecchia qui non era mai sveglia dopo le sei - e scivolò nei folti cespugli sempreverdi, una doppia fila di arbusti per tenere fuori la feccia. Foglie appuntite gli pungevano le braccia, gli graffiavano le gambe, ma anche se lei avesse guardato fuori dalla finestra ora, sarebbe stato quasi impossibile vederlo all'interno del fogliame, specialmente con i suoi vestiti scuri. Era fatto di ombre.

Infilò la mano nella tasca della felpa e si voltò verso la piccola casa di Reid, alzando il binocolo agli occhi. La tenda della finestra della camera da letto offriva solo pochi centimetri di visibilità, ma avrebbe riconosciuto i riccioli di Maggie ovunque, attualmente avvolti intorno alle dita del detective, l'altra mano di lui sulle sue costole, e i suoi seni, i suoi seni nudi, premuti contro il suo petto...

Furia, calda nelle sue viscere. *Perché ci stai facendo questo, Maggie?*

Un suono crepitante tagliò la notte. Rimase immobile come una statua, gli occhi sulla finestra, l'aria congelata nei polmoni. Il rumore non si ripeté, ma la sua mano... bruciava. Abbassò lo sguardo. Il rivestimento esterno su un lato del binocolo si era incrinato nel suo palmo stretto.

Tanto meglio. Non poteva guardare ancora.

Aveva fatto piani in passato - molti piani. Li aveva eseguiti tutti alla perfezione, aspettando il momento ideale. Aveva immaginato che sarebbe stata cruda e vulnerabile dopo la morte di suo fratello, ma aveva pensato che sarebbe stata troppo consumata dal dolore per accettare un uomo nel suo cuore, figuriamoci nel suo letto. Aveva perso la sua occasione?

No. Questa cosa con il detective era sicuramente una distrazione dal suo dolore. Un inconsequente momento di debolezza.

L'avrebbe perdonata.

E una volta che fosse stato sicuro che lei l'avrebbe accettato, nessuna coppia sarebbe mai stata felice quanto lo sarebbero stati loro. Lei lo avrebbe amato in un modo in cui nessuna donna ha mai amato un uomo prima, e lui avrebbe passato la vita a soddisfare ogni suo bisogno.

Doveva solo convincerla - mostrarle quanto sarebbero stati bene insieme, quanto perfetti.

Non importava quanto tempo ci avrebbe messo Maggie ad accettarlo nella sua vita oltre che nel suo letto, lei valeva sicuramente l'attesa. Ma era quasi il momento di fare la sua mossa. Era tempo di chiudere la distanza tra il coniglio e la volpe. I suoi pantaloni si fecero stretti intorno all'inguine.

Sorrise. Sì. Era il momento di porre fine alla caccia.

Con ogni mezzo necessario.

CAPITOLO 18

Maggie si svegliò con una lama di luce che le trafiggeva l'occhio. Ma lei teneva sempre le tende chiuse. Qualcuno era entrato in casa sua, la casa di suo padre? E le lenzuola... erano più morbide delle sue, vero? Più soffici, come il pile o la flanella.

Si stiracchiò, aprendo un occhio. E si immobilizzò.

La camera da letto non era la sua: la riconosceva a malapena. Ma almeno sapeva il perché. Era entrata qui di soppiatto al buio, era passata in punta di piedi davanti alla stanza di Ezra dall'altro lato della casa, attraverso la sala da pranzo fino alla camera padronale. La babysitter le aveva lanciato un'occhiata complice mentre raccoglieva la sua borsa.

Reid era rimasto sulla porta della camera da letto, tenendola aperta per lei. Si era tolta la maglietta prima ancora di entrare nella stanza. E tutto il resto, le sue mani sulla schiena, il modo in cui l'aveva baciata, il modo in cui i loro corpi si erano uniti così perfettamente, così completamente che aveva sentito il vuoto nel suo cuore finalmente riempirsi come se lui avesse creato un ponte su un fiume di dolore...

Non voleva considerare cosa significasse. Come quando finalmente si era addormentata tra le sue braccia, si era sentita completa per la prima volta in più di un anno... quasi due.

Maggie sbatté le palpebre e si girò, allontanandosi dal sole accecante, verso Reid. Era appena l'alba, ma l'angolazione della finestra era perfetta, o perfettamente sbagliata, a seconda di come la si guardava. La luce non sembrava disturbare Reid, che ora era il suo... collega con benefici? Amante notturno? I suoi occhi erano ancora chiusi, i capelli castani arruffati sul cuscino. Una spalla muscolosa sporgeva sopra le lenzuola, messa in risalto da un brillante tatuaggio di un cardinale; una strana opera d'arte per un detective. Non l'aveva notato la notte scorsa, anche se ne aveva visto uno molto più grande sulla sua schiena, da scapola a scapola: Medusa, serpenti che si contorcevano lungo la sua spina dorsale, una vipera che affondava i suoi profondi canini nella sua costola superiore.

Un uomo dai molti segreti, questo Reid. Ma a differenza di quelli che Alex le aveva tenuto nascosti, di quelli che Kevin le aveva tenuto nascosti, nessuno dei segreti di Reid sembrava pericoloso. Se Kevin avesse avuto un tatuaggio segreto, non le sarebbe importato. Avrebbe potuto sopportare l'inganno se Alex avesse semplicemente nascosto un cuore artisticamente asimmetrico.

Reid borbottò e il suo cardinale si tese per poi rilassarsi. Il suo stomaco si contrasse. *Cosa ho fatto?* Niente di terribile, purché riuscissero a impedire che influenzasse il loro rapporto professionale. Anche se lavoravano insieme, non era una cosa da terapeuta-paziente. Non andava contro nessun codice etico che conoscesse, solo il vecchio detto "non cacare dove mangi" e...

Non era stata una cagata. Fissò la curva del suo labbro inferiore carnoso, la mascella squadrata così pacifica nel sonno. La carne delle sue cosce formicolava dove la sua bocca era stata solo poche ore prima. No, non era stata affatto una cagata.

Ma non voleva ferirlo. Lei e Kevin si erano lasciati una volta per quasi due mesi - e ne aveva approfittato appieno - ma non aveva più pensato a quegli uomini una volta che avevano lasciato la sua camera da letto. Non era mai stata con nessun altro a cui tenesse. E la sua unica vera relazione... lui potrebbe aver ucciso suo fratello, o almeno averlo aiutato.

Il tradimento ribolliva nelle sue viscere, caldo e tagliente, una pancia piena di aghi ardenti. Deglutì a fatica. Mentre questa potrebbe finire per essere una cosa meravigliosa con Reid, era anche una complicazione in più. Aveva ancora un fratello da seppellire. Avevano ancora un assassino da catturare, e-

Creeeak!

Si voltò verso la porta. Chiusa e serrata, aveva visto Reid assicurarla la notte scorsa. Ma non erano soli in casa.

Oh no. Ezra. Apparentemente un orgasmo - va bene, tre - rendeva una donna smemorata. Avrebbe dovuto andarsene prima che il ragazzo si dirigesse in cucina per la colazione. Aveva finalmente iniziato a fare progressi in terapia, e lei aveva appena dormito con il suo padre affidatario. E avere una relazione sessuale con un familiare di un cliente attuale... *Quello* era complicato. Smemorata davvero.

Chiuse gli occhi. *Dannazione*. Forse avrebbe chiesto a Owen di occuparsi del ragazzo. Ezra si sarebbe sentito tradito? Abbandonato? Sì, questa era stata una cattiva idea. Una pessima idea.

Eppure...

Guardò Reid, il suo ampio petto, la dolce curva del suo

bicipite muscoloso. La punta della sua lingua, appena visibile tra i denti. La sua pancia si riscaldò. Gli orgasmi possono farti dimenticare le complicazioni, ma creano certamente deliziose memorie muscolari e ti danno una forte voglia di ripetere il processo. Gli uomini che si lamentano di non fare abbastanza sesso non hanno ancora scoperto quel piccolo segreto: soddisfa una donna nel modo giusto, e tornerà per averne di più.

Maggie si morse il labbro. Mentre una replica sarebbe stato un modo fantastico di svegliarsi, non c'era modo che potesse uscire di casa prima che il bambino la vedesse. E non era così che voleva che lo scoprisse. Sarebbe finita male, e molto rapidamente.

Maggie scivolò fuori dal letto, l'aria fredda che le baciava la carne nuda in tutti i punti in cui Reid l'aveva baciata la notte scorsa.

Trovò i suoi pantaloni vicino ai piedi del letto, la maglietta sulla sedia nell'angolo. Le mutandine sulla lampada. Calzini, calzini... niente calzini. Aspetta, un calzino, incastrato nelle maniglie dei cassetti del comò. Maggie si mise il regalo di compleanno sotto il braccio.

Prese le scarpe dallo stipite accanto alla porta e camminò in punta di piedi attraverso la sala da pranzo verso l'uscita. Pareti semplici e sobrie, ma ovunque guardasse c'era un altro dipinto dai colori vivaci, ognuno più vibrante dell'altro. Maggie sbloccò il chiavistello e scivolò sul portico, poi richiuse delicatamente la porta dietro di sé.

Il sole era accecante. Strizzò gli occhi contro la luce, infilò i piedi nelle scarpe, uno senza calzino, l'altro no. Poi Maggie estrasse il telefono dalla tasca e si incamminò lungo la strada. Non ci sarebbe voluto molto per ordinare un'auto, e a dire il vero, aveva bisogno di aria fresca. Aveva bisogno di pensare. Questa montagna russa emotiva sarebbe stata complicata, ma sarebbe stata una complicazione buona o cattiva? Almeno sembrava stesse anestetizzando l'epico vuoto che era esploso nel suo petto quando aveva visto il cadavere di Aiden.

Le sue scarpe facevano un rumore secco mentre percorreva il vialetto. Gli uccelli cinguettavano dagli alberi vicini. Ma mentre metteva piede sul marciapiede, i peli sulla sua schiena si rizzarono così violentemente da essere quasi dolorosi. *Non sono sola.*

Si girò lentamente, i muscoli tesi, il pugno chiuso, ma non c'era nessuno sul marciapiede dietro di lei. Le auto parcheggiate sulla strada sembravano vuote. La casa di Reid era ancora buia, i cespugli su entrambi i lati del portico luccicavano di rugiada mattutina, le finestre riflettevano il sole. Ma...

Maggie socchiuse gli occhi. Nella finestra più lontana, le tende si mossero. E mentre i suoi occhi si adattavano, una forma prese forma. Piccole spalle. Una piccola testa. Il viso di un bambino. Ezra era in piedi proprio dietro il vetro, mezzo nascosto dalle tende trasparenti. L'aveva vista, sicuramente.

Il suo telefono vibrò. Era Reid? Avrebbe dovuto lasciare un biglietto. Diede un'occhiata al cellulare: due messaggi. Owen - non sarebbe stato in ufficio quella mattina, doveva incontrare il suo avvocato. Di nuovo. Il secondo era di Tristan, ma la sua pelle bruciava sotto l'intensità dello sguardo di Ezra. *Una cosa alla volta.*

Riportò l'attenzione sulla finestra e alzò una mano - *Dovrei salutare, giusto? O dovrei far finta di essere appena arrivata?* Ma il ragazzo continuava a fissarla, con la bocca serrata in una smorfia di agitazione. Maggie abbassò lentamente il braccio mentre Ezra svaniva nell'oscurità della sua stanza.

Merda.

Il suo telefono vibrò di nuovo. E mentre si affrettava lungo la strada, finalmente lesse il secondo messaggio:

«Sai perché tua madre ha confessato l'omicidio di Aiden?»

CAPITOLO 19

Tristan non rispose al telefono quando lei chiamò, né rispose la seconda volta. O la quarta. Quando scese dal Lyft a casa, il suo cuore svolazzava come un uccello sotto metanfetamine contro la sua gabbia toracica, e il suo dito era dolorante per aver sbattuto il pulsante *Fine chiamata*.

Che razza di stronzo manderebbe un messaggio del genere senza dare una spiegazione? Aveva trovato sua madre? Mamma era in prigione? Aveva davvero confessato di aver ucciso Aiden? Non poteva essere vero. Reid rispose al primo squillo, ma non aveva idea di cosa stesse parlando; disse che l'avrebbe chiamata una volta arrivato al distretto, dopo aver capito cosa stava succedendo.

Nessuno dei due menzionò la notte precedente.

I suoi capelli erano ancora bagnati quando entrò nel parcheggio dell'ufficio, ciocche rossastre che si attaccavano al blazer. Oggi era più freddo rispetto all'inizio della settimana, un respiro ansimante di gelo che infondeva le nuvole con fili di grigio amaro. Pioggia più tardi, nonostante il modo brillante in cui era iniziata la mattina. E sebbene la sua pelle fosse umida lungo le scapole, sebbene sentisse la pelle d'oca salire lungo la schiena, poteva a malapena sentire il formicolio che di solito l'accompagnava. Ovunque i suoi capelli toccassero, ogni punto delicato in cui la sua camicetta viola si muoveva, sentiva le dita di Reid. Sentiva il suo respiro contro la nuca.

Ma era la voce di Tristan che sentiva nella sua testa: *Sai perché tua madre ha confessato l'omicidio di Aiden?*

No. Non riusciva a capire quella frase, poteva a malapena comprenderne il significato. Forse Birman aveva dato a Tristan informazioni false solo per farla andare lì o per confonderla, per vedere se avrebbe chiamato sua madre scomparsa in modo da poterla rintracciare. Quest'ultima ipotesi aveva più senso di qualsiasi altra cosa. E andare al distretto non le avrebbe dato informazioni più velocemente di quanto Reid potesse acquisirle.

Maggie salì le scale fino al terzo piano, ascoltando il metronomo dei suoi passi con gli stivali contro i gradini metallici. Sammy... doveva chiamare Sammy. Aveva intenzione di chiamare la notte scorsa dopo essere tornata dall'interrogatorio, dopo aver scoperto di Alex, di Kevin, ma poi era successo Reid. *Tre volte*. E il povero Owen non sapeva ancora di Aiden, occupato a gestire il dramma del suo divorzio.

Sospirò. Così tante persone da chiamare, pazienti da vedere, preparativi per il funerale da fare, e forse domani, un omicidio da risolvere. Come poteva risolvere l'omicidio di suo fratello essere l'ultimo della lista? *Ah-ah, mondo, ben giocato.*

Maggie infilò la chiave nella serratura, aspettandosi quasi che la porta si aprisse cigolando come quella di casa sua la notte precedente. Ma era sicura. Si occupò di accendere le luci e sbloccare le porte e scaldare l'acqua per il tè, forzandosi a respirare. Aveva passato abbastanza tempo chiusa in celle con assassini per sapere che la tensione tendeva ad acuire la sua concentrazione. Quando si sedette sulla sedia dietro la sua scrivania, aveva già scartato la "confessione" di sua madre. Se sua madre fosse stata in custodia, Reid l'avrebbe chiamata. Diamine, sua madre avrebbe contattato personalmente Reid prima di confessare a qualcun altro. Ma ciò non impediva al suo stomaco di ribollire, caldo e oleoso e malato. Non impediva alla morte di infiltrarsi nei suoi pensieri.

Il suo primo cliente era un giovane con sei piercing in un sopracciglio e altri tre sul labbro. Ansia, depressione e una storia di trauma sessuale. La sessione focalizzò la sua attenzione, ma le ricordò anche che Aiden potrebbe essere stato abusato in più modi di quanto sapessero. Se l'assassino gli aveva fatto questo... si sperava fosse morto prima.

La sua seconda sessione era con un detenuto in libertà vigilata, omicidio colposo con veicolo. Mentre lui dettagliava il suo senso di colpa, il suo orrore per ciò che aveva fatto, lei sentiva Kevin nelle notti in cui ricadeva: *Le cose sembrano troppo pesanti*. E quell'ultima notte, la notte in cui le aveva fatto la proposta... forse quella era la sua ultima richiesta di assoluzione, di perdono.

E lei aveva detto di no.

Era questo che era stata per tutti quegli anni? Renderla felice era l'espiazione per la sua parte nell'omicidio di suo fratello?

La sua ultima sessione era un nuovo ingresso. Signor Melon? Si diresse verso la sala d'attesa e girò l'angolo per trovare un uomo con una maglietta nera e una giacca di pelle. Non un nuovo paziente. Non era entusiasta di vedere Malone, ma meglio lui che Nick Birman, la cui intera personalità era l'incarnazione del termine "sudore del culo".

«Non doveva prendere un appuntamento» disse, facendogli cenno di entrare nel suo ufficio, ma le sue parole uscirono strozzate. Era qui per sua madre, vero? Il messaggio di Tristan che sua madre aveva confessato l'omicidio di Aiden non poteva essere una coincidenza. Tristan non l'aveva ancora richiamata, quello stronzo - se voleva essere opprimente, ora sarebbe stato il momento. Ma se riguardava sua madre...

Reid avrebbe dovuto chiamare.

Attese che lui si sistemasse sulla sedia, poi si abbassò con le dita intrecciate sulla scrivania. Studiandolo. I suoi occhi erano abbassati come se fingesse senso di colpa, ma le sue spalle erano rigide come sempre, la sua bocca fissata in una linea determinata. Qualcosa non andava decisamente, ma non riusciva a chiedergli cosa. Almeno oggi non odorava di senape e melassa. Forse zucchero di canna. Sciroppo d'acero.

Quando Maggie rimase in silenzio, lui si schiarì la gola e disse: «Avevo solo alcune domande di follow-up».

Aggrottò le sopracciglia. Domande di follow-up? *Smettila di giocare e dimmi cosa è successo con mia madre!* Ma voleva che lui conducesse; voleva sentire l'intonazione per capire quale fosse il loro obiettivo.

Estrasse il cellulare dalla tasca e girò lo schermo verso di lei. «Quest'uomo le sembra familiare?»

Un uomo, non sua madre? Forse Birman non aveva coinvolto il suo partner nel suo piccolo gioco della "confessione della mamma". Le sue spalle si rilassarono, ma quel sollievo svanì quando guardò attentamente il telefono. Prima che il suo cervello avesse elaborato il volto, le sue costole si strinsero, il cuore le saltò in gola, e la cicatrice sulla testa esplose in pugnalate come coltelli. Non avrebbe potuto ricostruire il suo viso dalla memoria, non ricordava i suoi capelli color sabbia, ma le reazioni fisiche potevano essere rivelatrici quanto le parole. Si era sbagliata sui suoi occhi, però - pensava fossero completamente verdi, ma erano verde nocciola nella foto. Abbastanza vicino.

«Dylan, il fratello di Alex?» Il migliore amico di Kevin. Malone annuì. Per lui chiedere di Dylan, forse sapevano già che era venuto dietro a Maggie stessa. Se non lo sapevano, era ben oltre il tempo di confessare. Stava cercando di mettere insieme un profilo dell'assassino, tracciando le ultime ore di Aiden, e qualsiasi cosa lei sapesse poteva aiutare.

Il suo cuore era ancora bloccato in gola, ma prese un respiro e forzò fuori: «Se non l'avete già capito, il fratello di Alex ha attaccato anche me. Il giorno in cui Aiden è scomparso. Nessuna violenza sessuale, ma mi ha morso la testa, probabilmente mi avrebbe uccisa se non l'avessi pugnalato». Era fuori - era finalmente fuori allo scoperto. Se Birman voleva darle merda per il suo io tredicenne pugnalatore, così sia.

Le sopracciglia di Malone raggiunsero l'attaccatura dei capelli. «Lo sospettavamo, ma... avremo bisogno di una dichiarazione ufficiale. Può venire in centrale-»

«Lo scriverò e glielo invierò».

Malone tirò su col naso, valutandola, poi annuì e riportò il telefono sulle ginocchia. «Abbiamo un consulente che sta cercando Dylan, ma è scappato dal collegio ed è sparito dai radar prima che tuo fratello scomparisse. Non abbiamo idea di come si procurasse i soldi, ma la mia ipotesi è che abbia usato un vecchio trucco, e piuttosto rudimentale: ha rubato l'identità di una persona morta».

«Anche Tristan sta indagando su questo?»

I suoi occhi si strinsero come se non si aspettasse che lei conoscesse i nomi degli altri consulenti. Ma Malone si riprese rapidamente. «Sì, lo sta facendo. Sta setacciando i database o qualsiasi cosa faccia. Ma tua madre... apparentemente, ha contattato il detective Birman e ha confessato l'omicidio di tuo fratello».

Il suo petto si infiammò - *ecco qua. Pensavo che i canadesi fossero migliori di così*. Maggie incrociò le braccia. «Non c'è modo che mia madre abbia fatto del male ad Aiden».

«Sappiamo che non l'ha fatto. Tua madre era qui a Fernborn quando tuo fratello era a Yarrow con l'assassino. Ma tua madre non confesserebbe senza motivo».

«Lei *non ha* confessato. Birman ce l'ha con me da quando ero bambina. Sta mentendo».

«O forse è lei a mentire. Ho visto il messaggio».

Le braccia le caddero insieme alla mascella. Piantò i palmi sulla scrivania come per tenersi in piedi sotto il peso della pura assurdità. «Prima di tutto... ha confessato via *messaggio*? Chiunque avrebbe potuto inviare quel messaggio. E nell'ipotesi ridicolmente improbabile che l'abbia inviato lei, perché dovrebbe confessare qualcosa che ovviamente non ha fatto?»

«Se riuscissimo a trovarla, glielo chiederemmo». Il suo tono era basso, pericoloso.

Le parole rimasero sospese nell'aria. Lo sapevano. Sapevano che sua madre era sparita. Pensavano che Maggie avrebbe detto loro dov'era? Pensavano che lei lo sapesse?

Gli occhi di Malone scrutavano nei suoi. «La stiamo cercando, tracciando le sue carte, gli ultimi contatti conosciuti, parlando con suo marito, il solito. Ma a partire da ieri sera, nessuno ha idea di dove sia andata. Sembra che abbia disabilitato il suo localizzatore. Per caso è un genio dei dispositivi elettronici?»

Quasi rise. «No».

«Ci sono molte cose qui che non tornano, dottoressa». Il suo sguardo non vacillò. «E potrei usare il Suo aiuto, se per Lei va bene».

La sua eccessiva cavalleria le stava mettendo a dura prova i nervi. «Se per me va bene? Posso dire di no?»

Lui sbatté le palpebre, poi abbassò lo sguardo nuovamente sullo schermo del telefono. «Abbiamo trovato un indumento con il corpo, avvolto intorno a lui come un sudario», disse, sfogliando le sue foto.

Un sudario - un sudario funebre. Lo stomaco le si rivoltò. Le sue mani lasciarono impronte appiccicose sul legno.

«Sarebbe utile sapere se ha notato questo oggetto nell'armadietto di Kevin, o se Dylan lo indossava. Era di diverse taglie più grande per tuo fratello, quindi non crediamo gli appartenesse».

No, probabilmente no. Avvolgere un corpo era una dimostrazione di colpa, che si adatterebbe al suo profilo se Kevin fosse coinvolto. «Gli assassini che avvolgono le loro vittime dopo la morte spesso lo fanno come segno di rimorso. La polvere di isolante era sotto la giacca o sopra?»

Si fermò nello scorrere, il dito congelato sul cellulare, e alzò il viso verso di lei. *Sì, Reid me l'ha detto, superalo.* «La polvere era all'esterno, ma c'erano solo tracce; potrebbe essersi trasferita dai vestiti dell'assassino quando l'hanno spostato nel bosco».

«Beh, questo non aiuta molto, vero?»

Malone deve aver colto lo sguardo penetrante nei suoi occhi, perché disse: «Posso chiederLe di assecondarmi? Ci sono volute ore ai tecnici per ricostruirlo con lo sporco e la decomposizione, e devo giustificare la spesa». Le porse il telefono, lo schermo lucido che rifletteva la luce del sole dalla finestra alle sue spalle. Si sporse di nuovo in avanti, strizzando gli occhi contro il riflesso. Una felpa verde con cappuccio a cordoncino, le maniche larghe senza elastico ai polsi. Vuota tranne che per un unico emblema nell'angolo sinistro del petto, un uccello dorato con le punte delle ali bianche.

«La riconosce?»

La sua voce svanì nelle sue orecchie. I rumori della stanza, il sibilo appena percettibile dell'aria condizionata, le auto sulla strada fuori, persino il leggero pulsare del suo stesso cuore, tutto scomparso. La bocca di Maggie era così secca che i suoi respiri fischiavano dolorosamente sulla lingua.

Non era la maglietta di Kevin. Non era appartenuta ad Aiden. Né Dylan la indossava.

Ma sapeva di chi era il lavoro che aveva un logo del genere. Sapeva esattamente di chi era quella maglietta. Ed era qualcuno che non avrebbe mai immaginato, l'ultima persona in assoluto che voleva credere.

Non è possibile. No. Ma ne era sicura. Aveva visto quella felpa centinaia di volte.

Non riusciva a respirare. Maledizione, non riusciva a *respirare.*

Il telefono di Malone vibrò - il nome di Birman sullo schermo. Il detective lo ritrasse prima che lei potesse leggere il messaggio, ma Malone stesso lo lesse rapidamente. «C'è dell'altro», disse, strizzando gli occhi sul messaggio. «Un nuovo sviluppo».

Lei attese, cercando di forzare i polmoni a funzionare, cercando di tenere a bada le vertigini, ma il detective sembrava avere uguale difficoltà a tirare fuori le parole. I suoi occhi sembravano... tristi. Una tristezza da bulldog, da carlino, e quella era davvero molto triste. «Non ho ancora i dettagli, ma può rendersi disponibile per venire in centrale questa sera?»

Rispondigli, Maggie. «Posso», gracchiò. «Qual è il problema?» *O più precisamente, cosa ha detto quel bugiardo di Birman che fosse il problema?*

«Odio essere quello che-»

«Per l'amor del cielo», sbottò.

Malone deglutì a fatica. «Hanno trovato un altro corpo pochi minuti fa. Una donna anziana».

L'aria svanì di nuovo. Il petto di Maggie si strinse. I suoi occhi bruciavano.

Birman poteva mentire su molte cose, ma non avrebbe mentito su questo. La scoperta di un corpo era facilmente e rapidamente verificabile. E c'era solo una ragione per cui avrebbero avuto bisogno di lei lì.

Avevano trovato sua madre.

CAPITOLO 20

Le pareti del suo ufficio sembravano più vicine dopo la visita del detective, l'aria carica di una pressione pungente. Il sole attraverso le finestre era troppo luminoso.

«È mia madre?» aveva chiesto a Malone con voce tremante, tempestandolo di domande per quindici minuti, ma lui non aveva risposte. Sì, avevano trovato un corpo, sì, lo stavano portando all'obitorio, sì, più tardi, forse avrebbe dovuto andare a vedere. Poteva essere sua madre, poteva non esserlo, e non potevano verificare nulla finché non l'avessero tirata fuori dalla terra. Malone non sapeva nemmeno dove avessero trovato il cadavere, quindi non poteva andare sulla scena del crimine. Tutto ciò che Malone sapeva, tutto ciò che Birman aveva detto, era che avevano «trovato un corpo, donna anziana». Le aveva mostrato il messaggio la quinta volta che glielo aveva chiesto, aveva chiamato anche Birman, ma l'uomo non aveva risposto, presumibilmente occupato con il corpo stesso. Il che lasciava Maggie sola con i suoi pensieri.

È morta? Non può essere morta. Era solo scappata via, era con il suo ragazzo, stava *bene*.

Sua madre morta, anche solo la possibilità, era un colpo troppo grande da elaborare. Maggie lo sentiva solo ai margini della sua consapevolezza come una nebbia che striscia giù da una montagna. L'avrebbe colpita alla fine, ma ora... *Non sai ancora nulla, semplicemente non ci pensare. Concediti un altro giorno in cui potrebbe essere ancora viva, come hai cercato di fare per Sam e Alex.*

Certo, perché era proprio così facile. Una parte del suo cervello le diceva di non pensare a un orso polare, e sua madre era un orso polare, e tutto ciò che riusciva a vedere era un maledetto orso polare morto. Anche Sammy era un orso, il suo migliore amico che in qualche modo era coinvolto nella morte di suo fratello. Era difficile da digerire, e non in un modo strano da cannibale, anche se non era sicura che questo modo fosse peggiore.

Maggie premette il pulsante di richiamata - ignorando tre chiamate perse da Alex - e ascoltò lo squillo. La segreteria telefonica di Sammy rispose, un messaggio robotico che le diceva che non era disponibile. Di nuovo. Nemmeno uno squillo sulla linea di Tristan - direttamente alla segreteria, come era stato tutto il maledetto giorno da quando l'aveva colpita con la confessione di sua madre e l'aveva immediatamente ghostata. Anche il numero di Reid andava alla segreteria, probabilmente perché stava gestendo le conseguenze di questo nuovo corpo. Invece di essere all'esterno, Reid probabilmente veniva coinvolto nel secondo omicidio.

Nell'omicidio di sua madre... forse. Ma sua madre morta non aveva *senso*.

Capiva il gettare sospetti su sua madre con una confessione assolutamente folle via messaggio. Chi meglio da incolpare per un crimine se non qualcuno già sospetto, già dalla parte sbagliata della legge? Quando era scomparsa l'altro giorno, tutti quelli che la conoscevano avevano supposto che fosse scappata per evitare l'arresto - per vivere libera su qualche isola come aveva voluto fare per mesi. Inviare quel messaggio era stata la ciliegina sulla torta, solo un'altra accusa per una donna già condannata.

Ma la morte di sua madre per omicidio - se questo nuovo corpo era, in effetti, un omicidio o sua madre - gettava i sospetti altrove. Era stupido ucciderla. E se sua madre fosse morta, davvero morta, Reid l'avrebbe saputo - Reid l'avrebbe chiamata. Birman la stava prendendo in giro.

Sì, questo, o tua madre è morta, Maggie. Non volerlo non lo rende falso.

Né ignorare quella felpa.

Con ogni respiro forzato nei suoi polmoni troppo piccoli arrivava la brutale realtà che Aiden avrebbe potuto prendere in prestito la maglietta, avrebbe potuto trovarla nel corridoio della scuola, ma non era così semplice. Le parole di Sammy risuonavano in loop nel suo cervello: *Nemmeno i suoi vestiti, come una felpa per preservare la sua... modestia?* Poteva sentire la sua voce chiaramente come se fosse nella stanza con lei.

Sammy *sapeva*. Sapeva che avrebbero trovato la felpa con il cadavere di Aiden.

Ma non poteva credere che Sam avesse ucciso suo fratello. Non l'avrebbe fatto. Qualcuno lo stava incastrando? Si sentiva come se stesse cercando di giocare a Solitario con mezzo mazzo - chi diavolo aveva il resto delle carte?

Maggie strappò il telefono dall'orecchio e cercò il numero di Imani. La suoneria era la stessa di Sammy, ma il messaggio della segreteria era il chiaro contralto di Imani:

«Ehi! Hai raggiunto Imani. Lascia un messaggio, o mandami un messaggio se ti aspetti una risposta».

La sua voce amichevole tirò solo i peli pungenti lungo la spina dorsale di Maggie in rigide spine d'ansia. Imani potrebbe essere in tribunale - potrebbe essere occupata con i bambini. Ma che sia lei che Sammy fossero indisponibili, che il logo su quella felpa fosse stato così dannatamente chiaro...

Maggie attese il bip, le nocche doloranti intorno al cellulare. «Ehi, Imani, ho davvero bisogno di parlare con te. O con Sammy. Per favore chiamami».

Riattaccò, inviò un messaggio di testo che diceva quasi esattamente la stessa cosa, poi gettò il cellulare sulla sua scrivania. Le sue mani tremavano. Erano passati solo venti minuti da quando aveva iniziato a chiamare in giro, ma sembrava un'eternità.

Maggie passò bruscamente le dita tra i capelli. Non aveva altre sessioni programmate per oggi, ma il pensiero di lasciare l'ufficio faceva aprire di nuovo quel baratro nel suo petto - caldo e vuoto e pieno di denti. Reid potrebbe averle fatto dimenticare brevemente quel dolore, ma ora si stava accumulando, ogni nuovo pezzo di informazione tirava i bordi frastagliati ancora più lontano. Suo fratello morto. Sua madre, forse morta. Dovrebbe andare alla stazione? Ma se non sapevano che era la maglietta di Sammy, potrebbe essere messa all'angolo, le farebbero più domande. Voleva parlare con lui prima di finire lei stessa in un interrogatorio, e non uno del tipo "mi dispiace chiedertelo" di Malone. Il tipo da pagliaccio della palude di Birman.

Afferrò il telefono e provò di nuovo il numero di Sammy. Questa volta, non rispose il solito messaggio della segreteria, ma un altro: «Ci dispiace, la casella vocale che stai cercando di raggiungere è piena».

Diede un'occhiata all'orologio. Quasi le due. Trenta minuti da quando il detective se n'era andato, trent'anni nella sua testa.

Come doveva decidere cosa fare dopo? I suoi pensieri erano un pasticcio incomprensibile. La maglietta di Sammy era avvolta intorno al corpo morto di suo fratello. Alex le aveva mentito. Aveva dormito con il suo amico detective, l'unica persona di cui si fidava che era abbastanza distaccata da offrire prospettiva, e anche lui non rispondeva al cellulare. Suo padre stava morendo, sebbene lentamente, aveva un funerale da pianificare, non aveva nemmeno detto al suo socio in affari del cadavere di Aiden, non era nemmeno sicura che sua madre sapesse di Aiden, e Tristan continuava a farle regali oscenamente costosi, ignorava le sue chiamate ore dopo aver scritto: *Sai perché tua madre ha confessato l'omicidio di Aiden?* Stava perdendo la testa.

Il telefono vibrò, e lei lo afferrò goffamente dalla scrivania. Alex. Di nuovo. Silenziò la chiamata. Era troppo.

Era solo questione di tempo prima che la polizia rintracciasse quel logo - apparteneva all'azienda di graphic design fondata dal padre di Sammy. L'aveva venduta quando era andato in pensione, ma avrebbero scoperto, e rapidamente, di chi fosse il figlio che la indossava. Tristan avrebbe dovuto essere in grado di rintracciare il logo in pochi minuti.

In effetti... era strano che non avessero rintracciato il logo per prima cosa. D'altra parte, forse l'avevano fatto.

Merda. Ovviamente l'avevano ricondotto al padre di Sammy.

Maggie si appoggiò allo schienale della sedia. Molto probabilmente, sapevano a chi appartenesse il logo prima che Malone venisse a trovarla. Voleva solo vedere se lei gli avrebbe mentito al riguardo. E... sua madre aveva confessato. Che la confessione fosse vera o meno, nella testa di

Malone, nella mente di Birman, sua madre avrebbe certamente confessato per proteggerla. Mamma avrebbe mentito anche per proteggere Sammy - era stato come un figlio per lei, soprattutto dopo la scomparsa di Aiden.

Malone era venuto qui perché pensavano che lei fosse coinvolta - in qualche modo - anche se il suo unico crimine fosse stato proteggere qualcuno a cui teneva. Era caduta dritto nella trappola che Malone le aveva teso con la sua faccia triste da carlino.

Quanto tempo aveva prima che la prelevassero? Quanto tempo aveva Sammy? Se fosse stata dell'umore di fare scommesse, avrebbe puntato sul fatto che Malone si stesse dirigendo a prendere Sammy per un interrogatorio appena uscito da lì. O che Birman stesse prendendo Sam in custodia mentre Malone parlava con lei, in modo che lei e Sam non avessero la possibilità di parlare tra loro. È quello che avrebbe fatto Reid. Diavolo, lo avrebbe suggerito lei stessa.

Il pupazzo a testa oscillante sulla sua scrivania annuiva - Bert. Un regalo di Kevin. L'aveva fissata per tutta la mattina e lei non se n'era nemmeno accorta.

Una fitta dolorosa le sbocciò nelle viscere. Spazzò Bert nel cassetto e lo chiuse con un colpo secco.

Il suo telefono vibrò di nuovo. Questa volta non era Alex. Nemmeno Sammy. *Imani*.

Portò il telefono all'orecchio con tanta forza che le fece male alla tempia.

«Maggie». La parola esplose dal telefono. «Hanno portato Sam alla stazione. Pensano...» Un brusco inspirare. «Beh, io penso...»

Maggie attese che continuasse, e quando non lo fece, afferrò le chiavi. Aveva avuto ragione - Birman era diretto da Sammy quando Malone era con lei. E comunque doveva andare al commissariato. Che razza di mostro non si presenterebbe se pensasse che la propria madre potrebbe essere morta? Poteva essere una trappola... ma non lo credeva. E se avesse dovuto identificare i resti di sua madre, avrebbe preferito farlo con Imani al suo fianco.

«L'hanno preso dal suo ufficio?»

«No, oggi si è dato malato. Ma non credo fosse malato - non era a casa». La sua voce si spezzò sull'ultima parola, e quel piccolo singhiozzo disse a Maggie più di quanto volesse sapere.

Sammy non si era mai dato malato al lavoro. Aveva evitato l'ufficio per un motivo. L'aveva fatto perché sapeva che sarebbero venuti a prenderlo, nello stesso modo in cui sapeva che la sua felpa era stata avvolta intorno al cadavere di Aiden.

CAPITOLO 21

La stazione sembrava diversa quando era sulla difensiva. Sebbene Maggie non fosse sotto sospetto, il fatto che Malone fosse andato nel suo ufficio per cercare di incastrarla, per impedirle di parlare con Sammy, la faceva sentire come se stesse entrando in un nido di vespe dove ogni insetto pungente teneva in mano un manifesto "ricercato" con la sua faccia sopra.

Imani la incontrò nell'atrio, con le spalle rigide e le labbra serrate. La seta chartreuse della sua camicetta non aveva una piega, né la sua gonna, ma il viso di Imani era una maschera di panico a malapena contenuto. Stava lottando per mantenere la calma nello stesso modo in cui lo stava facendo Maggie.

Chiedi di Sammy, non di tua madre. Non pensare agli orsi polari o alle madri o ai cadaveri. Dai a te stessa altri dieci minuti.

«Lo sta interrogando il detective Birman?» riuscì a dire Maggie.

«Interrogando, ufficialmente. Ma non è Birman. Qualche canadese». Avvolse le braccia attorno a Maggie e la strinse forte. Tremando. Profumava di limoni, deodorante e il pungente muschio della paura. «Non mi piace», disse nei capelli di Maggie.

«Neanche a me». Ma Malone era con lei quando Sammy era stato prelevato. Se non Birman, chi aveva portato dentro Sam? In ogni caso, il fatto che lo stessero "interrogando ufficialmente" significava che avevano identificato la felpa. Non si porta un avvocato in un interrogatorio a meno che non si possa costringerlo a rispondere, a meno che non si abbiano prove.

«Dove sono i bambini?» chiese Maggie.

«Andranno dai vicini dopo la scuola».

«Bene». Kendra e Justin sarebbero stati meglio con gli amici piuttosto che seduti in casa preoccupati per il loro papà.

Pensa a Sammy, Mags, ai suoi figli, qualsiasi cosa pur di evitare di pensare all'orso polare. Brava. Ma aspetta... tua madre potrebbe essere morta. Lo stomaco di Maggie si contorse.

Imani la lasciò andare. «Non so cosa fare», sospirò. «Sammy ha rifiutato un avvocato. E non riesco a immaginare che Sam possa aver fatto del male a tuo fratello, proprio non ci riesco. Ma da quando hanno trovato il corpo di Aiden, si sta comportando... in modo strano. È per questo? Perché pensava che l'avrebbero ritenuto coinvolto?»

Sembrava che Imani ne sapesse meno di lei. «Vorrei poter rispondere. Tutto quello che so per certo è che hanno prove che lo collegano al crimine». Quando gli occhi di Imani si allargarono, continuò: «Ma anche se fosse vero il peggio, non possono sbatterlo in prigione per qualcosa che ha fatto a tredici anni. I tuoi figli non perderanno il padre». *Come mi sento a riguardo?* Voleva che andasse in prigione? I tredicenni commettevano errori stupidi, ma questo era troppo grande per essere considerato un errore di giudizio infantile. Voleva che chiunque avesse ucciso

Aiden fosse punito, duramente. Ma credeva che Sammy fosse un assassino? No, eppure... la maglietta.

Non riusciva a pensare, dannazione, non riusciva a *pensare*.

Gli occhi di Imani si indurirono come schegge di ossidiana. L'aria nel corridoio luminoso scese di dieci gradi. Odorava di ferro. Di sangue. «Non l'ha fatto lui, Maggie. Non avrebbe potuto».

Maggie deglutì a fatica. Sperava che Imani avesse ragione, che ci fosse un'altra spiegazione. Ma quella speranza non *sembrava* giusta. Niente sembrava più giusto. *Niente*.

Non pensare all'orso polare. Non pensare a tua madre. Sbatté le palpebre guardando il corridoio: luci brillanti, scrivanie nell'open space, un agente indaffarato, un detective in giacca e cravatta con una cartella. *Non pensare*.

Imani la stava ancora osservando, in attesa, con la testa inclinata, ma i pensieri di Maggie erano aggrovigliati, puro caos. Cosa avrebbe dovuto dirle?

«Maggie, cosa-»

«Hanno trovato il corpo di Aiden due giorni fa»-*orso polare*-«e mi sembra di non aver avuto un solo momento»-*Mamma, no, non mia madre*-«per respirare, figuriamoci per pensare». *Morta, mia madre è morta*. La sua voce tremava; anche le sue dita tremavano, la sua pelle era calda, la pressione di una diga sul punto di rompersi. E quando Imani le afferrò la mano, le parole che aveva evitato esplosero da lei in un impeto. «Malone mi ha detto che hanno trovato un corpo. Potrebbe essere mia madre». I suoi occhi bruciavano, e questa volta sbatté le palpebre e sentì un calore umido scivolare sulle guance.

La mascella di Imani cadde. «Oh, Maggie». Si avvicinò e la strinse di nuovo tra le braccia, molto come aveva fatto Sammy l'altra sera. Come erano diventati così bravi con gli abbracci? «Ci deve essere qualcuno a cui possiamo chiedere, vero? Per sapere con certezza? Forse...» Si tirò un po' indietro, annuì, e Maggie si girò per seguire il suo sguardo.

Reid. L'uomo con cui aveva passato la notte stava avanzando lungo il corridoio, ignaro di un agente che saltò indietro per evitare di essere travolto. Sembrava esausto, con le borse sotto gli occhi livide e gonfie. Ma aveva dormito la notte scorsa: lei l'aveva osservato.

Reid si fermò davanti a loro, lo sguardo fisso su di lei, e prima che potesse dire una parola su sua madre, lui sputò fuori: «Lo sapevi?»

Aggrottò la fronte. Di sua madre? No, questo non lo avrebbe fatto arrabbiare, e le sue labbra erano serrate in una linea esangue. Stava chiedendo... della felpa.

La felpa. Di cui chiaramente era a conoscenza. E ciò significava...

Il calore le salì alla gola. Lui sapeva che Malone sarebbe venuto a parlarle, e non l'aveva avvertita. E non appena Malone gli aveva detto che lei aveva fatto muro... aveva capito che aveva mentito. Perché rispondere?

Il silenzio si prolungò. Imani si irrigidì. Maggie si rivolse invece a lei. «Malone è venuto in ufficio questo pomeriggio. Mi ha mostrato una foto, una ricostruzione della felpa di Sammy. È stata trovata con il corpo di Aiden».

Imani sbatté le palpebre. «E tu non gli hai detto che era la sua». Non era una domanda.

Maggie scosse la testa. Imani strinse la mano di Maggie, ancora stretta nella sua. Maggie aveva scelto una parte. Era la verità, la legge, o Sammy, e lei aveva scelto Sammy.

Anche Reid lo sapeva chiaramente, il suo sguardo duro era accompagnato dalla tensione nella mascella. Era strano che lei non avesse nemmeno considerato di dire la verità? Voleva credere di aver mentito perché sapeva al di là di ogni dubbio che Sammy fosse innocente, il che significava che qualcuno lo stava incastrando: non voleva aiutarli. Ma sospettava che fosse stato un riflesso. Era così sopraffatta nel cercare di convincersi che sua madre non fosse morta che il suo cervello era tornato ad abitudini collaudate. Nel dubbio, proteggi sempre quelli che ami. E qui c'erano più che sufficienti dubbi: aveva bisogno di parlare con Sam prima di rispondere a una singola domanda. Su qualsiasi cosa.

Sbatté le palpebre guardando Reid. Forse era solo nella sua testa, ma le sembrava di sentire lo stridere dei suoi denti, lo scricchiolio dei molari. «Stanno interrogando Sammy anche sull'altro corpo», disse lui. «Potrebbero trattenerlo fino a domani».

Imani trattenne bruscamente il respiro, ma Maggie non si voltò a guardarla. Il suo sguardo era fisso su Reid, come se cercasse di decifrare dalla piega delle sue labbra se sua madre fosse morta.

«È mia madre?» sbottò.

«È tua madre cos-»

«Il corpo».

Reid aggrottò la fronte, genuinamente confuso. «Certo che no».

Perché "certo che no"? Suo fratello era scomparso, perché non anche sua madre? Ma qualsiasi replica le rimase bloccata in gola, le parole soffocate dall'emozione. Imani le strinse la mano ancora più forte.

«Ricordi quando ti ho detto che avrei fatto un giro nel cantiere con i cani da cadavere?»

Maggie lo fissò. *Cani?* Riusciva a malapena a pensare. Il sollievo che le scorreva nelle vene era così intenso, così totalizzante, da rendere i suoi pensieri pesanti come fango.

Sua madre... non era morta. Era scomparsa, ma non era un cadavere.

Probabilmente.

Si sforzò di annuire, e Reid continuò: «Quando hanno iniziato a ululare, pensavo che avrebbero trovato vestiti insanguinati, qualcosa che Dylan o Kevin avevano sepolto mentre aspettavano che la squadra di ricerca setacciasse i boschi». Le sue narici si dilatarono. «Mi sbagliavo. Il corpo era nascosto in profondità contro l'esterno delle fondamenta originali. Troppo in profondità perché qualcuno l'avesse fatto a mano. Immagino che sia stata gettata lì intorno al periodo in cui gli imprenditori hanno iniziato i sopralluoghi, scavando intorno alle fondamenta per vedere se fossero stabili. L'assassino potrebbe averla gettata lì e coperta con abbastanza terra per nasconderla».

Maggie ricordava vagamente quella scena: guardare i bulldozer dopo la scuola. Una volta che gli imprenditori avevano finito, i bulldozer avevano riempito tutto, lasciando poi il sito così com'era fino alla demolizione dell'anno successivo.

Aggrottò la fronte, considerando la cronologia. «Quindi questo corpo risale all'anno prima della morte di Aiden?»

Lui annuì. «Non molte persone in città sono scomparse quell'anno. Ma c'era un nome che spiccava. Un medaglione sul corpo ha confermato i miei sospetti».

«C'è un motivo per cui stai trascinando questa cosa?» sbottò Imani. «Dillo e basta». Maggie avrebbe voluto abbracciare la sua amica, o almeno comprarle un taco per la sua risposta concisa. *Mi hai tolto le parole di bocca.*

Reid lanciò un'occhiata a Imani, ma non aggiunse altro. Maggie inarcò un sopracciglio. «Andiamo, Reid. Chi è?»

«La madre di Alex».

Lei e Imani si scambiarono uno sguardo. La madre... di Alex?

«Pensavo fosse morta di cancro», disse Imani.

Maggie annuì in segno di accordo. Cancro. Maledetto cancro. Se n'era dimenticata. Aveva reso la storia sul seno di Alex molto più credibile: «geni di merda», li aveva chiamati Alex. E non avevano mai chiesto ad Alex dove fosse sepolta sua madre. Fino a oggi, la madre di Alex era solo un altro membro della famiglia scomparso da tempo. Come Aiden. Una persona di cui non parlavano perché faceva male.

Reid si passò una mano tra i capelli. Gli si drizzarono sopra l'orecchio. «Ho appena parlato con Alex, l'ho lasciata andare pochi minuti prima che tu arrivassi». Le lanciò uno sguardo eloquente, come se pensasse che potesse correre nel parcheggio per raggiungerla.

Ma quello era l'ultimo dei pensieri di Maggie. L'edificio. La madre di Alex. E Dylan stesso, sparito dalla circolazione prima della morte di Aiden... Era quello il collegamento, no?

«Ecco perché Dylan era nell'edificio quel giorno», disse. «Voleva spostare il corpo perché pensava che l'avrebbero trovato quando l'avessero demolito. Non sapeva che avrebbero mantenuto le fondamenta». Il che significava che... Dylan aveva ucciso la madre di Alex: sua madre.

Reid annuì. «Questa è la teoria più accreditata. Dylan è andato in quell'edificio per spostare il corpo di sua madre e ha finito per aggredire te invece. La ferita al viso lo ha rallentato abbastanza da impedirgli di completare il suo obiettivo, ma non lo ha completamente incapacitato. Birman pensa che fosse ancora lì quando tuo fratello è arrivato a cercarti; un altro testimone con cui non era pronto a confrontarsi. Così, ha chiesto aiuto al suo migliore amico per occuparsi di Aiden mentre lui correva a casa a prendere i soldi dalla cassaforte di suo nonno, per sparire. Quest'ultima è l'ipotesi di Alex. Ha detto che la cassaforte era stata manomessa quando è tornata dall'ospedale».

Ma come aveva detto Reid, Dylan non avrebbe voluto testimoni. «Se spostare il corpo era l'obiettivo, perché Kevin mi avrebbe portata lì? Se Kevin conosceva Dylan così bene, probabilmente sapeva dell'esistenza del corpo». Forse aveva persino partecipato alla sua morte, come aveva fatto con Aiden. La mano di Maggie era fredda; Imani l'aveva lasciata andare e si era appoggiata al muro, fissando Maggie con occhi spalancati. Oh... non sapeva dell'aggressione di Maggie. Molte informazioni da elaborare. *Benvenuta nel club*.

«Dylan potrebbe aver chiesto a Kevin di portarti. Forse Dylan aveva un rancore verso la tua famiglia di cui Kevin non era a conoscenza».

«Perché Dylan avrebbe dovuto odiare la mia famiglia?» Ma nessuno di loro conosceva la risposta a quella domanda. Invece di sforzarsi di rispondere, Reid si limitò a scrollare le spalle.

«Sembra che tu abbia tutte le risposte di cui hai bisogno», disse Maggie. «Tutti i motivi necessari in Dylan, qualunque cosa l'abbia scatenato». Lanciò un'occhiata a Imani, ma lei si stava già staccando dal muro, completando il pensiero di Maggie: «E niente di tutto questo coinvolge mio marito».

Reid si rivolse a Imani. «Probabilmente hai ragione, ma Sammy era con Alex la notte in cui Aiden è morto. È stato lui a portarla in ospedale. E con quella maglietta, abbiamo un collegamento diretto tra Sam e la famiglia di Alex».

Maggie scosse la testa. «No, non può essere giusto. Alex e Sammy si sono conosciuti tramite me, e io ho conosciuto Alex solo una o due settimane dopo la scomparsa di

Aiden. Non si conoscevano la notte in cui mio fratello è stato rapito».

«Non ho tutte le risposte, Maggie. E non posso fare questo adesso; devo andare a prendere Ezra. Sarei già dovuto partire, ma dopo il parco, ho dovuto...» I suoi occhi si strinsero, ma questa volta non era dolore. Senso di colpa? Per...

Dannazione. Era stato lui a prendere Sammy. Non Birman. «Dov'è il vecchio Faccia da Clown?»

Lui scrollò le spalle. «Nessuno sembra saperlo. Ha spento il cellulare».

Beh, questo era incredibilmente sospetto. Sua madre aveva confessato in un messaggio inviato al telefono di Birman, e lui era sparito prima di dover produrre le prove?

Reid si voltò per andarsene, ma lei si slanciò in avanti e gli afferrò il braccio. «Reid, aspetta-»

Lui si girò di nuovo, e tutte le cose che voleva dirgli le si bloccarono sulla lingua. Sua madre, la falsa confessione, Birman, Sammy-*Mi dispiace di essere sgattaiolata fuori da casa tua, odori di forza e calma e sesso*-ma invece disse: «Dove stai andando? Possiamo risolvere questa cosa, guarda-»

«C'è stato un incidente a scuola di Ezra. Ha litigato con un altro ragazzo. E non posso...» Deglutì a fatica e sospirò. «Devo solo andare a prenderlo. Poi riuscirò a pensare di nuovo».

Il cuore le sprofondò nello stomaco. Non c'era da stupirsi che fosse così teso. Il ragazzo che si comportava male solo poche ore dopo averla vista uscire di casa era un brutto segno.

Reid guardò il soffitto, evitando il suo sguardo. «Ti chiamerò. Potrebbe essere necessaria una seduta d'emergenza».

La sua schiena si irrigidì. Per il ragazzo? Certo, per il ragazzo. Preoccupato o meno, sembrava uno schiaffo in faccia. Stavano tutti attraversando un momento difficile, e fratello-morto-madre-scomparsa-amica-arrestata avrebbe dovuto superare una rissa nel cortile della scuola. Gli lasciò andare il braccio, e Reid si voltò sui tacchi, lasciandola nel corridoio con le sue domande, con il suo dolore.

Meglio così.

Se il suo curriculum era un'indicazione, sarebbe stata meglio da sola.

CAPITOLO 22

Lei e Imani si erano rannicchiate nell'angolo in fondo all'atrio con le teste vicine. Ponevano domande. Facevano brainstorming. Occasionalmente fissavano il vuoto perché alcune domande non avevano buone risposte.

Dylan odiava la famiglia di Maggie?

Non riuscivano a pensare a un motivo.

Perché Dylan avrebbe ucciso la madre di Alex?

Forse Dylan pensava che stesse per denunciare suo padre violento o che avesse intenzione di mandare via Dylan stesso. Il nonno certamente l'aveva fatto, ed era riuscito in entrambe le cose poco dopo la scomparsa della madre di Alex.

Kevin aveva aiutato Dylan a rapire Aiden?

Si adattava alla sequenza temporale. E se fosse stato tra Kevin e Sammy, sia Maggie che Imani erano disposte a credere che Kevin fosse il complice, anche se non capivano ancora come c'entrasse la felpa.

La mamma di Maggie stava bene?

Probabilmente. C'erano più prove a suggerire che

stesse bene piuttosto che fosse stata presa o ferita. Manomettere un braccialetto elettronico era un processo tedioso; con un solo movimento, avrebbe potuto allertare la polizia se fosse stata rapita. Imani credeva che avrebbero ricevuto cartoline dalle Maldive. E anche Maggie.

Ma mentre osservavano il sole attraversare il pomeriggio per baciare il bordo della sera, la conversazione si affievolì in un silenzio inquieto. Non si trattava solo della maglietta. Malone aveva qualcos'altro su Sammy, e né Maggie né Imani sapevano cosa fosse. Reid non c'era per chiederglielo, probabilmente non lo sapeva dato che era fuori a occuparsi della scuola e del suo figlio adottivo, e Tristan...

Non l'aveva più richiamata dopo averle mandato quel messaggio sulla confessione di sua madre riguardo all'omicidio di Aiden. La prossima volta che l'avrebbe visto, gli avrebbe dato un calcio dritto nei gioielli di famiglia.

«Dovremmo chiamare Alex», disse Imani. «Forse sa qualcosa che noi non sappiamo».

«Anche se fosse, in qualche modo darebbe la colpa al cancro».

Imani la fissò sbattendo le palpebre. Il silenzio si prolungò.

Maggie distolse lo sguardo per prima e sospirò, appoggiando la testa contro il muro, con l'intonaco che le premeva sulla cicatrice. «Hai ragione. Ma dovrei andare a parlarle di persona». Doveva anche passare dall'agenzia funebre, firmare i documenti per poter ridurre il suo fratellino in cenere.

Imani alzò un sopracciglio. «Vuoi farlo di persona perché sei un rilevatore di bugie umano, vero? Vuoi osservarla mentre le fai domande?»

Maggie chiuse gli occhi per un attimo più lungo di un battito di ciglia, poi disse: «Di nuovo, hai ragione. Come al solito». Il suo stomaco brontolò, ma l'addome era teso, con la bile che le bruciava la base dell'esofago. La pelle le prudeva, le pareti della stazione di polizia sembravano più vicine di prima - stavano girando in tondo. Aveva bisogno di fare qualcosa di utile, o sarebbe potuta esplodere.

«Vai, Mags», disse Imani, leggendole nella mente. «Parla con Alex. Mangia anche qualcosa, vuoi?»

Sì. Lo farò. Potrei anche vomitarlo, ma lo farò. Aveva ancora domande per Sammy, ma voleva fargliele guardandolo negli occhi, nello stesso modo in cui voleva interrogare Alex. Ma la polizia era occupata a fare le proprie domande in quella piccola stanza. Al momento, erano loro a impedirle di ottenere risposte.

Maggie si alzò in piedi. «Ti chiamerò dopo aver parlato con lei. E se hai bisogno di me, tornerò qui in un batter d'occhio». Ma il peso di quella promessa sembrava particolarmente pesante; il suo serbatoio emotivo era stato prosciugato. Avrebbe dovuto chiamare Owen per stare con Imani? Ma Owen e Imani non erano mai stati particolarmente vicini, e lui era profondamente immerso nelle sue stronzate di divorzio, non sapeva nemmeno ancora di Aiden - un'altra conversazione che doveva avere, un'altra cosa terribile che doveva fare. In quel momento, il loro gruppo si era ridotto a due, entrambe angosciate, stressate e sopraffatte. Non era affatto giusto.

Imani si alzò e avvolse Maggie in un abbraccio breve ma feroce. «Ti chiamerò se qualcosa cambia qui». Ma la sua promessa suonava vuota quanto quella di Maggie stessa.

Maggie lasciò la stazione con il petto ancora stretto. Avrebbe iniziato con i resti di Aiden; era qualcosa di concreto, che poteva spuntare dalla lista. Affrontare Alex sembrava una montagna, e lei aveva finito l'attrezzatura da arrampicata. E cibo - aveva bisogno di cibo.

Il sole al tramonto la accecava mentre attraversava il parcheggio. Strizzò gli occhi, quasi cieca. C'erano ancora agenti che la sorvegliavano, che pattugliavano casa sua? Maggie si rese conto di non averne idea. Non era sicura che le importasse.

«Maggie!»

Maggie sussultò, con il cuore che le martellava contro le costole. Il sole era così luminoso che non aveva nemmeno visto il Maggiolino, ma c'era Alex, che scendeva dalla Volkswagen. E... non era sola. Sul sedile del passeggero, un uomo con i capelli chiari e le spalle larghe stava soffiando fumo dal finestrino laterale. Era Kelsey, il tipo con cui era uscita un paio di volte? Si era portata un appuntamento a un interrogatorio?

Le spalle di Maggie si irrigidirono mentre Alex si avvicinava, ma questo era vantaggioso. Montagna o no, era una tappa in meno.

«Maggie, mi dispiace tanto. Non ho-»

«Come hai potuto non dirmelo?» sbottò. Non particolarmente educato, ma andava dritto al cuore della sua rabbia.

«Dylan ha detto che se l'avessi detto a qualcuno, mi avrebbe uccisa».

Maggie ebbe improvvisamente l'impulso di guardare il suo tatuaggio; di vedere se la cicatrice sulla sua schiena corrispondesse a quella di Maggie - *gemelline*. «Ti ha quasi uccisa comunque», ribatté Maggie.

«Ha sicuramente ucciso mia madre».

«Non l'hai denunciato nemmeno per quello». Era un colpo basso, e improbabile che Alex lo sapesse con certezza, ma la furia era acuta come punte di chiodi alle tempie.

Alex alzò le mani al cielo. «Non lo *sapevo*. Non con certezza. Sembrava così... felice la settimana prima di andarsene. Mi ha detto di non preoccuparmi, che tutto sarebbe andato bene. Quasi come se sapesse-»

«Sapeva che tuo fratello l'avrebbe uccisa? O... tuo padre?» Il padre di Alex era ancora libero quando sua madre era scomparsa, quindi poteva essere stato uno dei due. O entrambi.

«Onestamente, pensavo che fosse scappata via... mio padre la picchiava. Ma quando papà è finito in prigione e lei non è tornata, ho capito che c'era qualcosa che non andava. E quella notte... Dylan l'ha ammesso. Ha detto che mi avrebbe uccisa come aveva fatto con nostra madre». Il suo respiro stava accelerando, ansimando. «Parleranno con mio padre in prigione, ma lui non ammetterà nulla. Gli restano ancora alcuni anni, e poi tornerà in libertà, e allora...» Si strozzò con le parole. «Per favore, Maggie. Ti prego di perdonarmi. Ti voglio bene e non volevo farti del male. Lo giuro».

«Sammy ha ucciso mio fratello?» Conosceva la risposta, ma voleva osservare il viso di Alex.

Se Maggie avesse detto una cosa del genere a chiunque altro, sarebbero rimasti sorpresi. Ma gli occhi di Alex non si spalancarono per lo shock. Invece, deglutì a fatica, colpevole. «No. Sammy non ha fatto nulla ad Aiden».

«Come ha fatto la sua maglietta a finire intorno al corpo di Aiden?»

«Non lo so. Forse Kevin l'ha presa da casa tua».

«Perché continui a mentirmi?»

La mascella di Alex cadde. «Cosa intendi-»

Fece un passo avanti, con i pugni stretti. «So che eri con Sammy al pronto soccorso la notte in cui Aiden è scomparso. So che non l'hai ucciso tu perché Aiden era a Yarrow mentre tu ti facevi mettere i punti. Ma è successo qualcosa con tuo fratello e Sammy. C'è una connessione che mi sfugge. Perché la felpa di Sammy è finita in qualche modo nella tomba di mio fratello».

Alex rimase immobile, e per un momento l'unico suono fu il fruscio del sangue nelle orecchie di Maggie e il lontano tintinnio e sbattere di portiere che si chiudevano. «Okay, ascolta... Hai ragione. Ho visto Sammy per strada quella notte. Ero coperta di sangue e lui aveva una felpa avvolta intorno alla vita. Ma non ricordo che fosse ancora lì dopo che mi ha portato in bicicletta all'ospedale».

L'aveva portata in bicicletta all'ospedale. Era una cosa molto da Sammy. «Quindi pensi che abbia perso la maglietta, Dylan l'abbia trovata e-»

«Non lo so. È un'ipotesi, ma una buona ipotesi. E ho davvero bisogno che tu mi creda».

Le parole suonavano vere, ma voler essere creduti era l'obiettivo di qualsiasi bugiardo. «Quello che penso non ha importanza, non ora». La polizia aveva tutte le prove di cui aveva bisogno sul fratello di Alex. E Sammy non aveva alcun motivo per far del male ad Aiden. Nessuno. Inoltre, aveva un alibi di ferro.

Maggie incrociò lo sguardo di Alex - gli occhi lucidi, ma senza lacrime. «Non sapevo che tu e Sam vi foste incontrati prima che diventassimo amiche».

«Beh, ci siamo appena conosciuti. Dopo quella notte, non abbiamo più parlato fino a... sai. A casa tua». La sua palpebra ebbe un tic, il muscolo sulla fronte si contrasse così leggermente che sarebbe potuto passare inosservato... per qualcun altro. *Sta mentendo.* Ma Maggie non credeva che stesse mentendo riguardo all'aver parlato con Sammy. Non aveva idea del perché Sammy non le avesse raccontato della misteriosa ragazza insanguinata e dell'ospedale, ma quella era una domanda a cui doveva rispondere lui. Alex aveva omesso qualcos'altro. Improvvisamente, tutto ciò che riguardava le settimane dopo la scomparsa di Aiden, l'incontro con Alex nel bagno, il fatto che Alex conoscesse Kevin, la relazione di Maggie con lui... tutto sembrava un po' troppo conveniente.

Le sue viscere si contorsero, un acido miscuglio di bile e furia. «Hai cercato di avvicinarti a me di proposito», sibilò Maggie - un sussurro pressato era tutto ciò che riusciva a emettere. La sua trachea era troppo stretta. «Non mi hai incontrata per caso a scuola. Mi hai usata per vedere se sapevo che tuo fratello era colpevole. Se sapevo di Kevin e Dylan, se pensavo che avessero fatto del male ad Aiden... se sapevo che Dylan ti aveva ferita. Volevi sapere cosa mi aveva detto Sammy».

Alex scosse la testa, frenetica, in preda al panico. «Questo non significa che non mi importasse di te. Eravamo amiche. Lo... *siamo* amiche. Volevo solo sapere cosa sapevi. Volevo assicurarmi che tu rimanessi al sicuro. E se Dylan fosse tornato?»

«E se l'avesse fatto? Certamente non eri abbastanza preoccupata da dirlo alla polizia». Il viso di Maggie era bagnato; anche il petto. Stava piangendo? Sì, lo stava facendo, lacrime di rabbia tanto quanto di dolore. «Sapevi chi aveva ucciso mio fratello. Per tutto questo tempo, sapevi che Kevin e Dylan erano una macchina omicida in coppia. E mi hai lasciata semplicemente a chiedermi. A soffrire».

Alex fece un passo avanti; Maggie indietreggiò. «Non avevo prove riguardo a tuo fratello o a mia madre. Dire la verità sul mio attacco sembrava più pericoloso che tacere... nel peggiore dei casi sarebbe finito di nuovo in riformatorio, ma sarebbe uscito dopo un anno. E Dylan era già scomparso prima. Ho pensato che l'avrebbe fatto di nuovo, finché non gli avessi dato un motivo per... sai. Farmi del male. *Non potevo* dargli un motivo per tornare qui». Il suo labbro tremò. «Il più grande trucco che il diavolo abbia mai fatto è stato convincere la gente che non esistesse».

Che strano modo di dire, specialmente in questo contesto. «È per questo che Sammy non si è fatto avanti riguardo al tuo attacco. Gli hai detto che se l'avesse fatto, io sarei stata in pericolo. Che la persona che ti aveva ferito forse aveva preso Aiden e poteva tornare per me?» Aveva un certo senso: Sammy era il tipo protettivo, e i tredicenni non erano noti per pensare le cose fino in fondo.

Alex sbatté le palpebre e poi annuì, gli occhi si allargarono come se non credesse che Maggie avesse fatto quella connessione. O era sorpresa dall'accusa? Questa volta, Maggie non riuscì a capirlo, e questo non fece nulla per cementare la sua fiducia nelle intenzioni di Alex, né allora, né tantomeno ora.

«Sammy sapeva di Kevin?» Non poteva assolutamente saperlo. Se la protezione era l'obiettivo, non c'era modo che avrebbe lasciato Kevin starle intorno senza confessare.

Come previsto, Alex scosse la testa. «No. E Kevin era malato, ma era un seguace, non un leader. Pensavo che potesse essere a posto finché Dylan fosse rimasto lontano. Dal modo in cui si comportava dopo, era come se tu lo avessi... aggiustato. Lo hai plasmato in qualcosa di migliore».

Stava definendo Kevin un debole, un sottomesso? *No, sta dicendo che non è un assassino.* Ma riportare un bambino per essere ucciso, se è così che è andata, era altrettanto grave che farlo tu stesso.

«Invece di dirmelo, lo hai fatto entrare nelle nostre vite. Nella mia vita». Maggie fece un singolo passo misurato in avanti, i pugni stretti ai fianchi. Così vicina da poter sentire l'odore dello shampoo al cocco di Alex. «Questa è la parte che non riesco a superare, Alex», sussurrò. «Mi hai lasciato quasi sposare il migliore amico dell'uomo che mi ha aggredito, che ti ha tagliato a metà. Per anni, ho dormito accanto a un uomo che come minimo ha partecipato all'uccisione di mio fratello. Ogni volta che gli dicevo che lo amavo, ogni volta che...» Il respiro le si bloccò nei polmoni. Si voltò e si diresse di nuovo verso la sua auto. «Devo andare, Alex».

«Ma, Maggie-» la chiamò Alex.

«Rientra», disse Maggie all'asfalto. «Anche Imani ha delle domande, e sarebbe meglio per lei sentire tutto questo direttamente da te. Devi aiutare Sammy».

«Ho fatto quello che potevo, ma non ho le risposte di cui... h... h... hanno bisogno».

Non le hai? Ma il modo in cui l'aveva detto... Alex l'aveva ingannata quando erano bambine, aveva portato avanti quelle bugie per vent'anni, ma quell'ultima parte suonava genuina, voce tremante e tutto. Alex non aveva mai pianto parlando del suo cancro.

Maggie si voltò di nuovo. Il mascara rigava le guance di Alex. «Risposte su cosa?» chiese.

Lo sguardo di Alex si spostò verso la stazione alle spalle di Maggie come per controllare che non fossero osservate, poi abbassò la voce. «Tipo... c'era una borsa con il corpo di mia madre. Malone ha detto che era di Sammy, sepolta con lei, ma non ha senso. Mio fratello non avrebbe avuto accesso alla vecchia borsa da baseball di Sammy».

Il sole insanguinato brillava nella sua visione periferica, e questa volta, Maggie fissò il bagliore, lasciando che le striature la mettessero a fuoco. L'anno prima che Aiden scomparisse. Una borsa, una borsa da baseball. Lei... la ricordava.

Maggie chiuse gli occhi contro il sole. Macchie di luce ondeggiavano dietro le sue palpebre, poi si solidificarono nel volto di sua madre, quel sorriso furbesco con l'occhio destro un po' più strizzato del sinistro, come quando faceva qualcosa di giusto ma furtivo. «Cosa c'era nella borsa?» La sua voce suonò vuota.

«Vestiti».

«Di Sammy?»

«Di mia madre». La sua voce si incrinò sull'ultima parola.

Maggie aprì gli occhi. «Tua madre aveva una borsa piena dei suoi vestiti?»

Alex annuì. «Sì».

Il suo cuore balbettò, un staccato troppo veloce. C'era sicuramente una spiegazione per questo. Una perfettamente logica. E Maggie non poteva credere di non averci pensato prima.

Sapeva esattamente da dove proveniva quella borsa. Sapeva esattamente perché Dylan avrebbe voluto fare del male alla sua famiglia.

«Mia madre... conosceva la tua. Non è vero?»

Alex si morse il labbro. Il che era una risposta sufficiente.

Dannazione. Non c'era da meravigliarsi che sua madre fosse scomparsa.

CAPITOLO 23

Guidò fino all'impresa di pompe funebri con le viscere attorcigliate in un nodo solido, il cervello una massa stupida dentro il cranio.

Come ho potuto non accorgermene? Oltre al più recente sviluppo di distribuire armi alle vittime di violenza domestica, sua madre aveva un altro progetto appassionante, meno illegale: aiutava le donne maltrattate a sparire. Maggie aveva sempre pensato che avesse iniziato dopo la scomparsa di Aiden, dopo essere impazzita un po'. Non era quello che sua madre le aveva detto? Ora, sembrava che questa cronologia fosse errata.

La prova decisiva era quel borsone. Sua madre era sempre stata impegnata in qualche raccolta di beneficenza o un'altra, cose che le persone sane facevano invece di nascondere esseri umani o distribuire pistole. I genitori di Sammy spesso donavano oggetti che non usavano più, e Sammy aveva giocato a baseball per esattamente una settimana prima di rendersi conto che era un ragazzo da *Dungeons & Dragons*. Il borsone sembrava ancora nuovo quando era finito nel mucchio.

Sua madre aveva cercato di nascondere la mamma di Alex. Aveva fatto sì che Dylan odiasse la loro famiglia, lo aveva spinto ad attaccare il suo stesso figlio. Sembrava fragile, ma era logico se eri uno psicopatico abusivo cresciuto da un altro psicopatico abusivo, e Dylan potrebbe aver avuto la vendetta in mente dopo che sua madre era scomparsa e suo padre era stato rinchiuso. Non era sicura se avesse rintracciato sua madre e l'avesse uccisa, anche se sembrava che avesse arruolato l'aiuto di Kevin per portare Maggie in quell'edificio, per ferire la sua famiglia come lui era stato ferito. Ma le cose non erano andate secondo i piani. Che avesse cercato Aiden o fosse stata una sfortunata coincidenza che Aiden si fosse trovato in quell'edificio, sua madre aveva innescato una catena di eventi che aveva portato all'aggressione di Maggie e all'uccisione di Aiden.

Non c'era da meravigliarsi che sua madre avesse voluto dimenticare Aiden; perché voleva che Maggie andasse avanti. Sapeva, o almeno sospettava, che fosse già morto fin dall'inizio perché sapeva perché qualcuno avrebbe voluto fargli del male. E il senso di colpa... sì, quello avrebbe divorato una madre.

Uscì lentamente dall'autostrada. Il taglio di cielo insanguinato che filtrava attraverso il parabrezza la faceva sentire macchiata. Maggie ancora non capiva la confessione, non sapeva se fosse un gioco strano che Birman stava giocando. Non aveva idea del perché sua madre sarebbe scomparsa invece di rimanere per proteggere Maggie, perché avrebbe sospettato che Dylan sarebbe tornato dopo la scoperta delle ossa di Aiden - doveva sapere di Aiden, in qualche modo. E perché non chiamare Maggie direttamente invece di lasciare quel biglietto?

Forse protezione, anche se non per sua figlia - sua madre non sapeva che la mamma di Alex era morta, che non doveva più nascondere la sua posizione. Sarebbe scappata per evitare quell'interrogatorio? Presumeva che Reid avrebbe protetto Maggie stessa? Maggie non riusciva a dare un senso al comportamento di sua madre quando stava lavorando da un libro di gioco a cui Maggie non aveva accesso. E anche se sua madre non era stata trovata vicino alle fondamenta di quell'edificio, poteva ancora essere morta. Improbabile, ma...

Sta venendo per te. Mi dispiace. Se sospettava di Dylan, avrebbe dovuto dirlo apertamente. Anche se pensava che la madre di Alex fosse ancora viva, Maggie doveva essere in maggiore pericolo di quanto lo sarebbe stata lei. Maggie non si stava nascondendo.

Maggie parcheggiò sul retro del parcheggio dell'impresa di pompe funebri, le mani tremanti, il petto stretto. Un agente si infilò nello spazio dietro di lei - niente auto civetta questa volta, una volante con i lampeggianti e tutto. L'uomo di Reid? Si era completamente dimenticata della scorta, non l'aveva notata durante il tragitto, il che non diceva molto sui suoi poteri di osservazione. Da aspettarselo nel suo stato d'animo, ma non le piaceva sapere di essere cieca.

L'aria polverosa all'interno dell'edificio la fece starnutire. Polvere di ossa? No, certamente no. Solo l'odore di cose vecchie. Mobili antichi nell'atrio, moquette industriale a pelo basso che poteva avere trent'anni, cuscini sbiaditi da migliaia di sederi. Attraverso un set di doppie porte alla sua destra, le bare brillavano da ogni angolo della sala d'esposizione, la moquette un mare di bordeaux brunastro che sembrava prematuramente fangoso quando le bare sarebbero state presto completamente sepolte nella terra.

Maggie si avvicinò a una bara delle dimensioni di un bambino con cuscini di raso bianco e accenti blu navy per il più esigente marinaio di dieci anni. Cosa avrebbe voluto sua madre quando fosse arrivato il momento? Voleva essere sepolta, aveva già acquistato il lotto al cimitero accanto a quello vuoto di Aiden.

«Buonasera.»

Maggie si voltò.

La direttrice dell'impresa di pompe funebri era una donna bassa con un viso amichevole e cosce abbastanza grosse da ispirare un sequel del primo successo di Sir Mix-a-Lot. I suoi occhi si allargarono quando vide Maggie. Cleo Pratt. La madre di Maggie aveva rappresentato suo marito in qualche caso di violazione del traffico quando era ancora un avvocato.

«Oh, Maggie», disse, avvicinandosi. «Quando ho ricevuto la chiamata, pensavo fosse per tuo padre, ma...»

Suo padre l'aveva fatta guidare qui poco dopo la sua diagnosi di Alzheimer, dicendo che voleva scegliere i suoi "favori per la festa". Avevano optato per la cremazione e un pranzo condiviso: jalapeño ripieni e affettati e insalata greca. Era un piano solido, e uno che le toglieva il peso di prendere decisioni. Ma questo...

Le viscere di Maggie si contrassero; gli occhi le bruciavano. Inspirò lentamente. *Non posso crollare adesso.* Doveva finire questo - farlo per poterlo spuntare dalla lista e passare a cose come catturare lo stronzo che aveva ucciso suo fratello e magari trovare sua madre così da poterle dire il fatto suo. Mamma aveva le sue ragioni, va bene, ma era una vera mossa da stronzi sparire così. Era crudele far stare Maggie qui da sola.

La direttrice dell'impresa di pompe funebri la stava ancora guardando.

«Volevo solo firmare i documenti», disse Maggie forzatamente. «Organizzare la cremazione.»

La donna corrugò la fronte. «Ho parlato con tua madre al telefono, e ha già inviato via fax la documentazione. È cambiato qualcosa da allora?»

Le si bloccò il respiro. *Sua madre aveva inviato via fax-* «Quando?» E chi aveva ancora un fax? Probabilmente era dello stesso periodo della moquette. Forse avevano anche un giradischi qui intorno.

«Il giorno in cui sono arrivati i resti», disse Cleo. «Ieri sera, credo? Ha detto che vorrebbe fare un servizio a casa sua il prima possibile. Siamo pronti per cremarlo stanotte.»

Maggie aggrottò le sopracciglia. A casa *sua*? Forse a casa di sua madre. O Cleo aveva parlato male. *O stai solo pensando troppo a ogni cosa maledetta come fai sempre, Maggie, così non devi considerare che tua madre non è morta o rapita, ha accesso a telefoni e tecnologia fax, e sta solo evitando* te. Almeno Mamma sapeva già del corpo di Aiden. Una conversazione in meno che Maggie doveva avere.

Cleo inclinò la testa e continuò: «Tuttavia, tua madre non ha specificato che tipo di urna potrebbe preferire. Per caso lo sai?»

Maggie inghiottì l'acido che le saliva in gola e disse: «Non abbiamo bisogno di un'urna. Una scatola va bene. Verrò a ritirare le ceneri... domani mattina?»

«In qualsiasi momento dopo mezzogiorno.» Cleo si sistemò una ciocca di folti capelli scuri dietro l'orecchio e annuì. Perché le faceva così male il petto? Era come se il suo stomaco si contorcesse in nastri di liane spinose.

«E se dovesse decidere di aver bisogno dei nostri servizi, sono certa che possiamo adattarci a qualsiasi programma...»

«Posso vederlo?» Maggie non si era resa conto della sua intenzione di fare questa domanda finché non sentì le parole uscirle dalle labbra. Ma all'improvviso non desiderava nient'altro.

Cleo fece una smorfia. «Beh, non è preparato per...»

«Ho già visto le ossa», disse. «Ho dovuto identificare il suo corpo. Ma mi piacerebbe davvero stargli vicino un'ultima volta prima che lo riduciate a un mucchio di cenere fumante.»

Cleo impallidì; si morse il labbro. *Troppo presto?* Ultimamente era la regina del "troppo presto". Ma Cleo non fece commenti; il cliente in lutto aveva sempre ragione. Che lavoro aveva, vedendo sempre le persone nei giorni peggiori delle loro vite. O i migliori, suppose, se stavi seppellendo uno stronzo. La famiglia di Birman probabilmente avrebbe fatto una festa.

«Io... certamente. Mi dia solo un momento per prepararle tutto.»

Puoi prenderti più di un momento. Sono sicura che a lui non dispiacerà. «Cleo?»

Si voltò.

«Grazie. Lo apprezzo.»

La donna le rivolse un sorriso teso, poi scomparve attraverso la porta in fondo. Appena se ne fu andata, Maggie rilasciò un respiro trattenuto, l'esalazione sibilò nella stanza, rimbalzando su raso e cotone e legno, le maniglie d'argento che sembravano essere state lucidate poco prima del suo ingresso. C'era una strana bellezza nel modo in cui le bare erano assemblate, le curve lisce delle venature del legno come onde, il raso come una nuvola. Se eri fortunato, avrebbero chiuso il coperchio prima della cerimonia, attutendo i discorsi estenuantemente lunghi, i tuoi cari che si guardavano l'un l'altro, cercando di vedere chi fosse più triste. Poi la marcia finale verso un freddo cimitero. E poi... soli per l'eternità.

Un colpo di tosse alle sue spalle.

Cleo era in piedi nell'arcata. «Mi segua.» Un po' brusca, non che Maggie la biasimasse; se lo meritava. Probabilmente si meritava un calcio all'ovaio. O al rene. Da qualche parte dove avrebbe fatto male.

Maggie la seguì lungo un corridoio con una carta da

parati non dissimile da quella nella casa di suo padre: fiori dorati e viti in rilievo, eccezionalmente movimentata, un balsamo contro il silenzio dei morti. La doppia porta alla fine del corridoio conduceva alla sala di preparazione. Più grande della stanza singola nell'obitorio di Tysdale, ma sempre con un solo tavolo.

Cleo si fermò appena dentro la porta e la fece entrare con un gesto, indicando l'acciaio inossidabile. Aveva steso un raso bianco sulla superficie. Maggie aveva visto lo stesso tipo di tessuto in una delle bare? Ma nessuna delle bare nella sala d'esposizione conteneva una scatola.

Il corpo di Aiden, ridotto a un cubo di cartone.

Cleo uscì silenziosamente dalla stanza, e Maggie si avvicinò, ogni passo alleviando la tensione tra le sue spalle. Per giorni, aveva lottato con il chi e il cosa. Quale dei suoi amici fosse colpevole, chi non lo fosse. Quasi tutte le sue relazioni erano state compromesse negli ultimi due giorni, alcune per sua stessa decisione.

Questo non era complicato. Questo era suo fratello. Gli addii erano l'ultimo passo, le domande finite. Domani, le sarebbe rimasto da affrontare il dolore.

Maggie mise la mano nella scatola. Non era sicura se fosse stato il medico legale o il direttore delle pompe funebri, ma le ossa erano state ripulite dalle particelle: ingiallite, ma pulite.

Tracciò il bordo del suo sopracciglio. Quando erano piccoli, giocavano a "il pavimento è lava" ogni volta che potevano. Una volta, lui si era sbattuto la testa sul pavimento di legno facendo un salto a capofitto sopra il tavolino da caffè immerso nella lava, e lei lo aveva supplicato di smettere di piangere, di non dirlo ai loro genitori. Ora non c'era traccia di un tale infortunio. I denti mancanti erano sconcertanti, più evidenti senza le labbra a nascondere il vuoto. La polizia aveva preso il suo distanziatore.

Maggie lo voleva indietro. Voleva indietro anche i suoi vestiti. Improvvisamente voleva tenere e toccare e custodire ogni brandello che era stato con lui quando era morto. Voleva dire addio alle sue scarpe, alle sue unghie, ai bottoni dei suoi pantaloni. Quelle erano le cose che aveva toccato mentre lasciava questo mondo. Le cose che avrebbe dovuto stringere quando invece avrebbe dovuto stringere la sua mano. Quale essenza avrebbe potuto assorbire abbracciando la sua giacca un'ultima volta?

I suoi occhi bruciavano, la gola stretta. Stava esagerando. *È così che si diventa accumulatori seriali, Maggie.* Eppure non riusciva a scrollarsi di dosso la sensazione di cose non fatte e incompiute. Di cose perse.

Fece scorrere il dito più in basso sulla cavità della guancia, poi sull'osso lungo della mascella. Liscio, come il suo viso, come la sua pelle. Tante volte si era seduta accanto alla sua lapide nel cimitero, con l'odore inebriante dei fiori selvatici nel naso. Ora, immaginava di sentire il suo ultimo respiro, racchiuso nel calcio. Poteva sentire l'odore della terra anche se non esisteva più.

Tante cose non esistevano più. Due giorni fa, aveva due amici d'infanzia che amava più di qualsiasi altra cosa: Maggie non aveva idea di cosa sarebbe stata in grado di perdonare nei prossimi mesi, ma permetterle di sposare quasi un assassino non sarebbe stato in cima alla sua lista delle cose da "lasciar correre". Poi c'era sua madre, nascosta di sua spontanea volontà, ma non poteva tornare senza essere arrestata. E Reid...

Lo aveva perso anche lui? Ezra stava dando i numeri, quindi ovviamente avevano commesso un errore lì. Ma era più di questo. Non l'aveva chiamata per avvisarla di Malone, per seguire la confessione di sua madre, o per dirle di Sammy. Se non fosse andata alla centrale, forse non avrebbe nemmeno saputo della madre di Alex. E lei gli stava nascondendo delle cose anche adesso: non lo aveva chiamato dopo aver parlato con Alex.

Avevano dormito insieme, ma ancora non si fidavano l'uno dell'altra. Non era un buon segno.

Maggie fissò nella scatola, nelle cavità del cranio come se cercasse di incontrare lo sguardo di suo fratello. Aiden se n'era andato, ma lei aveva queste ossa. E la responsabilità di disfarsene: di sbarazzarsi di suo fratello.

«Ciao, Aid.» La sua voce tremava. «Ti voglio ancora bene. E giuro che troverò la persona che ha fatto questo.»

«Maggie?» Una voce bassa alle sue spalle.

Sobbalzò, le ossa tintinnarono, e si voltò di scatto. Aveva appena schiaffeggiato suo fratello morto? Ma non ebbe il tempo di considerarlo: non *voleva* considerarlo.

Owen stava sulla porta, le dita intrecciate davanti alla pancia, un sopracciglio leggermente alzato. Alto e dalle spalle larghe, i muscoli nascosti dietro tweed e khaki, ma sembrava ancora più grande nella piccola stanza. «Sono passato da casa tua, ma non c'eri, e poi... ho semplicemente immaginato».

Immaginato. Che sarei stata qui con Aiden. Si avvicinò. «Come lo sapevi? Voglio dire, volevo dirtelo, ma-»

Lui scrollò le spalle timidamente. «Il giornale».

Il... giornale? Oh. Avevano fatto un servizio su Aiden? Ma certo che l'avevano fatto. Semplicemente non ci aveva pensato perché non guardava il telegiornale locale né leggeva il giornale locale.

«Owen, mi dispiace tanto», disse, colmando la distanza tra loro. «Volevo dirtelo, ma ti ho visto solo quel giorno, e poi eri con l'avvocato-»

«Maggie, per l'amor del cielo. Non è che me l'hai tenuto nascosto di proposito. Se non fossi stato alle prese con Katie e il divorzio...» I suoi occhi vagarono verso il tavolo, verso la scatola - suo fratello - e tornarono indietro.

«Non scusarti per non avermelo detto. Non hai fatto niente di male. Vorrei solo averlo saputo prima per poterti aiutare».

«Ma... pensavo che oggi dovessi occuparti del tuo avvocato». Aggrottò la fronte. «E poi hai la cena con i tuoi figli, giusto?» Che giorno era?

Lui scosse la testa. «No. Cioè, sì, quello era il piano. E ho incontrato l'avvocato. E poi il fidanzato-slash-avvocato di Katie». Sorrise brevemente, ma era un sorriso triste, intriso di rimpianto. «Ho lasciato che Katie prendesse i bambini per le prossime due settimane. Non volevo essere il cattivo o far sembrare Katie un mostro. Anche se in un certo senso lo è, non fa bene alle ragazze vederci l'uno contro l'altra. La California dovrebbe essere... divertente». Owen sussultò, poi deglutì a fatica. «Comunque, questa settimana sono tutto tuo. Qualsiasi cosa ti serva, ci sono io».

Il suo labbro tremò. Il viso le si fece caldo. Owen era sempre stato più tradizionale, ligio alle regole, ma aveva un cuore enorme. E Owen era l'unica persona che poteva offrirle un orecchio e una spalla senza farla sentire come se ne stesse approfittando. Inoltre, Owen non aveva connessioni con la sua infanzia o con Aiden. Nessun bambino che potesse uccidere il suo animale domestico per vendetta o rovinare quello che avrebbe potuto essere un buon rapporto. Non poteva gestire altre sorprese.

Domani, doveva risolvere un omicidio. Domani, doveva trovare sua madre. Ma stasera... voleva solo piangere.

Maggie lasciò che le prime lacrime le rigassero il viso, ma quando Owen allungò la mano verso di lei, il suo respiro si interruppe - la diga si ruppe. Crollò in singhiozzi. Owen la avvolse tra le sue braccia, il tweed della sua giacca le pizzicava la guancia umida.

«Va tutto bene, Maggie. Ci sono io. Risolveremo tutto questo».

Si aggrappò a lui, bagnandogli la camicia, liberando giorni di emozioni represse. Le ossa di Aiden osservavano dal tavolo, Cleo probabilmente ascoltava il suo sbuffare e piangere dalla stanza accanto. A Maggie non importava. Nemmeno un po'. Niente di tutto questo era *giusto*.

Non era sicura di quanto a lungo avesse pianto, ma alla fine il suo respiro tornò più normale. I suoi occhi smisero di lacrimare. Owen la strinse più forte, ma non disse una parola. Non ce n'era bisogno.

«Katie è fuori di testa a lasciarti». Tirò su col naso. Il suo stomaco brontolò; si era dimenticata di mangiare.

«Ho cercato di dirglielo». Ridacchiò, il suo baritono le fece vibrare il timpano. «Ma non c'è da discutere sui gusti».

«Vero. Nemmeno io le piaccio».

«Eh, sarebbe gelosa di mia madre se la donna fosse ancora viva. Penso che andasse a letto con il suo ragazzo prima che ci separassimo, quindi vedeva tradimenti ovunque, anche nel più fedele dei mariti».

Maggie si tirò indietro, asciugandosi il viso con la manica. «Beh, è una stronza, Owen. Troverai qualcuna migliore».

Lui scrollò le spalle. «Forse. Faremo in modo che tua madre mi trovi qualcuna come cerca sempre di fare con te».

Ah sì... la scomparsa di sua madre non era sul giornale. Maggie forzò un angolo del labbro in un sorriso passabile, anche se la mamma non gli avrebbe trovato nessuno - forse non avrebbe mai più parlato con Maggie al di fuori della cartolina occasionale dalle Maldive. Ma... hmm. Aveva ragione. Cercava sempre di convincere Maggie a frequentare più persone, come se una relazione fosse il non plus ultra dell'esistenza umana. E aveva sposato Jerry dopo pochi mesi. Sua madre non era una che stava da sola.

Owen inclinò la testa. «Maggie? Che c'è?»

Ma Maggie si limitò ad asciugarsi di nuovo il viso, i suoi pensieri vorticavano. Sua madre era scappata, ma non sarebbe scappata da sola - Maggie l'aveva già considerato. Aveva anche considerato che il misterioso fidanzato di sua madre l'avesse aiutata a rimuovere il localizzatore. E doveva essere qualcuno che sapeva cosa stava facendo. Qualcuno che l'aveva... manomesso prima?

Lanciò un altro sguardo alle ossa di Aiden, ma il cartone sembrava troppo opaco, la lucentezza del suo cranio troppo liscia, troppo oleosa. La bile le salì in gola. Distolse bruscamente lo sguardo.

«Ora che mia madre è viva, ho una tappa da fare», disse Maggie lentamente. Non aveva niente di più di un forte sospetto, ma aveva bisogno di verificare. «Vuoi prendere qualcosa da mangiare?»

«Ora che tua madre è... viva?» Owen sbatté le palpebre. «Non era viva a un certo punto?»

Lei gli avvolse il braccio intorno al gomito, deglutendo contro il malessere nella pancia. «Abbiamo molto di cui parlare, Owen. E tanto vale farlo durante la cena».

CAPITOLO 24

Il ristorante thailandese dove sua madre aveva violato il braccialetto elettronico si trovava a quasi un'ora da Fernborn. Owen la seguì con la sua nuova coupé, con la scorta della polizia di Reid non molto distante. Ora che i suoi figli vivevano con la madre metà del tempo, Owen stava un po' affrontando una crisi di mezza età. E lei lo appoggiava pienamente. Se lo meritava tutte le auto sportive che poteva permettersi.

Si sedettero in un tavolo d'angolo, con involtini primavera, noodles e salse al pepe sparsi sul tavolo. Il suo stomaco si era calmato in macchina dopo una scatola di cracker stantii e una bottiglia d'acqua, ma il cuore le batteva ancora troppo velocemente e le tempie le facevano male.

Maggie prese piccoli morsi di pollo. Le sedie erano rivestite di un tessuto scuro, i tavoli di un legno color miele simile a quello della caffetteria che lei e Reid frequentavano. Pezzi d'arte intagliati adornavano le pareti. Una gigantesca fontana con Buddha era posizionata al centro.

Perché eri qui, mamma?

Maggie non aveva mai creduto veramente che sua madre fosse disposta a rischiare la prigione per del cibo thailandese - nessun pasto era così buono. E non aveva accidentalmente superato il confine del braccialetto. Aveva sostenuto che ci fosse stato un corto circuito, e ciò era stato verificato, ma il braccialetto probabilmente aveva funzionato male perché qualcuno lo aveva manomesso come avevano fatto questa settimana. Una prova generale, forse? Ma comunque... perché questo posto? Era un rischio inutile.

Osservò la sala, il modo in cui il cameriere camminava con le spalle curve - probabilmente alle prese con qualche forma di dolore emotivo, forse il lutto per una relazione perduta. Ma era troppo giovane per essere il fidanzato di sua madre, e se sua madre era venuta qui, la persona con cui si era incontrata non era affiliata al ristorante. Non si sporca dove si mangia, e tutto il resto.

Con chi eri, mamma?

Maggie non voleva passare alla modalità interrogatorio completo, ma forse qualcuno che lavorava qui poteva illuminarli; aveva già mostrato la foto di sua madre a un aiuto cameriere mentre tornava dal bagno. Niente da fare. Ma c'erano quattro camerieri in servizio stasera, e anche se erano passati tre mesi, sua madre tendeva a farsi notare. Uno di loro avrebbe dovuto ricordarsi di lei.

Un'altra cameriera passò, sorridente - tutti denti - con una voce acuta e il comportamento di qualcuno che aveva appena vinto alla lotteria. Maggie socchiuse gli occhi, poi distolse lo sguardo quando la donna guardò nella sua direzione e sorrise.

Owen stava masticando, ma deglutì quando incrociò il suo sguardo e disse: «Allora, hai intenzione di dirmi perché siamo qui?»

Per tutta la settimana, lo aveva evitato - evitato in un

modo o nell'altro. E lui si era più che guadagnato una spiegazione, anche se l'aveva seguita qui senza averne una. Accidenti, meritava una spiegazione *proprio perché* l'aveva seguita qui per fiducia.

Abbassò le bacchette e mise Owen al corrente di tutto, di tutti i dettagli riguardanti la morte di suo fratello, la scomparsa di sua madre, il suo attacco. Gli parlò di Alex, di Sammy - Dylan e il suo migliore amico, Kevin. Lui ascoltò attentamente, i suoi occhi si allargavano ad ogni nuova rivelazione.

«Mi sembra di perdere tutte le persone che amo. Tranne te, ovviamente» aggiunse quando lui inclinò la testa. «E Imani.»

Owen si appoggiò allo schienale del separé - stupito, ma non sopraffatto dalle informazioni come lo era lei. «Maggie, hai il diritto di essere arrabbiata, di avere domande, e ovviamente hai diritto a delle risposte - *hai bisogno* di quelle risposte per guarire. Hai bisogno di sapere cosa è successo quella notte, dall'inizio alla fine, dentro e fuori. Potrebbe essere semplice, che il fratello di Alex abbia preso la felpa di Sam dalla strada mentre Sam era con lei in ospedale. Dubito che sarebbe stato così stupido da usare la sua stessa felpa se avesse fatto del male ad Aiden. E no, tu e Alex potreste non superare le cose che lei ha nascosto. Ma per ora, possiamo riconoscere che non farebbe così male se non ti importasse?»

«Subito in modalità psicologo, eh?»

«So che pensi che io sia un cuore tenero.» La luce della lampada dipingeva riflessi arancioni nei suoi capelli biondi. «Ascolta, capisco il desiderio di assegnare colpe - di voler sapere ora. Purtroppo, non possiamo essere sicuri di nulla ancora. E se dovessero provare che Kevin era coinvolto, certamente non lo perdonerei, ma tu non devi farlo. Lui non c'è più. L'unica persona che ha bisogno di perdono in quella relazione sei tu.» Incrociò le braccia e le lanciò uno sguardo eloquente.

La sua mascella cadde. *Io?* «Non ho fatto nulla di sbagliato.»

«Se - ed è un grosso se - Kevin avesse avuto qualcosa a che fare con la morte di Aiden...» Scrollò le spalle. «Tu ti vanti di saper leggere le persone, e ti sei persa questa cosa enorme nell'uomo che amavi. *Tutti noi* ce la siamo persa.» Si sporse in avanti e appoggiò i gomiti sul tavolo, poi si ficcò in bocca un morso di involtino primavera. «Se può aiutare» disse masticando l'involtino, «sono furioso con Kevin per conto tuo solo per aver mentito sul fatto di conoscere il fratello psicopatico di Alex.» Deglutì, le narici che si dilatavano, gli occhi blu che lampeggiavano - rabbia mescolata a un pizzico di eccitazione ferina. Se Kevin fosse stato qui ora, non aveva dubbi che l'affidabile e pacifista Owen gli avrebbe dato un pugno in faccia.

Infilzò un pezzo di pollo, ma la sua lingua era secca. Lo mandò giù a forza. Forse era per questo che aveva rifiutato la proposta di matrimonio di Kevin. Aveva forse saputo, da qualche parte nel profondo, che non era chi diceva di essere? Ma no. Se l'avesse sospettato, non sarebbe stata con lui affatto.

Le si strinsero le viscere, i noodles nel suo piatto sembravano gelatinosi, scivolosi come intestini. Tossì, lo coprì con un sorso d'acqua prima di strozzarsi da sola e finire nella tomba accanto ad Aiden. Questo non riguardava lei, non in questo momento. Era qui per sua madre. Ma cosa si aspettava di vedere, un uomo con un impermeabile che distribuiva brochure con un titolo del tipo "Come sfuggire al tuo braccialetto elettronico"? Un tizio con una maglietta che diceva "Aiuto le MILF a sparire"? Un fidanzato non avrebbe dovuto venire fin qui. Anche incontrare qualcuno per un passaporto falso qui sarebbe stato idiota. Fuori dal confine del braccialetto, stavi praticamente chiedendo alla polizia di fare irruzione, facendo saltare la tua copertura e il tuo piano.

Era stupido che sua madre venisse qui. Sua madre era molte cose, ma stupida non era tra queste. Allora perché? «Perché l'ha fatto, Owen?»

La sua fronte si corrugò. «Alex?»

«Mia madre. Perché questo posto?» Scosse la testa. «Mi sto perdendo qualcosa; ho bisogno dei tuoi occhi da psicologo per dirmi quello che non riesco a vedere.»

Owen sorrise. «Puoi contare su di me. Mi sento un po' scandaloso solo a pensare a questa missione clandestina». Alzò le sopracciglia in modo scherzoso.

Lei quasi rise. Se le domande erano scandalose, lei era praticamente un demone travestito da prete, ma gliela lasciò passare. «Siamo ufficialmente complici, Owen». Lanciò un'occhiata alla cameriera che si avvicinava: dolcevita nero, jeans neri, bacchette che le tenevano i capelli. Labbra rosa bubble-gum.

Lui si mise un nuovo involtino primavera nel piatto, con lo sguardo sulla cameriera. «Guida tu. Conosci tua madre meglio di me».

Davvero? Ma annuì.

«Salve». Gli occhi marroni della cameriera brillavano, ma le occhiaie scure sotto suggerivano che stesse facendo un doppio turno. O che avesse problemi a dormire. «Cos'altro posso portarvi?»

«In realtà, mia madre mi ha detto che avete un dolce fantastico». La falsa allegria era come carta vetrata nella sua gola, la sua voce intrisa di amichevolezza nichilista. «Ma non riesco proprio a ricordare quale fosse».

La cameriera strinse le labbra in un modo che sembrava stesse soffiando una bolla. «Sai cosa c'era dentro?»

Maggie scosse la testa. «Non sono sicura che me l'abbia detto». *Attenta, Maggie, il personale è la tua ultima chance prima di dover coinvolgere Tristan in questa faccenda.* E non era proprio dell'umore per parlare con lui. Avrebbero dovuto lavorare insieme, ma erano passate ore da quando lui le aveva mandato quel messaggio criptico sulla confessione di sua madre, e ancora non l'aveva richiamata. Sì, aveva ottenuto le informazioni da Malone, ma sembrava una presa in giro, una punizione per non aver apprezzato i suoi regali. Sembrava... vendicativo.

Girò il telefono verso la cameriera: il viso sorridente di sua madre. L'avrebbe mai rivisto di persona? «La conosci? Lo so, è così strano, ma mi sta uccidendo il fatto di non riuscire a ricordare». *Capito? Mi sta uccidendo?*

La donna guardò il telefono strizzando gli occhi. «Hmm. Mi sembra familiare, ma non l'ho servita io. Non sono sicura che abbia preso più di qualche drink. Lei... è uscita di corsa». Fece una smorfia.

Uscita di corsa? Quindi una lite con qualcuno. Maggie si era sbagliata sull'incontro con il fidanzato qui? Sembrava stupido, inutile se se la spassavano a Fernborn, ma... «Sai chi ha servito al suo tavolo?»

«Bobby? Ma oggi non c'è».

Il cuore di Maggie sprofondò. Sarebbe stato troppo facile. Scambiò uno sguardo con Owen, ma i suoi occhi sembravano sconfitti quanto lei si sentiva.

«Forse puoi mandare un messaggio a tuo fratello», disse Owen lentamente. «Non era con lei?»

Meno male che c'è lui: potere dello strizzacervelli.

Maggie si voltò in tempo per vedere la cameriera aggrottare le sopracciglia. «In realtà... non credo. Tuo fratello è molto più grande, un vero tipo da boscaiolo?»

I suoi polmoni si contrassero, l'aria più tagliente, più fredda. Un tipo da boscaiolo. *Ovviamente è lui.* «Indossava una camicia a quadri?» riuscì a dire. «Sembra un po' il Joker senza trucco?»

La cameriera si morse il labbro rosa bubble-gum, ma sorrise. «Sì».

Era tutta la conferma di cui Maggie aveva bisogno. Quelle camicie a quadri erano il suo stile da quando si erano conosciuti, il giorno in cui l'aveva interrogata sulla scomparsa di Aiden. Era stato lui a ricevere miracolosamente una confessione via messaggio da sua madre.

Quello stupido faccia da culo, bocca da pagliaccio, con tanto di ordine restrittivo Nick Birman. Era stato qui con sua madre: era lui il fidanzato di sua madre. E ora stava cercando di incastrare sua madre per l'omicidio di Aiden.

CAPITOLO 25

Maggie uscì dal ristorante con un peso sullo stomaco, il cibo piccante che le ribolliva e si contorceva tanto quanto il suo cervello.

Sua madre e il detective. Birman e sua mamma erano... insieme. Era vero? E se sì, erano stati insieme durante le indagini sulla scomparsa di suo fratello? Mamma lo stava frequentando mentre divorziava da suo padre, durante tutto il matrimonio con Jerry? Avrebbe avuto senso che fosse stato Birman a rimuovere quel braccialetto elettronico.

Ma lui aveva dei precedenti di ordini restrittivi. Mamma non avrebbe mai frequentato un uomo violento, vero?

Maggie riuscì a malapena ad uscire dal parcheggio prima di afferrare il cellulare e premere il pulsante del vivavoce.

Tristan rispose al primo squillo. «Stavo giusto per chiamart-»

«Che diavolo significa quel messaggio di stamattina?» Le parole le uscirono di getto. Le sue dita si strinsero sul volante. Non era per questo che l'aveva chiamato, ma erano passate appena dodici ore, e quella rabbia chiaramente non si era placata; il suono della sua voce le fece avvampare il viso. *Sai perché tua madre ha confessato l'omicidio di Aiden?* Vaffanculo, Tristan.

«Giusto per sapere, questo è leggermente meglio o peggio di quando ti ho mandato i fiori per il tuo compleanno?»

Lo sapevo che si trattava di quei maledetti regali. Stronzo. I fiori non erano il problema, e lui lo sapeva. Diamanti, biglietti aerei, pass per concerti, non erano la stessa cosa dei fiori di compleanno, e lei gli aveva chiesto di smettere di farle qualsiasi regalo - stava deliberatamente ignorando quel limite. Per un tipo ricco come Tristan, forse diamanti e fiori erano tutti uguali, solo una goccia nel mare. Il silenzio si prolungò.

Alla fine, lui sospirò. «Il mio cellulare si è rotto - l'ho sfasciato sul vialetto di tua madre. Non avevo salvato in testa il tuo contatto o quello di nessun altro, e poi mi sono messo a seguire una pista e non ho avuto tempo di prenderne uno nuovo fino ad ora. Pensavo che Reid te l'avrebbe detto.»

Una scusa plausibile. Ma nonostante la sua furia, avevano cose più importanti di cui preoccuparsi. Prese un respiro per calmare la voce e disse: «Trovare mia madre ci renderà pari. Se la sta facendo con Birman.»

«Sì, lo so. È quello che stavo per dirti. Birman è quello che è entrato in casa sua. E nella tua. L'ho beccato sulle telecamere dell'autostrada mentre si allontanava da entrambe le scene.»

«Probabilmente è andato in entrambe le case a cercarla», disse Maggie, aggrottando le sopracciglia. Mamma doveva aver troncato la relazione se lui andava in giro a dire che aveva confessato l'omicidio di Aiden - se aveva dovuto entrare con la forza in casa sua. Ma allora chi aveva rimosso il suo braccialetto?

E... *Sta venendo per te. Mi dispiace.* Pensava forse che Birman avrebbe cercato di far del male a Maggie per vendicarsi di sua madre? Forse. Avevano altri sospettati per la morte di Aiden - Dylan, Kevin - prove che lei non era coinvolta, ma questo non aveva impedito a Birman di trattarla come una criminale. Diamine, forse Mamma stava scappando dal detective stesso. Forse la sua scomparsa non aveva nulla a che fare con Aiden, a parte essere capitata in un momento terribile. Il pensiero di Birman che metteva le mani addosso a sua madre le fece solidificare lo stomaco in una palla d'acciaio fuso.

«Birman è con lei adesso?» chiese.

«Birman è sparito. Ha saltato il lavoro, ha lasciato Malone a interrogare Sammy da solo. Anche tua madre è ancora scomparsa, ma non riesco a capire se siano insieme. Nessun segnale cellulare dai numeri che conosciamo.»

Ma se Mamma stava scappando, sfruttando la rete che aveva usato per proteggere tante altre donne maltrattate, non avrebbe avuto il suo cellulare. Qualcuno in quella rete poteva rimuovere un braccialetto elettronico? Lo avrebbero fatto? Quella parte sembrava... stonata.

«Non avrebbe mai dovuto occuparsi di questo caso», disse Maggie. «È un conflitto di interessi.» Mise la freccia e superò una Camry che andava cinque miglia all'ora sopra il limite di velocità. Aveva già lasciato Owen nella polvere.

«Sì, sono d'accordo con te. E ho trovato qualcosa di più interessante. Tre mesi fa, la settimana in cui tua madre ha violato il braccialetto, Birman ha comprato biglietti per una crociera per lui e una donna che assomiglia sospettosamente a tua madre.»

Aggrottò le sopracciglia guardando l'autostrada. Una... sosia? «Non capisco.» Ma poi capì.

«Non prendono le impronte digitali per salire su una nave da crociera. Se il tuo documento d'identità è valido, se ti assomiglia, puoi partire - non è difficile procurarselo per uno come Birman.»

«Intendi dire per un poliziotto.»

«Sì. A lungo termine, probabilmente avevano in programma di essere più astuti con il furto d'identità. Erano previsti per partire la sera in cui è stata arrestata. Se fosse andata con lui invece di tornare a casa, ce l'avrebbe fatta.»

«Stava scappando. Lo ha incontrato al ristorante per fare quel viaggio.» E per qualche motivo, aveva litigato con lui, se n'era andata furiosa. Era... tornata indietro.

«C'è dell'altro.»

«Dimmi.»

«Ho trovato il tuo tipo.»

Il cambio di argomento la fece sentire come se qualcuno l'avesse schiaffeggiata in testa - stordente. Si spostò nella corsia di destra e rallentò. «Che tipo?»

«Lo psicopatico che ti ha morso. Il fratello di Alex.» Fece una pausa, forse per un effetto drammatico, forse perché stava controllando le informazioni per assicurarsi di averle giuste. «La notte in cui tuo fratello è morto, un adolescente più grande è stato portato al pronto soccorso di Cerora in ambulanza. È arrivato alle nove ed è rimasto lì per tutta la notte. Ferite al viso che corrispondono a quelle che hai descritto.»

«Ma... Cerora è a due ore di distanza.» E nella direzione opposta rispetto a Yarrow. Tristan si sbagliava? Non si sbagliava mai. «Ha usato il suo nome?»

«Beh, no, non ha usato nessun nome. Nemmeno la patente addosso; un automobilista di passaggio l'ha trovato in un fosso lungo l'autostrada. Aveva schiantato la sua auto rubata contro un albero, ma non hanno controllato la targa fino al mattino dopo. A quel punto, era già sparito.»

«Ma... se Dylan era in un ospedale a Cerora alle nove, non può essere stato lui a far del male a mio fratello. Non c'è modo che abbia aggredito Alex e fosse ancora nei paraggi per uccidere Aiden quando Kevin è tornato da Yarrow.» *Dylan non può aver ucciso Aiden.* La voce echeggiava nella sua testa ripetutamente. Era in ospedale mentre qualcuno stava riportando suo fratello a Fernborn. Come era possibile?

Dietro di lei, un clacson suonò, e lei diede un'occhiata allo specchietto retrovisore, poi alla sua velocità. Dieci miglia all'ora sotto il limite. Premette l'acceleratore, la sua mente lontana anni luce da quel tratto di strada. Kevin che uccideva Aiden era orribile, sì, ma era un lungo tragitto attraverso i boschi. Dylan era un ragazzo grosso - sarebbe stato possibile per lui trasportare Aiden. Ma non Kevin. Non da solo.

Qualcun altro era con lui. Qualcun altro aveva aiutato Kevin a disfarsi del corpo di Aiden. Forse c'era del vero nel commento buttato lì da Reid sul gettarlo sul retro di una moto. Se Kevin aveva una moto.

«Maggie? Ci sei?» Quando lei grugnì la sua presenza - *mm-hmm* - lui continuò: «Ho un'ultima cosa. Una notizia migliore. Un adolescente con la stessa corporatura di Dylan è stato trovato tre settimane dopo in Ohio. La decomposizione lo aveva ridotto male, quindi l'identificazione è stata difficile. Era stato registrato come sconosciuto - ecco perché non riuscivamo a trovare il nome di Dylan in alcun registro dei decessi. Ma con quella ferita caratteristica al viso, direi che abbiamo trovato il nostro ragazzo. Hanno trovato anche una maglietta con il corpo, deve averla avuta con sé in macchina per tamponare l'emorragia. Alex l'ha identificata come sua venti minuti fa.»

«Lui... è morto?»

«Sì. Non è rimasto in giro per ricevere le cure di cui aveva bisogno, probabilmente la sepsi lo ha ucciso rapidamente. Nessun'altra ferita sul corpo.»

Solo quella ferita al viso. La ferita che lei gli aveva inferto.

Il mondo si strinse intorno a lei. *L'ho ucciso io.* Il fratello di Alex era morto. Ma non provava molto sollievo: c'erano ancora troppe cose che non quadravano. Aiden era stato a Yarrow mentre Alex e Sammy erano al pronto soccorso, ma qualcuno aveva avvolto il suo corpicino nella maglietta di Sammy. Era stato davvero tutto opera di Kevin?

«Ho ancora bisogno che tu trovi mia madre, Tristan.»

«Ci sto provando, ma è così fuori dalla rete...»

«Ha chiamato l'impresa di pompe funebri, ha inviato loro via fax i documenti per la cremazione di Aiden.»

«Oh, merda. Ok, ci vorranno solo pochi minuti.» Una pausa. «Hai detto un fax? Chi diavolo usa ancora...»

«Tristan, per favore.»

«Aspetta un attimo...» In sottofondo, tasti che venivano premuti. Doveva essere a casa. Reid aveva detto che aveva una configurazione eccezionale. «Ok, in realtà era una scansione inviata via email, e proveniva da... hmm.»

«Cosa?»

«L'ufficio del procuratore distrettuale» disse. Il clacson dietro di lei suonò di nuovo, ma questa volta non rispose premendo l'accelleratore. Il suo piede era intorpidito.

«Non posso garantire che fosse Sammy» continuò Tristan, «ma... sembra proprio che il suo numero di cellulare abbia chiamato l'impresa di pompe funebri quella mattina presto. Avrebbe permesso a tua madre di chiamare dal suo telefono?»

Imani le aveva detto che Sammy aveva chiamato al

lavoro. Ma non era a casa. Era stato con sua madre? L'aveva trovata e non l'aveva detto a Maggie?

Forse Birman era andato nell'ufficio del procuratore distrettuale - poteva aver inviato quel fax per conto di sua madre? Ma la chiamata, la chiamata dal cellulare di Sam... era avvenuta al mattino, molto prima che fosse andato all'interrogatorio. A meno che non fosse stato rubato, Sam avrebbe dovuto avere il cellulare con sé.

Le sue palpebre erano ricoperte di carta vetrata. Il suo cuore era dieci volte più piccolo, vibrando nel petto. Che ruolo avevano avuto i suoi amici in tutto questo? Come era coinvolta sua madre? E Birman? Cosa diavolo era successo quella notte?

E perché nessuno sembrava in grado di dirle la verità?

«Tristan, io... ho bisogno di riflettere su questo, ok? E nel frattempo, cerca solo mia madre e Birman.» Aveva alcune domande e, come aveva detto Owen, aveva diritto a delle risposte.

Questa volta, il silenzio durò così a lungo che pensò avesse riattaccato finché non tossì. «Vuoi che tenga questa faccenda del fax riservata?»

«Per favore.»

Un'altra pausa. «Ok. E poi mi sarai debitrice, giusto? Forse posso fare due gite in campeggio: una con mio fratello e una con te. Prometto di non mandarti mai più fiori.»

Si era quasi dimenticata del campeggio. Maggie aveva cercato di farli riconciliare, ma le buone intenzioni a volte si ritorcono contro. Avrebbe dovuto prevederlo.

Lui stava ancora aspettando una risposta. E lei non aveva l'energia per combatterlo, non questa sera. Poteva essere brusco e prepotente, ma almeno le diceva esattamente cosa voleva.

«Non sarà una gita in campeggio» disse con un sospiro. «Ma sì. Ti sarò debitrice.»

CAPITOLO 26

Maggie guidò verso casa tenendo d'occhio eventuali auto sospette. E anche quelle familiari: la Beetle di Alex, la Fusion di Imani, la Jeep di Sammy, persino la Toyota di Jerry. Ma l'auto di Owen non la raggiunse mai, nemmeno dopo che aveva rallentato mentre parlava con Tristan, e arrivò a casa di suo padre senza visitatori né inseguitori, a parte la pattuglia fin troppo evidente di Reid. Nessuna chiamata o messaggio aggiuntivo, nessuna informazione da chi amava o da chi non amava. Qualunque cosa stesse facendo sua madre, qualunque cosa Sammy stesse nascondendo, chiaramente non era legale: stava succedendo qualcosa. Qualcosa di così critico da valere il rischio di finire in prigione. Sammy non sarebbe stato arrestato per ciò che aveva fatto a tredici anni, ma sarebbe certamente finito nei guai per aver aiutato sua madre condannata a eludere la legge.

Doveva chiamare Imani? E dirle cosa? Che pensava che Sammy stesse nascondendo qualcosa ma non aveva idea di cosa potesse essere? Che Sam e sua madre erano in combutta? Che Birman e sua madre potevano essere in combutta? La gente usava ancora la parola combutta?

Era crudele. Preoccupazione e domande senza un solo modo per alleviare l'ansia. La speculazione era tutto ciò che aveva finché le persone che amava non avessero deciso di smettere di mentirle.

Quando Maggie chiuse a chiave la porta d'ingresso, bloccando l'auto di pattuglia in strada, i pensieri si erano attenuati in un pasticcio fangoso, appiccicoso e denso e lento. La sua pancia era piena. Le sue ossa erano pesanti. Le faceva male la testa. Quando era stata l'ultima volta che aveva dormito? Erano passati solo due giorni da quando era stato trovato il corpo di Aiden, ma dallo stato delle sue palpebre di carta vetrata, potevano essere state settimane.

Maggie si tolse i pantaloni e si lasciò cadere sul letto, il cellulare ancora stretto nel pugno, aspettandosi quasi che si illuminasse con una chiamata da sua madre, qualcosa da Reid, forse Sammy. Ma lo schermo scuro continuava solo a fissarla.

Il suo cuore si strinse: troppo veloce, troppo forte. Le ombre si ispessirono. Quando gli angoli della stanza iniziarono a tremolare, ogni bagliore della luna ondeggiante che le riportava alla mente le estremità lucide delle ossa del braccio di Aiden, si alzò dal materasso e accese la luce del corridoio. Le ferì gli occhi, ma attenuò il chiaro di luna in una foschia ovattata, facendo svanire le ossa di suo fratello dalle ombre.

Il cellulare era vicino al suo ginocchio quando si svegliò. Alex le aveva mandato un messaggio: *Maggie, mi dispiace per Kevin, davvero*, ma quella non era una battaglia che doveva affrontare ora. Non aveva la forza per perdonare, non questa settimana. Non aveva la capacità di preoccuparsi se Alex fosse dispiaciuta di aver fatto saltare in aria la vita di Maggie lasciandola *quasi* sposare un assassino.

Maggie portò le gambe a terra, afferrò un paio di pantaloncini e si incamminò lungo il corridoio verso la cucina. Era troppo stanca per fare la doccia, troppo stanca per lavarsi i denti. Troppo stanca per mangiare. Quindi non fece nulla di tutto ciò.

Il piano di lavoro era coperto di petali. Non aveva messo i fiori in acqua, forse come una frecciatina passivo-aggressiva a Tristan e al suo eccessivo fare regali. Maggie raccolse il mazzo tra le braccia e armeggiò con la porta del garage, poi con la porta di alluminio meccanica che conduceva all'esterno. Il pavimento di cemento era freddo contro le sue dita nude dei piedi e ruvido quando raggiunse il vialetto vero e proprio. Gettò tutto il mucchio nel bidone della spazzatura con un sospiro. I fiori la fissavano, i boccioli come occhi. Accusatori.

Ho ucciso un uomo. Era stato giustificato, ma la faceva sentire a disagio lo stesso, forse perché non la turbava come pensava che avrebbe dovuto.

Maggie chiuse il coperchio e si diresse verso casa, cercando di scacciare il pensiero, ma rimase attaccato come una gomma da masticare bagnata nella sua materia grigia. Si sentiva come un soffione sbattuto dal vento. Ogni volta che si girava, c'era qualcos'altro che la tormentava. La morte di suo fratello. La scomparsa di sua madre. Le bugie di Alex. Sammy che faceva Dio sa cosa. Kevin... Kevin. Persino i fiori sembravano una frecciatina: qualcosa che non aveva chiesto, anzi, aveva specificamente chiesto l'opposto, e... eccoli lì.

Non aveva controllo. Su nulla.

Maggie chiuse con un calcio la porta del garage alle sue spalle e spazzò i resti del mazzo nel cestino. La scatola di velluto contenente il braccialetto di diamanti era ancora aperta sul bancone, il gioiello scintillante. La chiuse di scatto.

Ma il suo sguardo si soffermò sul regalo accanto: la foto incorniciata di Aiden. Maggie la sollevò, tracciando il viso di suo fratello, cercando di non vedere il suo cranio nudo nella sua mente. Reid aveva catturato il sorriso di Aiden, un dono difficile, quasi impossibile da ottenere, da fare bene. E aveva ricreato il viso di suo fratello *così* perfettamente.

Maggie non era sicura di quanto tempo fosse rimasta lì, a fissare suo fratello, con gli occhi che le bruciavano, ma il campanello la trascinò fuori dal suo torpore. Guardò l'orologio sul fornello. Le otto. Non aveva ricevuto chiamate. Nessun messaggio. Ma Tristan avrebbe potuto consegnarle sua madre alla porta come aveva fatto con quei fiori. Quale modo migliore per mantenere la segretezza che far entrare sua madre di nascosto in casa sua?

Maggie si affrettò alla porta e sbirciò dallo spioncino, ma non era Tristan. Reid era sul portico, con il braccio alzato per congedare la pattuglia in strada. A quanto pare, oggi avrebbe fatto lui da babysitter a Maggie. Probabilmente avrebbe dovuto provare qualcosa a riguardo, ma il suo cervello si sentiva ancora confuso. Il suo petto era intorpidito.

La porta si aprì lentamente. Lui incontrò i suoi occhi poi guardò le sue mani, e lei seguì il suo sguardo verso... il suo regalo. La foto di Aiden, ancora stretta tra le sue dita.

Lei fece un passo indietro e gli fece cenno di entrare. «Allora, come va? Che bel tempo che fa. Hai visto gli Steelers?» *Wow, Maggie, bel modo di tirare fuori tutte le peggiori conversazioni da festa in una volta sola.*

Lui scosse la testa mentre chiudeva la porta dietro di sé. «Non riesci proprio a trattenerti, vero?»

«È per questo che mi ami, giusto? O mi piaci, intendo.» *Merda*. Non aveva immaginato che le cose potessero diventare più imbarazzanti, ma eccole lì.

«Mi hai preso.» Annuì con un sorriso teso. «Sarai in ufficio questa settimana?»

«No, ho già riprogrammato i miei pazienti.» O, meglio, Owen aveva detto che l'avrebbe fatto, prima che lei lasciasse il ristorante la sera prima.

Il silenzio si prolungò. Ma lui non doveva dirle perché stesse chiedendo. Reid non era qui per lei o per Aiden o per sua madre. Era qui per Ezra.

Le sue spalle si irrigidirono, così come la sua mascella. Non avrebbe dovuto infastidirla - era un padre affidatario, ovviamente si sarebbe preoccupato per il suo bambino. Eppure, la infastidiva *eccome*. Il corpo di suo fratello era stato trovato due giorni prima, i suoi amici venivano chiamati per essere interrogati, sua madre era scomparsa, e lui si preoccupava di una rissa da cortile scolastico?

L'irritazione le pungolò il petto, ma riuscì a dire: «Come sta Ezra?»

«Non bene». Abbassò lo sguardo a terra. «Ha preso a pugni un altro bambino a scuola, gli ha rotto il naso. E non vuole parlarmi. Per niente. Sta facendo la stessa cosa che ha fatto dopo... beh, dopo che suo padre è morto».

Dopo che ha ucciso suo padre, vuoi dire. Ma il mutismo selettivo era significativo. Ezra era più fragile di quanto avesse sperato - più volatile, instabile al punto che non voleva apportare grandi cambiamenti alla sua routine. Per ora, l'avrebbe curato lei. E nei prossimi sei mesi, avrebbero lavorato per farlo passare alle cure di un altro psicologo. Owen non avrebbe voluto, non voleva avere nulla a che fare con il dipartimento di polizia o i tribunali, ma avrebbe visto il bambino se glielo avesse chiesto lei.

Maggie attese che Reid alzasse lo sguardo, poi disse: «Ti ha detto che mi ha vista uscire ieri mattina?»

Lui fece una smorfia. «Merda». Era una parola carica di significato. Aveva già oltrepassato una linea etica curando Ezra e andando a letto con il suo padre affidatario, ma sarebbero sicuramente sorte altre complicazioni se avessero cercato di mantenere in egual misura il loro rapporto professionale e personale. «Non credo che dovremmo vederci, Reid».

Lui aggrottò le sopracciglia, gli occhi tesi. «Non dobbiamo farlo adesso».

«Ma ho ragione. È stato un errore».

Reid la fissò, ma non disse nulla. Le sue labbra si serrarono, i denti che stridevano, i muscoli della mascella tesi e nodosi.

Maggie si voltò e si diresse verso la cucina. Fece scivolare la foto sul bancone accanto alla scatola dei gioielli. Aveva detto tutto ciò che doveva dire su loro due. E avevano ancora un crimine da risolvere. Era davvero venuto qui solo per il ragazzo?

Si voltò, intenzionata a tornare nell'ingresso, ma Reid l'aveva seguita, standole così vicino che poteva sentire l'odore del suo sapone - agrumato. I suoi occhi erano fissi nei suoi, le sue dita così vicine al suo fianco che poteva quasi sentirle toccarla, attirarla più vicino. Il suo cuore accelerò vertiginosamente.

«Perché sei venuto qui, Reid?» La sua voce era un sussurro, ma era la domanda giusta.

Lui batté le palpebre. Poi Reid fece un passo indietro, deglutendo a fatica come se stesse ingoiando i suoi sentimenti, reprimendo le cose che voleva dire. Il silenzio era assordante. Finalmente, distolse lo sguardo - verso il bancone. La pressione nel suo petto si allentò.

«La madre di Alex è stata picchiata a morte», disse alla

foto di Aiden. «Gamba rotta, costole rotte, frattura del cranio. Non possiamo provare molto con il DNA; si degrada, ed è rimasta nella terra per molto tempo. Interrogheremo il padre di Alex, ma immagino che incolperà Dylan, soprattutto quando si renderà conto che il ragazzo è già morto».

E perché Alex ha detto che Dylan ha ammesso di aver ucciso loro madre. Ma c'era solo un modo in cui poteva sapere che Dylan era morto. «Tristan ti ha chiamato, eh?»

«Sì». Una pausa. «Sembri sorpresa».

Lo sono. Reid si voltò di nuovo verso di lei, appoggiando il palmo sul bancone, il suo mignolo a pochi centimetri dal braccialetto. Sapeva che glielo aveva dato Tristan? No, certo che no. Come avrebbe potuto saperlo?

«Maggie?»

Lei distolse lo sguardo dalla sua mano. «Scusa. Ma sì, sono un po' sorpresa. Tristan non è sempre il più comunicativo». *Guarda chi parla?*

«Tranne che con te».

Lei lo guardò sbattendo le palpebre. Era vero, ma non era sicura di come rispondere. E proprio la notte scorsa aveva specificamente chiesto a Tristan di trattenere informazioni dalla polizia - da suo fratello. Nonostante le sue buone intenzioni e i campeggi forzati, Maggie chiaramente non stava aiutando a guarire il loro rapporto.

«C'è qualcosa che mi preoccupa e spero che tu possa aiutarmi a spiegare». L'implicazione era chiara: *Puoi aiutarmi a spiegare, ma non sono sicuro se lo farai.* «Alex ha detto che una volta che Dylan se n'è andato, si è medicata per poter camminare fino alla sala bowling. Ha incontrato Sammy per strada invece, e lui l'ha portata in bicicletta all'ospedale. Abbiamo i suoi documenti di ricovero».

Lei incontrò i suoi occhi e attese. Quando lui rimase in silenzio, disse: «C'è una domanda in tutto questo?»

«Dal tuo resoconto degli eventi, dalla cronologia che abbiamo ricostruito, Dylan deve essere partito per Cerora quasi immediatamente dopo aver aggredito Alex. Il che significa che non ha ucciso Aiden, o almeno non l'ha seppellito in quel pozzo».

Lo sa - sa che è stato Kevin, e che qualcun altro lo ha aiutato. Ma sapeva chi? «Giusto. Aiden era con Kevin a Yarrow».

«Beh, forse».

Lei trasalì. Forse?

«Sono passato da tua madre. Suo marito è tornato in città, e non la vede da giorni. Ma tu sei sua figlia». La guardò negli occhi. «Dov'è, Maggie?»

Con il suo fidanzato detective alle Maldive. O in fuga dal suo fidanzato detective verso le Maldive. In ogni caso, probabilmente alle Maldive. «Non lo so».

«Ma sai perché te lo sto chiedendo. Nel borsone trovato con la madre di Alex c'erano dei vestiti. In una delle tasche impermeabili, hanno trovato un biglietto da visita - il biglietto da visita di tua madre del suo studio legale». Si staccò dal bancone e si avvicinò. «Ha cercato di far uscire la madre di Alex. Non è vero?»

Le sue spalle si afflosciarono. «Probabilmente».

«Allora perché si sta nascondendo adesso?»

«Non lo so».

«Tuo padre sembra pensare che sia a causa tua».

Lei si irrigidì. I suoi pugni si strinsero. «Hai parlato con mio padre? Senza di me?» E, più di questo, era abbastanza lucido da dare informazioni a Reid?

«Sì. Sono stato gentile e attento, Maggie. Abbiamo già fatto questa danza prima. Non ho detto nulla di Aiden. Tutto quello che mi ha detto è che non sei stata tu - che non ha mai pensato fossi stata tu».

Quasi la stessa cosa che aveva detto a Maggie stessa.

Almeno papà era coerente - era sempre stato dalla sua parte.

«Credo che tua madre...» Si interruppe, deglutendo a fatica. «Credo che pensi tu sia stata coinvolta nella morte di Aiden. So che non gli hai fatto del male,» aggiunse Reid quando lei cercò di interromperlo, «è solo un'intuizione basata su ciò che ha detto tuo padre e sul suo comportamento questa settimana. Ma...» Abbassò la voce. «Qualunque cosa tua madre pensi sia successa, ha un motivo per crederlo. Devo parlare con lei così possiamo capirci qualcosa. Quella notte è successo molto, ma nessuno di voi è sincero, il che vi fa sembrare tutti colpevoli.»

Chiedi a Sammy, allora - lui chiaramente sapeva qualcosa, aveva visto sua madre proprio ieri. Ma non riusciva a formulare la risposta sarcastica, non sentiva altro che l'eco delle parole di Reid: *Tua madre crede che tu sia stata coinvolta.*

Era vero, davvero vero? Ma perché? Riusciva a malapena a pensare, frammenti di pensieri le attraversavano la mente troppo velocemente per afferrarli. Kevin era morto - l'unico con l'opportunità di rapire Aiden mentre Dylan era sulla strada per Cerora, mentre Sammy e Alex erano al pronto soccorso. Sammy non poteva essere stato con Aiden a Yarrow, ma avrebbe potuto incontrare Kevin dopo aver lasciato Alex all'ospedale, e c'era quella camicia...

Reid la stava osservando, valutandola con uno sguardo acuto che la faceva sentire nuda. «Stai nascondendo qualcosa, ma non sono sicuro del perché.»

«Non è che sto nascondendo qualcosa» - *sì, invece* - «è solo che non so cosa posso aggiungere. Sai già che Kevin ha ucciso Aiden.» *Anche se qualcun altro potrebbe averlo aiutato a spostare il corpo.* «Sai che non sono stata io.»

«Giusto. E abbiamo escluso Sammy e Alex perché hanno degli alibi. Ma se non li avessero?» Lei sbatté le palpebre, momentaneamente sbalordita, e Reid continuò:

«Cosa pensi che avrebbe fatto tua madre se avesse creduto che tu fossi colpevole?»

«Sai già cosa avrebbe fatto. Se hai ragione, se mio padre ha ragione, l'ha letteralmente fatto.» Vagare per casa, diventare lunatica, lasciare il marito, diventare spericolata e farsi arrestare, tradire il nuovo marito, fare stupidaggini con un detective dalla faccia da pagliaccio -

«Perché Kevin avrebbe portato Aiden a tre ore di distanza e poi tre ore di ritorno, Maggie? Panico, va bene, ma ci sono un sacco di boschi tra Yarrow e Fernborn - non doveva andare così lontano. Anche se si fosse sentito abbastanza in colpa da riportare indietro il corpo di Aiden, non riesco a immaginare tuo fratello rimanere calmo per tre ore e mezza. Tutto ciò di cui qualcuno aveva bisogno era quel taccuino per far sembrare che Aiden fosse stato lì, una descrizione del ragazzo e un contatto a Yarrow per fare una telefonata.»

La telefonata. *Una telefonata finta.* La consapevolezza la colpì con una ferocia che le rubò il respiro. «Non credi che Aiden sia mai stato a Yarrow. Abbiamo ripetuto questa merda trenta volte, mi hai convinta che fosse lì, e ora-»

Reid scosse la testa. «Non stavo cercando di convincerti. Le prove lo indicavano. La chiamata è *sicuramente* partita da Yarrow. Ed è altamente improbabile che Dylan o Kevin avessero un contatto lì che fosse disposto a coprirli. Ma *tua madre* potrebbe aver conosciuto qualcuno in zona - magari un'altra donna maltrattata come la madre di Alex, qualcuno che le doveva un favore e che non avrebbe mai rischiato di esporsi. Allo stato attuale, non credo che Aiden abbia mai lasciato questa città. Penso che tua madre credesse che tu fossi coinvolta e che ti abbia protetto dandoti un alibi. Ha lasciato quel biglietto per dirti che sapeva cosa avevi fatto e per avvertirti che la polizia poteva saperlo - che stavano venendo per te. Questo spiega anche perché si sarebbe confessata.»

«Forse è stato Birman. Sta frequentando mia madre, lo sai.» O... lo stava facendo. Ed era stato sospettosamente evasivo, entrando nelle case, mentendo e così via.

«Non credo che lui abbia avuto nulla a che fare con la scomparsa di tuo fratello. Penso che abbia accettato di aiutare tua madre. Non so cosa pensasse all'epoca, ma ora, Birman che sostiene ci sia un video mancante di tuo fratello in qualche negozio di alimentari convenientemente chiuso... sta coprendo anche te. Che attribuiscano l'omicidio al fratello morto di Alex o a tua madre, possono filarsela su qualche isola sapendo che tu sei al sicuro.»

Quel piano in effetti sembrava qualcosa che sua madre avrebbe escogitato. E se fosse così, nessuno la stava cercando tranne la polizia. Sua madre l'aveva avvertita di loro, ma non perché avrebbero potuto farle del male. Non era in pericolo. Dylan il mozzicatore di teste era morto. E non sapeva abbastanza sull'effettivo assassino di Aiden per essere una minaccia. Persino le intrusioni potevano essere state una messinscena, qualcosa per sviare la polizia se mai avessero avuto bisogno di spostare i sospetti.

Maggie fissò Reid, i suoi occhi addolorati - aveva ragione. Se sua madre credeva che Maggie fosse così coinvolta, il suo unico figlio sopravvissuto... avrebbe fatto qualsiasi cosa per aiutarla. Mamma aveva sicuramente notato gli asciugamani insanguinati dalla testa di Maggie. E non aveva mai detto una parola.

Ma c'era un enorme problema in tutto questo: Maggie era innocente.

Sua madre aveva protetto qualcun altro.

Aveva fornito un alibi al vero assassino.

«Dove andrebbe, Maggie? Dove pensi che si stia nascondendo?»

Mamma non si stava nascondendo - era una parola troppo semplice. Stava per svanire come aveva cercato di far svanire la madre di Alex. Se non l'avessero trovata presto, Maggie non l'avrebbe mai più rivista; non avrebbe mai avuto risposte. Ed era certa che il tempo stava per scadere. Perché Mamma aveva corso un rischio per inviare quegli ordini all'impresa funebre. Avevano un lotto al cimitero, ma si era accontentata di un'urna.

Mamma sapeva che non avrebbe avuto tempo per seppellirlo.

«C'è qualcos'altro che devi dirmi, Reid?» Maggie cercò di mantenere la voce ferma, ma il sangue le vibrava, i muscoli tesi - aveva bisogno di uscire da lì.

Lui sbatté le palpebre. E scosse la testa.

Maggie interruppe il contatto visivo e indicò la porta. «Ho del lavoro da fare, quindi se non ti dispiace...» Un congedo brusco, come quello che lui le aveva dato alla stazione di polizia, ma non sembrava riuscire a mostrare cortesia.

Reid aggrottò le sopracciglia. «Maggie, dove stai andando? Non puoi semplicemente-»

Lei raddrizzò le spalle, risoluta. «Prenditi cura della tua famiglia, Reid. E lascia che io mi occupi della mia.»

CAPITOLO 27

Reid rimase sul portico finché lei non gli chiuse la porta in faccia, i suoi occhi ambrati stretti dalla preoccupazione. Lei chiuse la maniglia a chiave. E il chiavistello.

Mamma ha fornito un alibi all'assassino.

Queste parole le risuonavano in testa senza sosta mentre indossava un paio di jeans e una maglietta. Si allacciò i Dr. Martens giusto in caso. Il cielo era di un grigio pesante, attraversato da nastri di antracite resi ancora più scuri dai lampi occasionali. Il luogo dove stava andando poteva essere pieno di fango quando sarebbe arrivata. Ma non aveva scelta. Non c'era più tempo.

Aveva un'idea di dove potesse essere sua madre dopo aver parlato con Reid, e ne era ancora più certa quando salì sulla sua Sebring. Una rapida telefonata all'agenzia funebre aveva confermato il suo sospetto: le ceneri di Aiden erano già state ritirate, nemmeno mezz'ora dopo essere state processate. E sua madre aveva detto all'agenzia dove le avrebbe sparse quando aveva chiamato: *una ceri-*

monia a casa sua. L'unica casa che Aiden aveva ora era la tomba. Era stato un altro indizio per Maggie? Poteva sperarlo.

Maggie controllò lo specchietto retrovisore mentre usciva dal vialetto, cercando la Bronco di Reid o un'altra auto della polizia, con o senza contrassegni, ma nessuno la seguì fuori dal quartiere. Si aspettava che Reid la inseguisse, pensava che avrebbe dovuto fare qualche svolta brusca e una deviazione attraverso un parcheggio sotterraneo, ma la strada dietro di lei rimase libera. Il sesso non le aveva procurato informazioni tempestive sul caso, ma apparentemente permetteva una certa quantità di attività clandestine illegali per nascondere la madre. Buono a sapersi.

Eppure, i suoi occhi continuavano a tornare all'autostrada dietro di lei. Di nuovo, giusto per sicurezza. Perché le parole che le avevano attraversato il cervello mentre si vestiva la stavano ancora assalendo, echeggiando nella sua testa, ricordandole che Mamma aveva fornito un alibi all'assassino. L'assassino poteva essere chiunque.

La telefonata di sua madre spiegava tutto e niente. Sammy e Alex non avevano più un alibi, ma non avevano nemmeno un movente. Dylan ce l'aveva, e il coinvolgimento di Kevin, essendo il migliore amico di Dylan, aveva ancora senso. Ma se non avevano avuto bisogno di convincere Aiden a salire in macchina, forse Kevin non aveva nulla a che fare con l'omicidio stesso. Forse Aiden era venuto all'edificio cercando lei, come Reid aveva suggerito, e Dylan lo aveva pugnalato al cuore prima che avesse il tempo di capire cosa stava succedendo. Nessuna sofferenza: un singolo, letale affondo, e tutto era finito.

Ma perché Dylan arrivasse a quel pronto soccorso di Cerora, doveva essere sulla strada quando Aiden era stato abbandonato. Non avrebbe potuto addentrarsi così tanto nel bosco e uscirne in tempo per essere trovato da un automobilista di passaggio. E l'abbandono del corpo doveva essere avvenuto quella notte a meno che non lo avessero spostato due volte: l'edificio era scomparso il giorno dopo. E così Dylan.

Quindi, Kevin lo aveva aiutato a nascondere il corpo. Come avrebbe potuto farlo da solo? Una carriola non sarebbe passata lungo quei sentieri del bosco, troppo ingombrante per essere utile. E Kevin non aveva altri amici all'epoca, non che lei sapesse. Se eri il migliore amico di uno psicopatico, probabilmente evitavi la gelosia dove potevi.

Entrò nel parcheggio del cimitero, sciocata di essere arrivata: non riusciva a ricordare affatto il viaggio. Il cielo era ora più scuro, una nebbiolina che rivestiva il parabrezza di un velo di umidità, il vento che soffiava in raffiche occasionali sollevando piccoli tornado di foglie. Non c'era nessun'altra auto nel parcheggio. Sua madre non aveva un veicolo, ma si aspettava di vedere Birman qui, alla guida di qualunque cosa guidassero i boscaioli clown: una macchina da clown. E... niente.

Il suo petto si strinse mentre si affrettava lungo il sentiero, strofinandosi le braccia per la pelle d'oca. Le colline si estendevano da entrambi i lati, la ghiaia scricchiolava sotto i suoi piedi, il cielo si abbassava verso di lei come cuscini nebbiosi intenti a soffocarla. Silenzio, tranne la brezza. Troppo silenzio.

Forse si sbagliava. Forse sua madre aveva preso le ceneri di Aiden con sé, era già su un aereo. Forse aveva sparso i suoi resti sulla sua elegante isola senza estradizione: nella sua nuova casa.

Ma il respiro di Maggie si bloccò quando raggiunse la cima della collina che portava alla tomba di suo fratello.

Sua madre era qui: *avevo ragione*. Ma il suo sollievo fu di breve durata, dando spazio a furia e dolore in egual misura, un calore che le stringeva i polmoni. Mentre poteva ottenere risposte - risposte necessarie - questo sarebbe stato comunque un addio. Non avrebbero avuto molto tempo, non se sua madre intendeva fuggire da Fernborn... o dal paese. E Maggie non aveva intenzione di fermarla, non ci aveva nemmeno pensato. Era strano? Forse no; aveva già perso troppo, e la sua lealtà non era mai stata in discussione. A differenza di quella di Alex.

Mamma era in piedi accanto alla tomba, rivolta verso la lapide, di spalle a Maggie, il lungo vestito verde che ondeggiava nella brezza pre-tempesta. Mentre Maggie si avvicinava, poteva vedere l'urna blu lucida stretta nelle sue mani. Apparentemente, il cartone non era stato abbastanza buono.

«Mamma?» Riusciva a malapena a far uscire la parola. All'improvviso non aveva idea da dove cominciare.

«Sono contenta che tu ce l'abbia fatta». Le spalle di sua madre si raddrizzarono, ma non si voltò. «Come sta Sammy? Ho sentito che lo tenevano in custodia».

«Non ne sono sicura. Dov'è il tuo fidanzato con l'ordine restrittivo?» Ma non c'era calore dietro le sue parole. La sua voce suonava solo stanca.

Una pausa. «Tornerà a breve. È un brav'uomo: quell'ordine era solo un malinteso. Ma niente di tutto ciò importa ora». Sua madre allungò la mano nell'urna. Ne uscì con una manciata di ceneri, e il vento le portò via, facendo vorticare il corpo di Aiden nell'atmosfera. La stretta intorno alle costole di Maggie si intensificò. Mamma aveva ragione: Birman non importava, il passato non importava, e per quanto riguardava la vita amorosa di sua madre, la donna poteva prendersi cura di sé stessa.

Ma quella polvere era tutto ciò che restava di suo

fratello: c'era, poi sparita. E non sembrava una chiusura. Non si era sentita meglio dopo aver toccato il suo cranio all'obitorio. Si sarebbe sentita meglio dopo questo? Improbabile.

Mamma osservò la polvere svanire, lo sguardo sulle sue dita. «Come sta Alex?»

Alex. I suoi occhi bruciavano; il suo viso ardeva. Maggie portò le dita alla guancia: bagnata. Che strano ibrido tra un funerale e un interrogatorio. Doveva urlare, iniziare a sparare domande, o semplicemente piangere e dire qualche bella parola su suo fratello? Invece, mormorò: «Non saprei di Alex».

«Perché no?»

Perché ha mentito sul fatto di avere il cancro. Perché Kevin e suo fratello erano migliori amici e non me l'ha detto. Perché non si può essere amici se si mantengono così tanti segreti: non si può essere nemmeno famiglia. Che senso aveva giustificare tutto ciò ora? Alcune cose erano troppo compromesse per essere riparate, e avevano abbastanza di cui discutere nei pochi momenti che avevano qui. Stavano perdendo tempo, ma Maggie non riusciva a mettere insieme le idee. Le sue parole erano bloccate nella trachea come se cercassero di prolungare l'ultima conversazione faccia a faccia che lei e sua madre avrebbero mai potuto avere.

Maggie si schiarì la gola e disse: «La madre di Alex è stata assassinata». Non era esattamente una risposta alla domanda di sua madre, ma era abbastanza vicina.

Sua madre finalmente si voltò verso di lei. Il suo viso era segnato, con cerchi così scuri sotto le palpebre inferiori che avrebbe potuto credere che quello stronzo di Birman l'avesse presa a pugni, se non fosse stato per le ragnatele rosse che attraversavano i suoi occhi iniettati di sangue e le lacrime che gocciolavano dal suo mento. E quando incrociò lo sguardo di Maggie, lei ricordò: *Pensa che sia stata io. Pensa che io abbia ucciso mio fratello.*

Sua madre scosse la testa. «Beh, è un vero peccato. A volte succede, ma... si spera sempre per il meglio.»

È tutto quello che hai da dire? Maggie si avvicinò, così vicino che l'aria sembrava granulosa, anche se non riusciva a vedere polvere nell'aria. «È per questo che hai lasciato Alex in quella casa con suo padre violento? Sperando per il meglio?» Maggie sputò le parole con più intensità di quanto avesse voluto. *Pensi che io sia un'assassina, mamma? Pensi che io abbia ucciso tuo figlio?*

Sua madre abbassò l'urna - *mio fratello* - sul fianco, e Maggie poteva quasi vedere Aiden lì come quando erano piccoli, aggrappato a sua madre mentre innaffiava i fiori. I suoi polmoni bruciavano; le sue mani tremavano. Aveva troppe emozioni che le scorrevano nel sangue. Confusione. Il dolore tenero degli addii. Un amore terribilmente acuto. Gratitudine - sua madre aveva cercato di salvarla - e rabbia per aver creduto che Maggie fosse capace di uccidere Aiden in primo luogo. E sopra tutto, la tristezza, che le avvelenava le vene con un'angoscia vitale che le rendeva difficile respirare.

«La madre di Alex aveva un piano per far rinchiudere il padre di Alex. Intendeva stare via solo per alcuni mesi, settimane se fosse stato possibile.» Sua madre si asciugò la rugiada dalla fronte, vapore acqueo dalle nuvole.

«E dopo? Quando sua madre non è tornata?»

Mamma aggrottò la fronte. «Mi hai detto che la ragazza aveva il cancro. Pensavo che il nonno avendo la custodia potesse permettere all'assicurazione di coprire le sue spese mediche. Ma a quel punto, non erano più affari miei. Suo padre era già stato rinchiuso. Alex non era in pericolo. Nemmeno sua madre era in pericolo, per quanto ne sapessi. La mia parte era finita.»

E se avesse avvertito la polizia del fatto che la donna non era tornata a casa quando previsto, avrebbe potuto far saltare l'intera operazione, esponendo altre vittime di abusi alla scoperta.

«Per te si tratta sempre di controllare i danni.» La voce di Maggie era un gracidio aspro, e vibrava con bordi di carta vetrata attraverso la sua gola. «È per questo che hai fatto fare quella chiamata da Yarrow?»

Sua madre la fissò. Il vento ululava intorno a loro, ma il silenzio era ancora più forte, urlando nelle sue orecchie.

«Hai fatto cadere anche il taccuino di Aiden?»

Sua madre finalmente abbassò la testa e guardò verso terra. Annuì, ma non alzò gli occhi dall'erba, le sue dita artigli intorno all'urna, aggrappandosi ad Aiden come se potesse strapparlo alla morte. «L'ho fatto. È tutto ciò che conta.»

Calore - fuoco nel suo ventre. «Hai fornito un alibi al vero assassino. Ecco cosa hai fatto. Perché non sono stata io, e non posso fottutamente credere che tu abbia pensato che lo fossi, e perché non me l'hai semplicemente chiesto, avremmo potuto capirlo insieme invece di presumere il peggio assoluto di me, e non posso...» Le parole uscivano dalle sue labbra veloci quanto quelle che le correvano nella mente. *Non posso.* Non era una frase completa, ma sembrava esserlo. *Non posso. Non posso più fare niente di tutto questo. Non posso.*

Sua madre alzò il viso, i suoi occhi azzurri supplicanti - disperati. «Mi dispiace, Maggie. Davvero. E non ho mai pensato che tu l'avessi ucciso con cattiveria. Pensavo che fosse morto in qualche tragico incidente, e che tu fossi troppo vergognosa per dircelo. Col senno di poi, era folle, fare quello che ho fatto. Se tu avessi ferito Aiden... avremmo potuto trasferirci. Avremmo potuto fare qualsiasi cosa per assicurarci che tu stessi bene dopo. Ma non ragionavo bene, non quel giorno, e non per molto tempo. Tutto ciò a cui riuscivo a pensare quella sera era che avevo perso mio figlio, ma avevo ancora una figlia da proteggere. Ho *ancora* una figlia da proteggere.»

Ma qualcosa che aveva appena detto fece rizzare i peli sulla schiena di Maggie. *Che fosse morto.*

«Sapevi che era morto, mamma? Con certezza?»

Annuì. I suoi occhi si riempirono di lacrime. «Mi dispiace di averti incolpata, Maggie. Tuo padre aveva ragione. Non ne eri capace.»

«Una volta ho accoltellato un tizio in faccia.» *Ooooh sì, mamma, prenditi questa.* Era davvero quello che voleva dire in quel momento?

Sua madre sbatté le palpebre. «Cosa? Quando?»

«La notte in cui Aiden è scomparso. Il fratello di Alex, Dylan, la stessa persona che l'ha aggredita e le ha portato via il seno.» Maggie fissò gli occhi di sua madre, cercando di ricordare quando era piccola, cercando di ricordare di essere stata confortata da lei, ma tutto ciò che vedeva era dolore, un dolore così pungente, così acuto che si estendeva dal suo sguardo per lacerare l'interno di Maggie. *Pensavi che fossi un'assassina.*

Le lacrime le scorrevano sulle guance, mescolandosi alla fresca nebbia che si attaccava alla sua pelle come rugiada mattutina. «C'era *davvero* una minaccia nella casa di Alex, mamma. Ma anch'io mi sbagliavo. Ho quasi sposato il migliore amico di Dylan.»

«Dylan?» Sua madre sbuffò. «Non conosceva Kevin.»

Maggie si asciugò gli occhi - appiccicosi. «Dylan *conosceva* Kevin. Alex l'ha ammesso. Erano migliori amici.»

La fronte di sua madre si corrugò. «Come? Il ragazzo era in collegio.»

«Vivevano su per la strada. Anche se fosse tornato a casa solo per le vacanze-»

«Anche Sammy viveva su per la strada. Pensi che conoscesse Dylan?» Scosse la testa, incredula. «Pensi davvero che ti avrei lasciato sposare lui, cara? Che ti avrei permesso di legare la tua vita al migliore amico di uno psicopatico?» Il suo sguardo era duro, risoluto - certo.

Sua madre si avvicinò e afferrò il braccio di Maggie. Granelli sulle sue dita. *Aiden* sulle sue dita. Strinse. «Ti prometto, Kevin non ha mai incontrato Dylan in vita sua.»

Maggie chiuse gli occhi contro il vento, contro lo sguardo di sua madre. Nella sua testa, sentiva le domande che lei e Reid si erano posti da quando avevano trovato le ossa di suo fratello: *Perché Kevin ti avrebbe portato nel posto dove sarebbe stato Dylan?* Reid aveva pensato che facesse parte di un piano di vendetta. Ma se Kevin non conosceva Dylan, allora lei e Kevin che si trovavano in quell'edificio era solo un incidente - una coincidenza. Kevin era... innocente.

E quella era una realizzazione terribile. Perché significava che Kevin non aveva motivo di aiutare Dylan. Non era lui che aveva gettato il corpo di Aiden. Qualcun altro aveva gettato suo fratello in quel pozzo - qualcuno con cui sua madre aveva parlato. Qualcuno a cui sua madre avrebbe creduto se avesse detto che era stata Maggie a farlo.

C'era ancora una domanda molto importante da fare. Sembrava più pesante del cielo gravido. «Come facevi a sapere che Aiden era morto, mamma? Perché ne eri così sicura?» La sua voce uscì in un sussurro.

Sua madre incontrò i suoi occhi. Poi si allontanò e si voltò verso la lapide. «Dovresti chiederlo a Sammy.»

Sammy. Maggie ansimò, soffocando le lacrime, le sue vie aeree troppo strette. Sua madre capovolse l'urna. La polvere volò, ondeggiando contro il vestito di sua madre, posandosi sull'erba, impolverando la parte superiore della lapide. «Smettila di prendermi in giro, mamma. Mi devi più di questo. Mi devi una spiegazione.»

«Lo so. Ma non spetta a me dare spiegazioni. Sam vuole dirtelo di persona».

«Non me ne frega un cazzo di quello che vuole Sam!»

Sua madre si voltò verso di lei, con gli occhi lucidi di lacrime - vero dolore, forse rimpianto per come erano andate le cose. «Non abbiamo più tempo. Vuoi dire qualcosa, cara? Prima che debba andarmene?»

La furia di Maggie tremò e si depositò in fondo al suo stomaco, dove bruciava come una lama rovente. Non si trattava solo di dire addio ad Aiden. Il fidanzato di sua madre sarebbe tornato tra pochi minuti, e poi se ne sarebbero andati. Anche prima che fossero state scoperte le ossa di Aiden, sua madre aveva pianificato di lasciare Maggie indietro. E ora non c'era più modo di tornare indietro. Nessun modo in cui potesse restare.

Addio, mamma. Ma le parole le si bloccarono in gola. Non riusciva a dirle ad alta voce, poteva solo ansimare per la polvere che turbinava nell'aria. Maggie scosse la testa.

Le lacrime scivolavano sulle guance di sua madre, e in esse Maggie vide le loro vite - sua madre che la incoraggiava mentre suo padre le insegnava ad andare in bicicletta, sua madre che ballava in cucina, le colazioni insieme in cui la tormentava sulla sua vita amorosa, tutti quegli anni in minuscole gocce perlacee. Era troppo tardi per creare nuovi ricordi.

Era sempre troppo tardi.

Aveva la gola in fiamme, le vie respiratorie bloccate - non poteva più guardare il volto di sua madre, ogni lacrima caduta lacerava ulteriormente il buco frastagliato nel suo petto. Maggie abbassò lo sguardo sulla lapide, sbattendo le palpebre per schiarirsi la vista. Il nome di Aiden ondeggiava. Sbatté le palpebre con più forza. E mentre sua madre abbassava l'urna verso terra, Maggie lo vide.

Si avvicinò al rallentatore, scrutando la roccia grigia, il nome di Aiden sul fronte. Ma sulla parte superiore c'era una macchia di qualcosa di più scuro.

Un cuore, un lato più grande dell'altro, disegnato in rosso.

Segnato col sangue.

CAPITOLO 28

Tutti hanno visto un cuoricino fatto con l'impronta del pollice. I bambini li facevano nelle lezioni d'arte delle elementari, aberrazioni dipinte con le dita che i bravi genitori appendevano diligentemente sul frigorifero. Ma nessun bambino era andato in giro a sfoggiare le proprie scarse abilità pittoriche al cimitero. E la natura asimmetrica di quel cuore...

Chiedi a Sammy. Le parole di sua madre le sussurravano nella testa, ma quel piccolo cuore le lampeggiava nella mente. Sammy non aveva disegnato quel cuore: non era una cosa da Sammy. Era da Alex. Erano entrambi coinvolti, e lei non aveva idea del come.

Avevano ucciso Aiden insieme? Perché l'avrebbero fatto? Ma le prove puntavano ai suoi due migliori amici. I suoi due migliori amici che improvvisamente non avevano un alibi per il momento in cui Aiden era stato ucciso e abbandonato nel bosco.

Non era forse quello che significava il cuore? Una confessione? Una scusa?

Maggie guidò verso la casa di Alex con il fuoco sotto le

ruote, il piede a tavoletta, chiamando ripetutamente il cellulare di Alex. Ogni squillo rimaneva senza risposta. L'aveva chiamata per giorni, e ora... il telefono era spento.

Era arrivata troppo tardi, sempre troppo tardi. Avrebbe trovato la sua amica appesa nell'armadio? Se Kevin fosse stato innocente, il suo tuffo dal ponte di Fernborn potrebbe essere stato un incidente dovuto all'ubriachezza, ma non aveva bisogno di perdere Alex perché si era rifiutata di rispondere al telefono.

La macchina di Alex non era nel suo vialetto. Nessuno rispose al suo bussare, solo il vento impetuoso, minuscole gocce di pioggia che le colpivano il viso. Maggie tornò alla sua Sebring con un peso sullo stomaco. Era ancora furiosa, assolutamente nel panico per ciò che avrebbe potuto scoprire sul loro coinvolgimento. Ma la prospettiva di non sapere era ancora più terrificante.

Dove sarebbe andata Alex? Alla stazione di polizia? No, era troppo tardi per quello. Alex non era stata nemmeno in grado di dirle la verità quando Sammy era sotto interrogatorio. Non era più una questione di polizia, non più.

Era andata alla tomba per dire addio, per scusarsi. Ma non aveva dato ad Alex la chiusura di cui aveva bisogno più di quanto il cimitero avesse aiutato la stessa Maggie. Persino guardare quelle ceneri volteggiare nella brezza non aveva offerto alcun conforto. Aiden se n'era andato: le sue ossa erano polvere, che fluttuava nell'atmosfera, e tutto, dalla sua morte al suo lungo dolore fino al vuoto nella sua pancia, si sentiva ancora tremendamente irrisolto.

Maggie uscì dal quartiere di Alex, veloce ma meno spericolata di prima. Questo era un finale personale. Si trattava di finire qualcosa che era iniziato ventiquattro anni fa.

Alex sarebbe tornata dove tutto era cominciato.

La scuola media sembrava più piccola di quanto fosse mai stata, anche il liceo, ogni edificio a Fernborn minuscolo e insignificante mentre passava. Altri potrebbero ricordare la loro infanzia con una certa nostalgia affettuosa, ma lei si sentiva solo vuota. Ogni anno le aveva tolto qualcosa di nuovo. Crescere qui era stato una questione di perdita.

La pioggia stava picchiettando con vigore sul parabrezza quando raggiunse le strade residenziali, manovrando attraverso il quartiere dove Sam e Alex vivevano un tempo. La casa d'infanzia di Alex confinava con la foresta, il suo cortile anteriore un altro lembo di bosco, gli alberi che si snodavano attraverso il centro della città: la strada che Aiden avrebbe percorso per tornare a casa.

La macchina di Alex non era parcheggiata sulla strada di fronte alla casa dove era cresciuta. Campanelli a vento tintinnavano dal minuscolo portico anteriore, agitati dal vento. Ma Maggie non era sola: mentre la macchina di Alex non c'era, quella di Sam sì. Erano venuti qui insieme?

Cosa doveva pensare di questo?

Maggie rallentò fino a fermarsi dietro la Jeep di Sammy e scese sulla strada, le gocce di pioggia che le pungevano le braccia nude. Mentre si avvicinava, una donna sbirciò attraverso la vecchia finestra di Alex, aggrottò la fronte, poi scomparve di nuovo dietro le tende velate.

Ma non importava. Il lotto accanto a quello di Alex era vuoto: non c'era mai stata una casa, solo un campo di loglio. Si diresse da quella parte, costeggiando la proprietà d'infanzia di Alex, e si infilò nella linea degli alberi.

Maggie non era sicura dell'esatta posizione del pozzo, ma immaginava che l'avrebbe trovato tramite il nastro della polizia, terra marcia, un sentiero segnato dalle impronte degli agenti e dai carrelli a mano: un carrello a mano. Era così che avevano riportato qui il corpo di Aiden? Avanzò, socchiudendo gli occhi. La volta degli alberi sopra di lei bloccava gran parte della pioggia pungente, ma il vento sembrava più freddo qui, facendo venire la pelle d'oca sulla sua pelle febbrile. Come previsto, individuò abbastanza rapidamente il sentiero battuto; non il normale terreno roccioso, ma fango pesantemente calpestato.

Corse il più velocemente possibile sul terreno irregolare, persa nei suoi pensieri. Kevin non conosceva Dylan. Lei e Kevin si erano trovati semplicemente nel posto sbagliato al momento sbagliato: erano entrati in quell'edificio lo stesso giorno in cui uno psicopatico era venuto a spostare il corpo di sua madre. Dylan era fuggito, intenzionato a sparire con i soldi dalla cassaforte del nonno di Alex, probabilmente presumendo che Maggie avrebbe chiamato la polizia. Era un casino, ma non odiava lei e la sua famiglia, forse non sapeva nemmeno che sua madre aveva aiutato la sua a fuggire. Non era colpa di sua madre. Non era nemmeno colpa di Maggie.

Ma suo fratello. Che diavolo era successo ad Aiden? *Cosa hai fatto Alex?* Forse avrebbe dovuto sentirsi più minacciata, ma non credeva che Alex le avrebbe fatto del male. E se Alex l'avesse attaccata, Maggie pesava almeno dieci chili in più: avrebbe potuto affrontare quella donna minuta. E Sam...

Un ramo si spezzò con un forte *crack!* dietro di lei. *Immediatamente* dietro di lei, così vicino che poteva improvvisamente sentire il calore del suo corpo.

Maggie si girò di scatto, il pugno chiuso, e colpì. Le sue nocche si connessero con abbastanza forza da far esplodere il dolore attraverso l'avambraccio fino al gomito.

«Merda!» urlò Sammy, barcollando all'indietro.

«Oh, io... scusa» mormorò, realizzando con chi stava

parlando, poi chiuse l'altro pugno. «No, aspetta, non mi dispiace. Che cazzo... di tutto?»

«Ti spiegherò, solo non colpirmi di nuovo» disse lui, massaggiandosi la mascella. «Anche se me lo meritavo».

«L'hai ucciso tu?»

«Cosa?» I suoi occhi si spalancarono. «No, Mags, certo che io-»

«Allora perché diavolo sei qui?» I suoi pugni erano ancora serrati ai fianchi. Lui era venuto qui, proprio come lei. Perché sapeva. E sua madre-*Dovresti chiedere a Sammy.* «Cosa hai fatto?» sibilò. Voleva saperlo? No, assolutamente no. Ma *doveva* saperlo. Doveva sapere se la persona di cui si fidava di più al mondo aveva ucciso suo fratello e le aveva mentito per tutta la vita.

«Non sapevo che fosse Aiden», disse Sammy, con gli occhi lucidi. «Quando sono arrivato, era già morto. Non ho mai visto il corpo. Ero in giro in bicicletta e ho trovato Alex tutta malconcia per strada. L'ho portata al pronto soccorso in bici, hanno chiamato suo nonno, e ho aspettato mentre le davano degli antidolorifici. Poi sono andato via e sono andato a casa tua.»

«A casa mia?» Aggrottò la fronte. Il petto le faceva male. «Perché?»

«Alex mi ha chiesto di parlare con tua madre.» La pioggia gli scorreva sulla fronte e nell'occhio. Lui sbatté le palpebre per scacciarla. Lei sperò che gli facesse male. Molto male.

«Perché ti avrebbe chiesto di parlare con la madre di un ragazzo che aveva ucciso?» Maggie si voltò verso il sentiero e riprese a camminare. Aveva bisogno di sapere, ma il dolore nel suo sguardo le trafiggeva i polmoni, e i suoi muscoli formicolavano, il cuore le pulsava nelle tempie. E sebbene Sammy avesse chiaramente fatto *qual-*

cosa, non era un assassino. Gli credeva; era arrivato dopo i fatti.

«Credo che stesse cercando di confessare», disse Sam, affrettandosi a seguirla. «Ma pensavo che avesse fatto del male a Dylan, perché Alex stava borbottando cose su *suo* fratello, capisci? Diceva di averlo ucciso, forse nascosto da qualche parte, non posso esserne sicuro ancora oggi di cosa abbia detto. Ero sconvolto, tutto quel sangue, e l'avevano drogata per bene in ospedale - si lamentava che i calzini le facevano sentire le dita dei piedi troppo amichevoli prima di svenire. Non eravamo esattamente lucidi.»

«Giusto, è una maniaca sotto antidolorifici.» Era uscita dalla finestra dopo l'operazione ai denti del giudizio. «Ma-»

«Mi ha anche detto che tua madre aveva aiutato la sua; che se avessero iniziato a indagare, suo padre avrebbe ucciso sua madre.»

Ah... Perché a quel tempo, suo padre era solo sotto processo, e non avevano un corpo - Alex avrebbe sperato che sua madre fosse viva. E se Alex pensava che sua madre fosse nascosta, che potesse essere scoperta da un'indagine della polizia...

«Ero così confuso», continuò Sammy, la voce tremante tanto per il dolore emotivo quanto per lo sforzo. Maggie non ricordava di aver deciso consciamente di correre, ma stava correndo attorno al sottobosco, evitando le buche lasciate dagli stivali dei poliziotti o qualsiasi tipo di attrezzatura forense avessero portato qui. «Tutto è successo così in fretta. Penso che potesse essere in delirio per la perdita di sangue, ma io ero parecchio agitato. E i miei genitori erano a Sarasota, ricordi? Mia nonna era a casa, ma... Insomma, ero molto più vicino a tua madre. Ho pensato che avrebbe saputo cosa fare.»

«A Sarasota per lavoro», ansimò Maggie. I polmoni le

facevano male. «Me lo ricordo. Ma, Sammy, è molto da digerire.»

«È quello che ha detto lei.»

Gli lanciò un'occhiata. «Wow.»

«Troppo presto, d'accordo. Ma al punto: ho detto a tua madre che una mia amica aveva ucciso qualcuno. E che non ero sicuro di cosa fare.»

«E... mia madre ha semplicemente detto che se ne sarebbe occupata lei?» La sua maglietta era bagnata, le si appiccicava alla pelle.

«Aveva già visto qualunque ferita tu avessi a quel punto. Deve aver pensato che stessi proteggendo *te*. All'epoca, eri la mia unica amica che conoscesse - avevo incontrato Alex solo quella sera. E, di nuovo, non credo sapesse che fosse Aiden, non ancora. Neanch'io lo sapevo. A quel punto, non ti avevo visto, e non avevo idea che Aiden fosse scomparso.»

E una volta che la mamma si era resa conto che suo figlio era scomparso, aveva messo insieme i pezzi. Aveva cercato di aiutare l'unico figlio che le era rimasto.

Maggie rallentò a un bivio del sentiero, il picchiettio della pioggia contro le foglie ora più forte, anche se non riusciva a sentire la tempesta sulla pelle già fradicia. A sinistra, il sentiero sembrava normale, pieno di erba rada e pietre. Indisturbato - inutile. La terra solcata piegava a destra, il sentiero lì più fitto, coperto da rami bassi. Maggie si diresse in quella direzione, chinandosi sotto le liane e nell'ombra.

Si azzardò a guardare oltre la spalla. Anche Sam stava scrutando il sentiero. Non aveva mai visto il corpo - non aveva abbandonato Aiden. Non sapeva nemmeno lui dove andare.

«Mi dispiace tanto, Maggie», disse, scacciando un ramo dal viso. «Non mi è mai passato per la mente che tua madre avrebbe pensato fossi stata tu. Conosceva la madre di Alex, suo padre - è quello che Alex ha detto. Pensavo che avrebbe capito che aveva a che fare con loro. Pensavo di averle detto abbastanza. Ma il mio cervello era tipo... fritto dal panico o qualcosa del genere. E quando mi sono reso conto di cosa fosse successo, Alex mi aveva fregato. Mi ha detto che lo aveva avvolto in una felpa che aveva trovato per strada. A me mancava la mia. Mi ha involontariamente incastrato - l'unico ragazzo nero di Fernborn, il tizio che l'aveva portata in ospedale in bicicletta. Figurati.»

Maggie scosse la testa e rallentò per aggirare una grande chiazza di rovi. «Ha usato la tua maglietta per avvolgere il corpo?»

«Sì, è proprio una mente criminale.»

«Corri e basta, Sammy.»

«E se preferissi che mi colpissi di nuovo?» ansimò.

Possiamo fare entrambe le cose. Si fermò sul lato del sentiero, tirò indietro la mano e lo colpì più forte che poteva alla spalla. Ancora una volta, le nocche le si accesero di dolore, il gomito acuto e arrabbiato. Si strinse le dita pulsanti nell'altra mano. «Cazzo, sei fatto di metallo?»

«Ti lascerò prendermi a calci nelle palle più tardi. Imani non vuole altri figli comunque.»

«Va bene», disse, raddrizzandosi, poi riprese il cammino sul sentiero.

«Va bene», ripeté lui. «Ma non un 'va bene, è finita', giusto?»

Lei scosse la testa, gli occhi fissi sul bosco desolato, la chioma gocciolante. «No. Questo non è decisamente finito.» Forse non sarebbe mai finito. No, Sammy non aveva sepolto nessuno. Non aveva ucciso nessuno. Aveva cercato di proteggerla, aveva parlato con sua madre. Le cose erano sfuggite di mano, e quando se n'era reso conto, non poteva più tornare indietro senza ferire Alex, senza mettere a rischio il futuro della madre di Maggie - fabbricare prove, fingere telefonate, era illegale.

Ma avrebbe dovuto dirglielo comunque. Avrebbe dovuto fottutamente dirglielo.

Il sentiero curvava, una delicata forma a C con un gancio extra alla fine, e mentre giravano l'ultima curva, entrambi si fermarono. Un albero gigante si ergeva sulla loro strada, bloccando completamente il sentiero.

«E adesso?» chiese Sam.

Maggie stava già scrutando il terreno, i rami dell'albero caduto scricchiolavano, il vento ululava, la pioggia tamburellava contro il sottobosco. Ma sopra tutto ciò, un altro suono...

Maggie si voltò alla loro sinistra, con la testa inclinata. Un cervo? No, troppo lamentoso, troppo acuto. Un gemito. Anche Sam l'aveva sentito; si stava già precipitando fuori dal sentiero, nei boschi più fitti, seguendo la sottile linea tagliata dall'albero caduto e allargata dal Dipartimento di Polizia di Tysdale.

«Alex!» chiamò Maggie. Nessuna risposta. Ma in pochi minuti poteva vedere il nastro della polizia, che si agitava nella brezza come le code di un aquilone. Maggie accelerò il passo, il sudore le scorreva lungo la schiena insieme alla pioggia, seguendo Sammy. Almeno gli agenti avevano battuto la terra, forgiando un sentiero diretto verso il pozzo.

Sammy si fermò di colpo, e Maggie gli si schiantò addosso, con la faccia piantata contro la sua scapola, dolente. «Dannazione!» Fece un passo a destra, strofinandosi il naso, e sbirciò intorno al suo braccio.

Alex era in piedi sul bordo del pozzo, con gli occhi rivolti verso il buio. «Mi dispiace», disse, così piano che le sue parole avrebbero potuto essere scambiate per la brezza.

«Sono più arrabbiata per il fatto che mi hai fatto correre», disse Maggie, avvicinandosi. «*Correre*, Alex. Ora fai un passo indietro, vuoi?» *Non cadere oltre il bordo. Non morire qui come Aiden. Abbiamo già perso abbastanza tutti quanti.*

«Sì, io non corro a meno che qualcosa non mi stia inseguendo», disse Sammy.

«Lui *mi* stava inseguendo». Alex girò gli occhi gonfi verso Maggie. Ma non si allontanò dal pozzo. «Ho afferrato un coltello e sono corsa nei boschi. C'era questo enorme ceppo cavo in cui mi nascondevo quando i miei genitori litigavano - nessuno mi aveva mai trovata lì. Non ho idea di quanto tempo sia rimasta nascosta, ma ero stordita, vomitavo; pensavo di stare morendo. Ed era così silenzioso. Buio, anche, a quel punto. Così, sono uscita, pensando di poter arrivare all'ospedale, ma poi l'ho sentito arrivare. Non ho avuto il tempo di tornare nel ceppo. Ha cercato di afferrarmi, e-»

La sua voce si spezzò, il respiro le usciva affannoso dai polmoni, contraendosi così forte che Maggie temeva potesse cadere nel buco. Le punte delle sue scarpe sporgevano oltre il bordo di pietra. «Penso che volesse solo toccarmi la spalla, per assicurarsi che stessi bene, capisci? E io ho solo... reagito. Per tutto il tempo, non ha detto nulla - nemmeno una parola. Ed era così... p... piccolo». Inspirò un lungo respiro sibilante, e i polmoni di Maggie si contrassero. «L'ho spinto dentro la vecchia quercia - quella dove mi stavo nascondendo. Poi sono corsa verso la strada».

E Sammy l'aveva portata in bicicletta all'ospedale. La traccia di isolante si era probabilmente trasferita sui vestiti di Alex quando Dylan l'aveva aggredita.

Alex deglutì a fatica. Le sue spalle si immobilizzarono, il suo viso una maschera spenta. Maggie non era sicura se questa improvvisa calma fosse una buona cosa; le persone suicide erano talvolta più felici proprio prima di saltare. E c'era una piccola parte di lei che voleva che Alex saltasse - la parte che, anche adesso, stava guardando il suo fratellino, il suo fratellino preoccupato, avvicinarsi a una ragazza ferita nel bosco. Lui aveva voluto aiutarla. E lei l'aveva fottutamente ucciso.

«Per tutta la notte, ricordo di aver pensato che non volevo che avesse freddo», sussurrò Alex. Gli occhi di Maggie bruciavano. «Ma era così vicino alla casa - troppo vicino. Ho usato un carrello per mobili. Mi ci è voluto un intero giorno per portarlo al pozzo. Mi sono strappata metà dei punti». Maggie riusciva a malapena a sentirla sopra il vento che soffiava. «Ho cercato di farlo sparire. Volevo solo che sparisse».

Sam incrociò le braccia, il viso stravolto. Maggie si avvicinò, con le mani alzate come se potesse telecineticamente spingere Alex indietro dal bordo. «Avresti dovuto dirmelo». *Non avresti dovuto ucciderlo.*

Alex tirò su col naso, i capelli biondi incollati alle orecchie. «Non era così facile. Tu ed io non ci conoscevamo allora. E se avessi parlato ad altri di Aiden, avrei dovuto raccontare del mio seno, di Dylan. Non volevo che le autorità cercassero mia madre, ma pensavo anche che la polizia avrebbe riportato Dylan a Fernborn. Lui aveva sempre voluto sparire - aveva i soldi della cassaforte. Speravo che se ne andasse per sempre, perché se fosse tornato...» Lacrime e pioggia gocciolavano dal suo mento. «Non ne sarei uscita viva. Non di nuovo».

«Perché non farlo semplicemente arrestare?» chiese Maggie.

«Ci ho *provato*». Guardò verso il terreno - verso il pozzo buio, buio. «Anche mia madre ci ha provato. Lui se la cavava sempre. Aveva sempre una ragione, un alibi. E all'epoca aveva solo sedici anni, quindi non è che sarebbe andato in prigione. Al massimo in riformatorio, e poi sarebbe uscito a diciotto anni e mi avrebbe uccisa nel sonno». Il suo labbro tremò. Fissava il buco. «Almeno così, avevo una possibilità».

«Hai molto più di una possibilità». Maggie si avvicinò con cautela, colmando la distanza tra loro - una su ogni lato del pozzo. «Dylan è morto». *Come mio fratello. Come Kevin, che amavo - mi hai fatto credere che fosse un assassino.*

Alex scosse violentemente la testa, ma non alzò il viso. «Non puoi saperlo».

«Tristan può», sbottò Maggie, ma il suo cervello non riusciva a calmarsi, i pensieri le correvano in testa come la pioggia sul viso - *hai mentito, mi hai mentito per tutti questi anni.*

«Non *può*», insistette. Alex finalmente alzò lo sguardo, i suoi occhi blu acuti - iniettati di sangue, ma sicuri. «Ho identificato quella camicia, quella trovata con il suo corpo, ma Dylan è intelligente. Dannatamente intelligente, Maggie. E spietato come l'inferno. Potrebbe essere a Fernborn proprio ora, e non lo sapremmo mai».

Suonava paranoico, ma Maggie capiva la sua prospettiva - l'autodifesa. A parte suo nonno, gli uomini nella famiglia di Alex erano mostri. Sua madre aveva cercato di sparire, aveva lasciato la sua unica figlia per restare in vita, ed aveva fallito. Alex era a malapena sopravvissuta, e aveva perso parti del corpo per farlo. E Aiden... lui voleva solo aiutarla.

Se Alex fosse caduta nel pozzo ora, la morte di suo fratello sarebbe stata vana.

I suoi pensieri si calmarono, ma la sua gola rimase stretta come in una morsa. «Abbiamo bisogno della tua testimonianza per togliere Sammy dai guai», disse Maggie con sforzo. «Hanno la sua felpa come prova. E una volta che scopriranno che è stata mia madre a fare quella soffiata da Yarrow-»

Alex sussultò. Inciampò, e il cuore di Maggie accelerò

a mille, ma non poteva raggiungere Alex dall'altro lato del pozzo - stava per vederla morire. Sammy si lanciò in avanti.

Alex si raddrizzò appena in tempo. Indietreggiò dal bordo e incrociò lo sguardo di Maggie. «Tua madre... *cosa?*»

Il suo cuore - santo cielo, il suo cuore. Come uno scoiattolo durante la stagione delle noci. «Abbiamo molto di cui parlare. Ma Sammy non ha più un alibi. Sembra più colpevole che mai». Maggie sentì le lacrime, calde sulle guance. «Per favore, aiutami a fare la cosa giusta. E facciamolo lontano da questo pozzo».

«Beh... è un pensiero profondo», disse Sammy.

Alex lo guardò accigliata. «Chiudi il becco, Sammy», dissero lei e Maggie all'unisono.

Quelle tre parole non erano affatto il modo perfetto per dire addio, ma non si poteva negare che sembrassero gli ultimi respiri ansimanti, anche se non riusciva a definire esattamente *cosa* stesse finendo. La foresta aveva i denti, e il suo cuore era un buco frastagliato, orribile e tremendo e brutale e contornato da vent'anni di dolore.

Ma l'addio era reale. Era giusto.

A volte è tutto ciò che si può chiedere.

EPILOGO

La luce opaca gli faceva male agli occhi e riduceva i partecipanti nella sala principale a ombre spettrali. La musica gli rimbombava nelle orecchie e pulsava nel suo addome. C'era odore di caramello e del profumo di Kevin.

Indossava sempre un profumo che potesse ricordarle le persone a cui teneva. Era profondamente legata ai suoi amici e ancora soffriva per l'uomo che aveva perso.

Ma era ora che trovasse un sostituto. Un sostituto *vero*.

Era quasi il momento di fare la sua mossa.

Gli altri suoi amanti erano ormai fuori dalla sua vita, tutti punti effimeri sul suo radar romantico, presenti e poi scomparsi. Kevin, per ovvie ragioni. Reid, anche lui - il detective non aveva più goduto di una replica dopo la notte in cui l'aveva portata così sfacciatamente a casa. Forse era a causa del ragazzo.

Sorrise. Aveva lanciato un sasso alla finestra di Ezra poco prima che Maggie uscisse di casa. Si era assicurato che il bambino l'avesse vista.

A volte bastava mettere in fila le tessere del domino e guardare come cadevano.

È quello che stava facendo quella sera. Osservare. Aspettare. Sicuro di aver preparato tutto alla perfezione. Dopo tutta la tensione dell'ultimo anno, finalmente, *finalmente*, era tornata al club. Era tornata da *lui*. E aveva intenzione di assicurarsi che non lo lasciasse mai più.

Gli alti stivali di Maggie brillavano, come bagnati alla luce delle candele mentre scrutava la stanza, le coppie sul divano in fondo, i voyeur negli angoli. Una volta era stata una di loro, si limitava a guardare, a immaginare. Per mesi, era venuta in questo club per osservare. E poi, aveva lasciato che unaltro uomo la toccasse. Poi un altro ancora. E alla fine... lui.

Ecco perché era qui, ora - per lui. Faceva la difficile, fissando attraverso la sala buia gli altri esseri umani in offerta, semplici corpi caldi per passare la notte. Lo stava stuzzicando. Lo stava mettendo alla prova. Lo stava portando a nuove vette fingendo che potesse scegliere un altro.

Represse il suo sorriso, cercando di non sembrare troppo ansioso. Questa notte era sua. Una volta che avesse incrociato il suo sguardo, una volta che lo avesse invitato ad avvicinarsi, avrebbe fatto la sua mossa. Si sarebbe rivelato a lei. E l'avrebbe fatta sua nella vita, oltre le mura di questo club buio.

Maggie alzò improvvisamente la mano e indicò l'uomo in piedi al centro della stanza. Più grosso di quelli che di solito chiamava quando veniva qui, con muscoli robusti e peli sul petto e un orecchino sul capezzolo. I tatuaggi correvano in una colorata manica sul suo braccio sinistro, una massa di serpenti contorcenti, tre dei quali spuntavano dagli occhi di un teschio nero e rosso. Braccialetto verde al polso.

Sbatté le palpebre, all'inizio incerto su ciò che stava vedendo, ma poi la consapevolezza si fece strada con terribile chiarezza. *No.*

L'uomo tatuato si avvicinò a Maggie, un sorriso gli sfiorò le labbra sotto la maschera di pelle, il mento scoperto.

Lui si portò la mano alla propria maschera, toccandosi il mento. Il cuoio gli copriva l'intero viso. C'era un'apertura sulla bocca, ma le parti che potevano suggerire la sua identità, persino la forma della mascella... coperte. Tutto coperto. Come lo erano sempre state.

La tensione gli pizzicò lungo la spina dorsale mentre l'uomo tatuato si avvicinava a Maggie. Scrutò la stanza, strizzando gli occhi, cercando freneticamente un modo per aggirare la situazione. Una distrazione, forse, e l'uomo si sarebbe fatto da parte permettendo a Maggie di vedere lui - solo lui. Una coppia sedeva avvolta l'uno nelle braccia dell'altro su un'enorme poltrona di pelle; quella poltrona non aveva fondo, lo sapeva per certo. Non stavano guardando dalla sua parte. Nemmeno i due uomini appoggiati al muro, che curavano i loro appetiti per la serata. Poteva usare le candele, darne fuoco a una? No, lei l'avrebbe visto compiere qualsiasi malfatto. Quindi, cosa c'era da fare? Cosa poteva fare?

Doveva fare *qualcosa*.

L'uomo tatuato era ancora più vicino. Osservava Maggie. Osservava il suo amore.

Maggie sorrise, gettando i capelli fiammeggianti oltre la spalla, e... *ah.* Si voltò verso di lui. I loro sguardi si incrociarono e il suo cuore si librò. L'aveva visto - finalmente l'aveva visto. Ora avrebbe allontanato l'uomo tatuato dalla sua orbita e sarebbe venuta da lui, l'avrebbe invitato ad avvicinarsi.

Le sue spalle si rilassarono, la pancia malata di

tensione, ma si allentò mentre lei continuava a sostenere il suo sguardo. Di cosa si era preoccupato? Lo stava solo stuzzicando, ora era chiaro. Non distoglieva lo sguardo dal suo, anche se già sapeva che il suo braccialetto era verde, conosceva ogni curva del suo corpo anche nella penombra, i piani rigidi del suo addome, il modo in cui i suoi capelli profumavano come Kevin - esattamente come Kevin. Pensava che fosse solo nella sua testa? O si rendeva conto che lui coltivava quel profumo di proposito, per renderla felice, per metterla a suo agio? Per farla innamorare di lui?

Le sorrise. Ma doveva ancora aspettare che lei lo invitasse ad avvicinarsi. Lei aveva il braccialetto rosso. Lui aveva quello verde. Era così che lei lo voleva - come le piaceva.

E lui aveva ogni intenzione di renderla felice.

Fece un passo avanti, le spalle tese - non poteva farne a meno. I suoi occhi lo stavano chiamando, lo invitavano a uscire dall'ombra.

Lei si voltò.

Il suo cuore si fermò.

Maggie si girò di nuovo verso l'uomo tatuato, che si avvicinava ancora. Sempre sorridendo. E poi... anche lei sorrideva. Non a lui. All'*altro* uomo. All'uomo con i tatuaggi.

Un fuoco divampò nelle sue viscere, un inferno che gli raggiunse il petto, arroventandogli il collo. *No*. Questo non poteva accadere.

L'uomo tatuato si avvicinò a distanza di un braccio. Lei indicò la porta sul retro della stanza: la sala giochi privata. L'uomo tatuato si girò e si diresse verso la porta, seguendo le sue indicazioni.

Maggie lo seguì silenziosamente attraverso la stanza fumosa, le candele tremolanti sulla schiena nuda dell'uomo che aveva scelto, un bagliore di luce seducente.

No, no, no.

Maggie varcò la soglia e si voltò indietro. Lui era lì, immobile, a pochi passi dalla porta, con il cuore ridotto a un grumo di pietra fusa. Aveva attraversato la stanza di corsa? Non se n'era accorto, ma ora era qui, di fronte alla porta, a fissare. Tremante.

Maggie inclinò la testa, i suoi riccioli rossi le ricaddero sul braccio.

I suoi polmoni si contrassero, l'aria inutile. Questo non doveva succedere. Era tutto sbagliato.

Ma che fosse giusto o sbagliato, stava accadendo. Maggie chiuse la porta al rallentatore, e mentre lo spiraglio svaniva, lui le fece un cenno col capo. *Ti perdonerò, Maggie.* L'aveva perdonata per Kevin, per Reid, e l'avrebbe perdonata anche per questo. Quell'uomo tatuato non avrebbe mai potuto darle ciò che desiderava.

Lui poteva. Conosceva tutto di lei: i suoi cibi preferiti, i suoi artisti preferiti. I suoi fiori preferiti.

L'avrebbe riconquistata. Aveva solo bisogno del regalo perfetto.

La porta della sala giochi pulsava di ombre. Immaginò l'uomo tatuato all'interno, legato al letto con delle cinghie che avrebbero dovuto essere sue. La rabbia gli dilaniava le viscere, il sangue gli ribolliva. Indietreggiò e si diresse verso l'uscita.

Non poteva perdere la calma, non dopo aver investito così tanto tempo. Ed era ormai evidente che nessuno dei suoi regali precedenti aveva dimostrato adeguatamente il suo affetto: non aveva pensato in grande abbastanza. Avevano dimostrato quanto bene la conoscesse, ma non avevano mostrato fino a che punto fosse disposto a spingersi. Avevano mostrato il suo affetto, ma non il suo impegno.

Qual era il regalo di San Valentino perfetto?

Un sorriso si allargò lentamente sul suo viso.

Forse il cuore dell'uomo tatuato sarebbe andato bene.

***I Morti Non Si Preoccupano* è il libro 4 della serie *Giochi Mentali*.**

I Morti Non Si Preoccupano
**CAPITOLO 1
REID**

Le scale erano un portale per l'inferno, anche se dall'esterno non si sarebbe detto. Abbastanza semplici, i gradini metallici scanalati tintinnavano come campanelli sotto le sue scarpe, le pareti di cemento scheggiate, la vernice butterata come cicatrici d'acne: imperfette, ma non intrinsecamente pericolose. Reid però poteva sentire il pericolo nelle ossa, annusarlo nell'aria, nel sapore metallico sulla lingua. Qualunque cosa stesse per affrontare non sarebbe stata piacevole. La bellezza era per gli artisti, non per i detective dell'omicidi.

L'oscurità in fondo alle scale era densa e nebbiosa, con un'umidità che rispecchiava l'aria di luglio. C'erano pochi edifici abbandonati in questa zona della città, ma il magazzino al piano superiore era stato occupato più recentemente da un'azienda di imballaggi: un'esca perfetta per un incendio. Non era stata una sorpresa quando un incendio aveva distrutto il lato sud, e nessuna azienda, nemmeno gli imballatori che avevano chiamato questo posto casa, era tornata a reclamare le macerie. Al piano di sopra, il cartone pesante, ammuffito e ancora inzuppato d'acqua ricca di minerali degli idranti, rendeva l'aria calda nebbiosa come nella giungla.

Ma qui sotto... *non dovrebbe essere così buio qui sotto*. La squadra forense era già sulla scena, la porta tenuta aperta con un cuneo di legno triangolare. Per una frazione di secondo, Reid immaginò di essere nel posto sbagliato, di essere stato attirato lì per qualche motivo a lui sconosciuto. Un motivo mortale. Ma poteva sentire gli altri oltre la porta buia, lo strusciare delle scarpe, il basso mormorio delle voci degli agenti, il tintinnio degli strumenti. Era una cacofonia distintiva che componeva una scena del crimine. La sola presenza di un cadavere smorzava le voci dei vivi, divorando le anime con la stessa affidabilità dei topi che mangiano la carne di una vittima.

Dio, sperava che non ci fossero topi.

Reid raggiunse il fondo delle scale. Come se avesse anticipato la sua presenza, una luce si accese da qualche parte oltre la porta aperta. Il bagliore al sodio colpì la parete alla sua destra, poi si allontanò mentre regolavano il collo, presumibilmente per concentrarsi sulla scena e non sul grosso sedere di Reid che si chinava attraverso l'apertura nel suo completo con pochette: sempre più ordinato del necessario. Reid aveva bisogno di quell'ordine come un'ancora nella tempesta. Aveva bisogno di essere fisicamente in ordine quando il resto del mondo era un sanguinoso disastro.

Ma... uhm. Pavimenti vuoti, completamente privi di detriti: inaspettato. L'assassino aveva pulito? Se così fosse, la sua diligenza si era fermata al pavimento. Le pareti di cemento erano rigate di sporcizia, striature di nero e marrone come sbarre di prigione irregolari, scoli dalla carta imbevuta d'acqua sopra. Il faretto era attualmente puntato sull'angolo più lontano della stanza. Anche se Reid non poteva ancora vedere la vittima, poteva sentire l'odore della morte al di sopra della muffa e della polvere spessa che si attaccava alla sua gola come cenere.

Fece un respiro e chiuse gli occhi per un battito più lungo di un batter di ciglia, cercando di vedere la stanza come l'avrebbe vista l'assassino. I tecnici svanirono. La luce si affievolì. L'aria ronzante divenne silenziosa.

Reid aprì gli occhi e si avvicinò, le pareti si stringevano ad ogni passo, il faretto mal puntato faceva brillare la parete posteriore in modo tale da gettare la vittima nell'ombra. Tutto ciò che Reid poteva vedere era un vago contorno, una forma amorfa seduta sul pavimento: un oggetto inanimato, privo di sostanza, speranze o sogni. Mentre i suoi occhi si abituavano, poteva distinguere le sue mani, i polsi legati sopra la testa, la corda avvolta intorno a un grosso tubo metallico del soffitto, le estremità sfilacciate pungenti nella fioca luce grigia dalla finestra lontana. Le sue braccia si muovevano, sussultando mentre lottava contro i legacci. Poteva sentire il timbro delle sue ultime urla: sentirla supplicarlo di lasciarla andare.

«Dannazione!» disse uno dei tecnici, armeggiando con il faretto, e la voce della vittima tacque mentre il resto della stanza gli tornava addosso. Ora c'erano solo il tintinnio del supporto della luce, la voce del tecnico alla sua sinistra che spolverava il terreno alla ricerca di impronte. Mentre si avvicinava alla donna morta, una forma ingombrante accanto al corpo si alzò come un'apparizione, poi entrò nel bagliore proiettato dalle tozze finestre del seminterrato.

«Ci hai messo tanto, Hanlon?»

Clark Lavigne era un bulldozer di uomo, nero con la testa calva e un sorriso pronto. Con una laurea in letteratura francese, era l'ultima persona che Reid si sarebbe aspettato diventasse un poliziotto, ma Reid l'aveva visto in azione: nessuno dovrebbe mettersi contro di lui. Nessuno intelligente. Reid di certo non lo avrebbe fatto.

Clark stava ancora aspettando una risposta, le sue sopracciglia spesse aggrottate per la preoccupazione, e con buona ragione. Reid era rimasto bloccato in una riunione per il programma scolastico estivo di suo figlio... beh, figlio adottivo. Ancora un altro *incidente*, ciascuno più sanguinoso dell'ultimo. Da pugni a unghiate a, questa volta, una matita. Il ragazzo aveva bisogno di una nuova scuola, una senza altri bambini, se si credeva al preside. «Avevo una riunione», disse Reid.

«Ah». Era una parola carica, pesante. Clark l'aveva avvertito di non prendere il ragazzo: Ezra aveva alcune tendenze psicopatiche. Anche Maggie, la sua partner psicologa, aveva avvertito che la strada verso la guarigione sarebbe stata lunga e poteva non andare come lui voleva. Sembrava che avesse ragione. Di solito ce l'aveva. Ma nessun altro si stava facendo avanti per prendere il bambino: era Reid o una casa famiglia, probabilmente il carcere minorile... o peggio.

Quando Reid non rispose, Clark continuò: «Un paio di ragazzi l'hanno trovata sulla via del ritorno da scuola. Stavano combinando guai, rompendo finestre. Non lo faranno più».

«O lo faranno ancora di più, cercando quell'adrenalina». Ezra sicuramente l'avrebbe fatto.

Clark lo fissò. Entrambi si voltarono quando la luce si

spostò di nuovo, finalmente illuminando la vittima come se fosse sul palco per il suo grande debutto. Le forme amorfe si solidificarono in forma e colore e...

Clark si irrigidì. Reid fissò, il cuore che balbettava, la trachea che si chiudeva, così stretta che non riusciva a forzare un respiro. *Oh no. Oh no, no, no.*

I capelli rossi della vittima brillavano come fuoco. Ma non era una vittima qualsiasi. Aveva pensato che i suoi capelli fossero come il respiro di un drago in più di un'occasione, più recentemente quando erano sparsi sul suo cuscino. Aveva sperato in una replica una volta che suo figlio si fosse abituato all'idea, ma...

Era troppo tardi.

I suoi polmoni bruciavano, arrostiti da carboni ardenti, il petto stretto e dolorante. Reid fece un passo avanti, mosso dall'inerzia invece che dalla volontà, il mondo che lo trascinava nella sua orbita. I suoi polsi erano legati con una corda di nylon, come aveva notato prima, ma ora poteva vedere le ferite lungo la parte inferiore delle braccia. Un arrabbiato zig-zag era stato scavato profondamente in un'ascella come se l'assassino avesse giocato a *Zorro* attraverso i peli ispidi. Ferite più profonde nella pancia. Lividi coprivano i suoi avambracci e le sue gambe pallide, esposte sotto i pantaloncini di jeans. Era stata abusata prima di essere uccisa, selvaggiamente.

Ma i pantaloncini... Maggie non possedeva pantaloncini di jeans, vero? Non l'aveva mai vista in jeans. O in pantaloncini, in effetti.

Reid scivolò dall'altro lato del corpo, il cuore che gli rimbombava nelle orecchie, coprendo le voci dei tecnici. Si inginocchiò, cercando di vederle il viso. La testa pendeva mollemente di lato, i capelli ricci coprivano l'incavo della guancia, nascondendole l'occhio.

Reid allungò una mano guantata e delicatamente

scostò i capelli rossi dalla tempia appiccicosa, tenendo la massa rappresa come una tenda.

«Merda», disse Clark.

Reid degluti a fatica, ma non distolse lo sguardo. La guancia era un miscuglio di sangue rappreso e tessuto gonfio, la carne squarciata fino al muscolo, la ferita così profonda che i bordi si aprivano come labbra esponendo lo zigomo bianco pallido. E i suoi occhi...

Lo fissavano, vitrei e spalancati - blu. Non marroni.

Le sue spalle si rilassarono. I polmoni si allentarono. Reid inspirò un respiro metallico. *Non è Maggie. Grazie a Dio, non è Maggie.* Ma il suo petto rimase teso. Questa donna era comunque la bambina di qualcuno, la moglie di qualcuno, l'amica di qualcuno. E quello che l'assassino le aveva fatto...

Aggrottò la fronte, immergendosi nel suo sguardo spento. Poteva vedere i suoi occhi, ma non perché le palpebre fossero aperte. Sottili tagli uniformi correvano lungo la carne appena sotto ogni arcata sopracciliare. E basandosi sulla quantità di sangue che le rigava le guance, era ancora viva quando lui l'aveva fatto. Respirava ancora quando le aveva tagliato le palpebre, quando l'aveva mutilata.

«Sai a chi assomiglia, vero?» disse Clark. «I suoi capelli, la sua corporatura...»

Reid non riusciva a distogliere lo sguardo, né aveva bisogno di rispondere. La somiglianza con Maggie era lampante. Qualsiasi idiota l'avrebbe notata. Non sembrava una coincidenza.

E nemmeno questo magazzino sembrava la fine.

Reid sbatté le palpebre guardando le guance insanguinate della vittima, la carne scavata dalle ossa, le profonde lacerazioni penetranti nell'addome. Il sospettato ci aveva messo del tempo. Si era goduto ogni minuto ascoltando le urla di questa povera donna.

I peli sottili sulla nuca di Reid si rizzarono. No, non era finita. Questo era un gioco per il loro assassino.

E stava solo iniziando.

**Trova *I Morti Non Si Preoccupano* qui:
https://meghanoflynn.com**

Quando un bambino viene trovato morto, sbranato nei boschi, il medico legale conclude che si tratta di un attacco di cane — ma il vice sceriffo William Shannahan crede che l'assassino sia umano. Per risolvere il caso, deve rivolgersi alla sua fidanzata, Cassie Parker, che sa più di quanto voglia ammettere... *Il Rifugio delle Ombre* è un thriller avvincente nello stile di Gillian Flynn, una sorprendente esplorazione dell'ossessione, della disperazione e di fin dove siamo disposti a spingerci per proteggere le persone che amiamo.

Il Rifugio delle Ombre
CAPITOLO 1

Per William Shannahan, le sei e trenta di martedì 3 agosto fu "il momento". La vita era piena di quei momenti, gli aveva sempre detto sua madre, esperienze che ti impedivano di tornare ad essere chi eri prima, piccole decisioni che ti cambiavano per sempre.

E quella mattina, il momento arrivò e passò, sebbene lui non lo riconobbe, né avrebbe mai desiderato ricordare quella mattina per il resto della sua vita. Ma da quel giorno in poi, non sarebbe mai stato in grado di dimenticarla.

Lasciò la sua casa colonica del Mississippi poco dopo le sei, vestito con pantaloncini da corsa e una vecchia maglietta ancora macchiata di vernice giallo sole, residuo della decorazione della stanza del bambino. *Il bambino.* William lo aveva chiamato Brett, ma non l'aveva mai detto a nessuno. Per tutti gli altri, il neonato era solo quella-cosa-di-cui-non-si-poteva-mai-parlare, soprattutto da quando William aveva anche perso sua moglie al Bartlett General.

Le sue Nike verdi battevano contro la ghiaia, un metronomo sordo mentre lasciava il portico e iniziava a correre lungo la strada parallela all'Ovale, come i paesani chiamavano i quasi cento chilometri quadrati di bosco che si erano trasformati in una palude quando la costruzione dell'autostrada aveva sbarrato i ruscelli a valle. Prima che William nascesse, quei cinquanta o giù di lì sfortunati proprietari di terreni all'interno dell'Ovale avevano ricevuto un risarcimento dai costruttori quando le loro case si erano allagate ed erano state dichiarate inabitabili. Ora quelle abitazioni facevano parte di una città fantasma, ben nascosta agli occhi indiscreti.

La madre di William l'aveva definita una vergogna. William pensava che potesse essere il prezzo del progresso, anche se non aveva mai osato dirglielo. Non le aveva nemmeno mai detto che il suo ricordo più caro dell'Ovale era quando il suo migliore amico Mike aveva riempito di botte Kevin Pultzer per avergli dato un pugno in un occhio. Questo accadeva prima che Mike diventasse lo sceriffo, quando erano tutti semplicemente "noi" o "loro", e William era sempre stato uno di "loro", tranne quando c'era Mike. Forse si sarebbe adattato altrove, in qualche altro posto dove vivevano gli altri secchioni imbranati, ma qui a Graybel, era solo un po'... strano. Pazienza. La gente in questa città spettegolava troppo per potersi fidare di loro come amici comunque.

William annusò l'aria paludosa, l'erba rasata che succhiava le sue scarpe da ginnastica mentre aumentava il ritmo. Da qualche parte vicino a lui, un uccello stridette, alto e acuto. Sussultò quando questo prese il volo sopra di lui con un altro grido esasperato.

Dritto davanti a lui, la strada carrabile che portava in città era immersa nell'alba filtrata, i primi raggi di sole dipingevano d'oro la ghiaia, anche se la strada era scivolosa per il muschio e l'umidità mattutina. Alla sua destra, ombre profonde lo attiravano dagli alberi; gli alti pini si accovacciavano vicini come se nascondessero un fagotto segreto nel loro sottobosco. Buio ma calmo, silenzioso-confortante. Con le gambe che pompavano, William si diresse fuori strada verso i pini.

Uno schiocco simile a quello di uno sparo attutito echeggiò nell'aria mattutina, da qualche parte nel profondo della quiete boscosa, e sebbene fosse sicuramente solo una volpe, o forse un procione, si fermò, correndo sul posto, mentre l'inquietudine si diffondeva in lui come i vermi di nebbia che solo ora uscivano strisciando da sotto gli alberi per essere bruciati dal sole al suo debutto. I poliziotti non avevano mai un momento di pausa, anche se in questa sonnolenta cittadina, il peggio che avrebbe visto oggi sarebbe stata una discussione sul bestiame. Guardò su per la strada. Socchiuse gli occhi. Doveva continuare sulla strada principale più luminosa o fuggire nelle ombre sotto gli alberi?

Quello fu il suo momento.

William corse verso il bosco.

Non appena mise piede oltre il limitare degli alberi, l'oscurità scese su di lui come una coperta, l'aria fresca gli sfiorò il viso mentre un altro falco strideva sopra la sua testa. William annuì come se l'animale avesse cercato la sua approvazione, poi si passò il braccio sulla fronte e schivò un ramo, facendosi strada lungo il sentiero con una corsa a ostacoli. Un ramo gli graffiò l'orecchio. Fece una smorfia.

Un metro e novanta era ottimo per alcune cose, ma non per correre nel bosco. O forse Dio ce l'aveva con lui, il che non sarebbe stato sorprendente, anche se non aveva idea di cosa avesse fatto di sbagliato. Probabilmente per aver sogghignato ai ricordi di Kevin Pultzer con la maglietta strappata e il naso insanguinato.

Sorrise di nuovo, solo un piccolo sorriso questa volta.

Quando il sentiero si aprì, alzò lo sguardo sopra la chioma degli alberi. Aveva un'ora prima di dover essere al commissariato, ma il cielo plumbeo lo invitava a correre più velocemente prima che il caldo aumentasse. Era un buon giorno per compiere quarantadue anni, decise. Forse non era l'uomo più bello in circolazione, ma aveva la salute. E c'era una donna che adorava, anche se lei non era ancora sicura di lui.

William non la biasimava. Probabilmente non la meritava, ma avrebbe sicuramente cercato di convincerla che la meritava come aveva fatto con Marianna... anche se non pensava che strani giochi di carte avrebbero aiutato questa volta. Ma lo strano era ciò che aveva. Senza di esso, era solo un rumore di sottofondo, parte della tappezzeria di questa piccola città, e a quarantuno - *no, quarantadue, ora* - stava finendo il tempo per ricominciare da capo.

Stava riflettendo su questo quando girò l'angolo e vide i piedi. Piante pallide poco più grandi della sua mano, che spuntavano da dietro un masso color ruggine che si trovava a pochi passi dal bordo del sentiero. Si fermò, il cuore che pulsava con un ritmo irregolare nelle sue orecchie.

Per favore, fa' che sia una bambola. Ma vide le mosche ronzare intorno alla cima del masso. Ronzavano. Ronzavano.

William avanzò furtivamente lungo il sentiero, cercando di raggiungere il fianco dove di solito teneva la pistola, ma toccò solo stoffa. La vernice gialla secca gli graffiò il pollice. Infilò la mano in tasca cercando la sua moneta portafortuna. Nessun quarto di dollaro. Solo il suo telefono.

William si avvicinò alla roccia, i bordi della sua visione scuri e sfocati come se stesse guardando attraverso un telescopio, ma nella terra intorno alla pietra, riusciva a distinguere profonde impronte di zampe. Probabilmente di un cane o di un coyote, anche se queste erano *enormi*-quasi delle dimensioni di un piatto da insalata, troppo grandi per qualsiasi animale che si aspettasse di trovare in questi boschi. Scrutò freneticamente il sottobosco, cercando di localizzare l'animale, ma vide solo un cardinale che lo valutava da un ramo vicino.

C'è qualcuno là dietro, qualcuno ha bisogno del mio aiuto.

Si avvicinò al masso. *Ti prego, fa che non sia quello che penso.* Altri due passi e sarebbe riuscito a vedere oltre la roccia, ma non riusciva a distogliere lo sguardo dagli alberi dove era certo che occhi canini lo stessero osservando. Eppure, non c'era nulla se non la corteccia ombreggiata dei boschi circostanti. Fece un altro passo - il freddo si infiltrò dalla terra fangosa nella sua scarpa e intorno alla caviglia sinistra come una mano dalla tomba. William inciampò, distogliendo lo sguardo dagli alberi giusto in tempo per vedere il masso precipitargli contro la testa, e poi si ritrovò sul fianco nel fango viscido alla destra del masso accanto a...

Oh dio, oh dio, oh dio.

William aveva visto la morte nei suoi vent'anni come vice sceriffo, ma di solito era il risultato di un incidente dovuto all'ubriachezza, un incidente stradale, un vecchio trovato morto sul divano.

Questo non lo era. Il ragazzo non aveva più di sei anni, probabilmente meno. Giaceva su un tappeto di foglie marcescenti, un braccio appoggiato sul petto, le gambe spalancate disordinatamente come se anche lui fosse inciampato nel fango. Ma questo non era un incidente; la gola del ragazzo era lacerata, nastri frastagliati di carne scuoiata, pendenti su entrambi i lati della carne muscolare, la pelle indesiderata di un tacchino del Ringraziamento. Profondi solchi penetravano il petto e l'addome, tagli neri contro la carne verdastra e marmorizzata, le ferite oscurate dietro i vestiti strappati e pezzi di ramoscelli e foglie.

William indietreggiò strisciando, graffiando il terreno, la sua scarpa fangosa colpì il polpaccio rovinato del bambino, dove le timide ossa bianche del ragazzo facevano capolino sotto il tessuto nerastro che si coagulava. Le gambe sembravano... *rosicchiate*.

La sua mano scivolò nel fango. Il viso del bambino era rivolto verso di lui, la bocca aperta, la lingua nera penzolante come se stesse per implorare aiuto. *Non va bene, oh merda, non va bene.*

William finalmente riuscì a mettersi in piedi, estrasse il cellulare dalla tasca e premette un pulsante, registrando a malapena il latrato di risposta del suo amico. Una mosca si posò sul sopracciglio del ragazzo sopra un singolo fungo bianco che si arrampicava sul paesaggio della sua guancia, radicato nell'orbita vuota che una volta conteneva un occhio.

«Mike, sono William. Ho bisogno di un... Di' al Dottor Klinger di portare il carro.»

Fece un passo indietro, verso il sentiero, la scarpa che affondava di nuovo, il fango che cercava di trattenerlo lì, e strappò via il piede con un rumore di risucchio. Un altro passo indietro, e si ritrovò sul sentiero, poi un altro passo fuori dal sentiero, e un altro ancora, i piedi che si muovevano finché la sua schiena non sbatté contro una quercia nodosa dall'altro lato del percorso. Alzò di scatto la testa, strizzando gli occhi attraverso la tettoia di foglie, quasi convinto che l'aggressore del ragazzo fosse appollaiato lì, pronto a balzare dagli alberi e a trascinarlo nell'oblio con fauci laceranti. Ma non c'era nessun animale ripugnante. Il blu filtrava attraverso la foschia filtrata dell'alba.

William abbassò lo sguardo, la voce di Mike era un crepitio lontano che irritava i bordi del suo cervello senza penetrarlo - non riusciva a capire cosa stesse dicendo il suo amico. Smise di cercare di decifrarlo e disse: «Sono sui sentieri dietro casa mia, ho trovato un corpo. Di' loro di entrare dal sentiero sul lato di Winchester». Cercò di ascoltare il ricevitore ma sentì solo il ronzio delle mosche dall'altra parte del sentiero - erano state così rumorose un attimo prima? Il loro rumore cresceva, amplificato a volumi innaturali, riempiendo la sua testa finché ogni altro suono non svanì - Mike stava ancora parlando? Premette *Fine*, mise il telefono in tasca, e poi si appoggiò all'indietro e scivolò lungo il tronco dell'albero.

E William Shannahan, non riconoscendo l'evento su cui avrebbe ruotato il resto della sua vita, si sedette alla base di una quercia nodosa martedì 3 agosto, mise la testa tra le mani e pianse.

Trova *Il Rifugio delle Ombre* qui:
https://meghanoflynn.com

Per salvarsi, dovrà affrontare il serial killer più spietato del mondo. Lei lo chiama semplicemente «Papà».

«Un viaggio da brivido che ti terrà con il fiato sospeso. O'Flynn è un maestro narratore.» *(Autore bestseller di USA Today, Paul Austin Ardoin)* Quando Poppy Pratt parte per un viaggio nelle montagne del Tennessee con suo padre, un serial killer, è semplicemente felice di sfuggire alla loro farsa quotidiana. Ma, dopo una serie di sfortunate circostanze che li portano alla casa isolata di una coppia, scopre che sono molto più simili a suo padre di quanto avrebbe mai voluto… Perfetto per i fan di Gillian Flynn.

***Filo Malvagio* è il libro 1 della serie *Nato Cattivo*.**

Filo Malvagio
CAPITOLO 1

POPPY, ADESSO

Ho un disegno che tengo nascosto in una vecchia casa per bambole - beh, una casa per fate. Mio padre ha sempre insistito sul fantasioso, anche se in piccole dosi. Sono piccole stranezze come questa che ti rendono reale per le persone. Che ti rendono sicuro. Tutti hanno qualcosa di strano a cui si aggrappano nei momenti di stress, che sia ascoltare una canzone preferita o rannicchiarsi in una coperta confortevole, o parlare al cielo come se potesse rispondere. Io avevo le fate.

E quella piccola casa delle fate, ora annerita dalla fuliggine e dalle fiamme, è un posto buono come un altro per conservare le cose che dovrebbero essere scomparse. Non ho guardato il disegno dal giorno in cui l'ho portato a casa, non riesco nemmeno a ricordare di averlo rubato, ma posso descrivere ogni linea frastagliata a memoria.

I rozzi tratti neri che formano le braccia dell'omino stilizzato, la pagina strappata dove le linee scarabocchiate si incontrano - lacerate dalla pressione della punta del pastello. La tristezza della figura più piccola. Il sorriso orribile e mostruoso del padre, al centro esatto della pagina.

Ripensandoci, avrebbe dovuto essere un avvertimento - avrei dovuto capire, avrei dovuto scappare. Il bambino che l'aveva disegnato non c'era più per raccontarmi cosa fosse successo quando sono inciampata in quella casa. Il ragazzo sapeva troppo; era ovvio dal disegno.

I bambini hanno un modo di sapere cose che gli adulti non sanno - un senso di autoconservazione accentuato che perdiamo lentamente nel tempo mentre ci convinciamo che il formicolio lungo la nuca non sia nulla di cui preoccuparsi. I bambini sono troppo vulnerabili per non essere governati dalle emozioni - sono programmati per identificare le minacce con precisione chirurgica. Sfortunatamente, hanno una capacità limitata di descrivere i pericoli che scoprono. Non possono spiegare perché il loro insegnante fa paura o cosa li spinge a rifugiarsi in casa se vedono il vicino che li spia da dietro le persiane. Piangono. Si bagnano i pantaloni.

Disegnano immagini di mostri sotto il letto per elaborare ciò che non riescono ad articolare.

Fortunatamente, la maggior parte dei bambini non scopre mai che i mostri sotto il loro letto sono reali.

Io non ho mai avuto questo lusso. Ma anche da bambina, mi confortava il fatto che mio padre fosse un mostro più grande e più forte di qualsiasi cosa all'esterno potesse mai essere. Mi avrebbe protetto. Lo sapevo come un fatto certo, come altre persone sanno che il cielo è blu o che lo zio Earl razzista rovinerà il Ringraziamento. Mostro o no, lui era il mio mondo. E lo adoravo nel modo in cui solo una figlia può fare.

So che è strano da dire - amare un uomo anche se vedi i terrori che si nascondono sotto. La mia terapeuta dice che è normale, ma lei tende a indorare la pillola. O forse è così brava nel pensiero positivo che è diventata cieca al vero male.

Non sono sicura di cosa direbbe del disegno nella casa delle fate. Non sono sicura di cosa penserebbe di me se le dicessi che capisco perché mio padre ha fatto quello che ha fatto, non perché pensassi che fosse giustificato, ma perché lo capivo. Sono un'esperta quando si tratta delle motivazioni delle creature sotto il letto.

Ed è per questo, suppongo, che vivo dove vivo, nascosta nella natura selvaggia del New Hampshire, come se potessi tenere ogni frammento del passato oltre il confine della proprietà, come se una recinzione potesse impedire all'oscurità in agguato di insinuarsi attraverso le crepe. E ci sono sempre crepe, non importa quanto duramente si cerchi di tapparle. L'umanità è una condizione perigliosa, piena di tormenti autoindotti e vulnerabilità psicologiche, i "cosa se" e i "forse" contenuti solo da una pelle sottile come la carta, ogni centimetro della quale è abbastanza morbido da perforare se la tua lama è affilata.

Lo sapevo già prima di trovare il disegno, ovviamente, ma qualcosa in quelle linee frastagliate di pastello lo ha confermato, o forse lo ha fatto penetrare un po' più a fondo. Qualcosa è cambiato quella settimana in montagna.

Qualcosa di fondamentale, forse il primo barlume di certezza che un giorno avrei avuto bisogno di un piano di fuga. Ma sebbene mi piaccia pensare che stessi cercando di salvarmi fin dal primo giorno, è difficile dirlo attraverso la nebbia dei ricordi. Ci sono sempre buchi. Crepe.

Non passo molto tempo a rimuginare; non sono particolarmente nostalgica. Penso di aver perso per prima quella piccola parte di me stessa. Ma non dimenticherò mai il modo in cui il cielo ribolliva di elettricità, la sfumatura verdastra che si intrecciava tra le nuvole e sembrava scivolare giù per la mia gola e nei miei polmoni. Posso sentire la vibrazione nell'aria degli uccelli che si alzavano in volo con ali che battevano freneticamente. L'odore di terra umida e pino marcescente non mi lascerà mai.

Sì, fu la tempesta a renderlo memorabile; furono le montagne.

Fu la donna.

Fu il sangue.

Trova altri libri di Meghan O'Flynn qui:
https://meghanoflynn.com

L'AUTORE

Con libri definiti «viscerali, inquietanti e completamente coinvolgenti» (New York Times Bestseller Andra Watkins), Meghan O'Flynn ha lasciato il suo segno nel genere thriller. Meghan è una terapeuta clinica che trae ispirazione per i suoi personaggi dalla sua conoscenza della psiche umana. È l'autrice bestseller di romanzi polizieschi crudi e thriller su serial killer, tutti i quali portano i lettori in un viaggio oscuro, coinvolgente e impossibile da mettere giù, per cui Meghan è famosa. Scopri di più su https://meghanoflynn.com!

Vuoi sapere di più su Meghan?
https://meghanoflynn.com

www.ingramcontent.com/pod-product-compliance
Ingram Content Group UK Ltd.
Pitfield, Milton Keynes, MK11 3LW, UK
UKHW022357100225
454898UK00004B/188

9 798227 882752